JN311138

堂場瞬一

BOSS《ボス》

堂場瞬一スポーツ小説コレクション

実業之日本社

実業之日本社文庫

BOSS Contents

Chapter 1

Get Up

それでは最初に自己紹介させてもらいます。私の名前は高岡脩二《たかおかしゅうじ》。これまでカブス、レンジャーズ、フィリーズなどで、主にチーム編成を担当していました。

今回は、これまでのキャリアが生かされる仕事を与えられ、大変光栄に思っています。特にニューヨークという世界一の大都市に本拠地を持つメッツで仕事ができることは、望外の喜びです。経験を生かして、ベストの成績を残せるように努力していきたいと思います。

現在のメッツについてですが……そうですね、必ずしもバランスが良いとは言えませんね。バランスとはどういうことかと言うと、一言で説明するのは難しいんですが、一つだけ挙げるとすれば、突出した選手は必ずしも必要ではないということです。シーズンにホームランを四十本期待できるバッターがいても、一試合に打席は四回か五回しか回って来ない。そのバッターの一発を待つよりも、チャンスを広げて相手に圧力をかけ続けることが大事ではないでしょうか。

そして攻撃におけるチャンスとは、すなわち塁上を走者で埋めることに他なりません。そのためにはどうするか。出塁率の高いバッターを揃《そろ》えることで、必然的にチャンスは広がるのです。

そう、私はこれから、出塁率の高い選手を積極的に使うつもりです。私の提唱する野球は、一見、地味に見えるかもしれません。しかし、年間のチーム本塁打数が二百本を超えても最下位になるチームがあるのも事実です。要は効率の問題なんですね。確率の問題とも言えます。塁を埋めれば、点が入る状況が広がる。全員がホームランを狙うようなチームでは、効率がひどく落ちるわけです。

そうです。私は来シーズン、この信念に基づいて勝つ野球をお見せするつもりです。ニューヨークにはヤンキースしか存在しないと思ってらっしゃる方も多いと思いますが、そうではないことを証明してみせましょう。

日本人であることで困ったことですか？　ありません。アメリカは誰にも等しくチャンスがある国じゃないですか。

——十一月八日、ゼネラルマネージャー就任会見で

やあやあ、皆さん。お初にお目にかかる人も久しぶりの人もいますが、こういう場でお話しできるのは嬉しい限りですな。そろそろ孫の世話をしていてもいい年なんだが、お声がかかっちまってねえ。

初めての方にご挨拶《あいさつ》させていただきましょう。私はアーノルド・ウィーバー。何とまあ、来年七十歳になります。この業界に身を投じて、実に五十年になるわけですな。

途中、馘《くび》になったり喧嘩《けんか》してチームを飛び出たりということもありましたが、今、メジャーリーグ全体を見渡しても、私ほど長いキャリアを持った人間はいないでしょう。これだけで十分尊敬に値すると思いますな。

　この前ブレーブスで仕事をしたのはいつでしたかね……おお、二十年前か。あの時はベンチコーチをしていて、いつ監督の声がかかるかと毎日わくわくしてたんですが、結局お払い箱になってしまった。まあ、馘になるのは慣れてますから何とも思いませんでしたし、アトランタの街に悪い印象はありませんよ。特に年寄りになると、あちこちの関節が痛んでね。こういう暖かいところで仕事ができるのはありがたい限りです。

　何か、大法螺《おおぼら》を期待されてるかな？　何の、何の。私は基本的に堅実な人間ですよ。野球にギャンブルはあり得ません。まあ、あえて一つだけ言わせてもらうとしたら、私はプロスポーツに係わっているということです。お金を貰って試合をお見せする以上、入場料の分は楽しんでいただかないといけませんな。勝つこと？　それはもちろんです。だけどプロにはそれ以上のことが求められるんですよ、お若い方々。

　うちのチームにはタレント性豊かな選手たちが揃っています。私の仕事は、彼らが力を発揮できる環境を作ることでね。レギュラーシーズンをたっぷり楽しんでもらった上で、十月にはアトランタのファンの皆さんと心の底から喜びを分かち合いたいものです。

何か質問は？　いやその前に、カブスでゼネラルマネージャーをしていた時の想い出話でもさせてもらいましょうかね。まあ、あの頃は抱腹絶倒、七転八倒の日々でね。お若い皆さんにも是非、後学のために歴史の一コマを知っていただきたいんですよ。そう、あれは七月、ベーコンも溶けそうなほど暑い日のことだったんだがね――。

――十二月一日、ゼネラルマネージャー就任会見で

フロリダ州南部、ポート・セントルーシー。陽射しこそまだ凶暴ではないが、冬の気配が濃厚に残るニューヨークから飛んで来た身にすれば、いきなり真夏に放り出されたようなものである。屋根が陽射しを遮《さえぎ》るのはバックネット裏だけで、その辺りに陣取る観客の平均年齢は七十歳を優に上回っていそうだ。引退者の春の暇潰し。そういう人たちの中に割りこむのは何となく気が引け、高岡は一塁側内野席の端に席を取った。ここからだと三塁側にあるメッツのダグアウトの様子がよく見える。

日焼け止めクリームを鼻と首筋、両腕に塗りこみ、帽子を被り直す。つるつる滑る指先で何とかボールペンを握ったところで、ダグアウトの最前列にいる監督のロイ・

ハワードと目が合った。正確にはハワードのサングラスと。何十メートルも離れているのに、そこに自分の顔が映りこんでいるような気がする。ハワードが人差し指の関節でサングラスを押し上げ、軽くうなずいた。うなずき返し、ラインナップをスコアシートに書きこみ始める。メッツの一番、ライト。二番、カーンズ、三番、カブレラ……去年とはがらりと顔ぶれが変わっている。ライトはトレードでサンフランシスコ・ジャイアンツから移って来た選手だし、カーンズはマイナーからの昇格組だ。カブレラは実に十年ぶりのメッツ復帰である。去年と同じポジション、打順に入っているのは、五番のゴメスと七番のサンドバーグぐらいだ。

「こう暑いと嫌になりますね、お若い方」

隣に座った老婦人が唐突に話しかけてきた。でっぷりした体を花柄のワンピースに包み、上品に白くなった髪をメッツのキャップに押しこんでいる。日傘が、高岡のスコアシートに薄い影を作った。

「本当に暑いですね」

「ええ、ええ。でも、今日は一雨来るでしょうね。たぶん、七回ぐらいに」老婦人がライトポールのはるか向こうに目をやった。黒い雲が空を染めつつある。

「ここには――トラディション・フィールドにはよく来られるんですか」

「ええ、毎年ね。ここに来ればメッツの選手に会えるから」

「もしかしたら昔、ニューヨークに住んでいらっしゃったんですか」

「ええ、そうですよ。よくお分かりですね」老婦人の顔が、アイスクリームが溶け出すように綻《ほころ》んだ。「ずっとクイーンズに住んでましてね。メッツが生まれた時から応援してるんですよ。本当に、このチームはね……一九六九年のミラクル・メッツの時も、八六年の時も、心臓に悪いチームでした。勝ったのは嬉しかったけど、そこへいくまでに疲れちゃって」

「そうでしょうね」

「トムもジェリーも懐かしいわ。ダリルもドワイトも」老婦人が手の甲に顎《あご》を載せ、遠くに視線を投げた。トム・シーバー。ジェリー・クーズマン。ダリル・ストロベリー。ドワイト・グッデン。チームの歴史を綺羅《きら》星のごとく飾るスター選手たちだが、彼女にとっては息子、あるいは孫のような存在でもあるのだろう。

「だけど、今年はちょっと寂しいわね」眼鏡《めがね》をかけ直すと、フィールドに散った選手たちを目で追う。「ランスもハンクもいないなんて、信じられないわ。あの二人を見ると、毎年春が来たと思ったのに」

ランス・ブラック、去年の打点王。ハンク・クリード、二年連続四十本塁打。ここ数年、メッツの顔としてニューヨーカーを熱狂させた二人だ。

「まったく、あの二人を手放すなんて、どういうつもりなのかしらね。あなた、どうお考えになる？」

「ええ、まあ……どうでしょうね」

苦笑を隠すためにスコアシートに目を落とした。手放した、というのは正しい表現ではない。正確には蹴り出した、だ。しかもこの俺が。高岡がゼネラルマネージャーになって最初に振るった大鉈《おおなた》である。当然、ニューヨークのメディアは沸騰した。チームを牽引する長距離砲を二人も同時に放出するとは、常識では考えられない。新しいゼネラルマネージャーは、権力を握って何か勘違いしているのではないか。いや、そもそも日本人にメジャーリーグの何が分かる。

何とでも言え。言うのも書くのも勝手だが、必ず後悔させてやる。高岡は目についた記事を全て切り取り、部屋の壁に貼りつけた。毎夜、それを的《まと》にダーツをしているうちに、壁の一角がぼろぼろになってしまった。

「何だか、みんな子どもみたいな選手ばかりね」首を突き出すようにして、老婦人が内野を見回した。「心配だわ」

「大丈夫ですよ。彼らはきっとやってくれます」やってもらわないと俺の首が飛ぶ。

「あら、ずいぶん前向きね」

「ええ」もちろんです、という言葉を呑みこんだ。正体が知れれば、立て続けに成立させたトレードのことで何を言われるか分からないし、だいたい高岡自身、ファンと積極的に交流しようという気持ちはない。俺はあくまで裏方。注目されるのは選手だけでいい。

一回の表、ドジャースの攻撃があっさり三人で終わる。やはりトレードで移って来た左腕のバーリーの仕上がりは良さそうだ。開幕投手の有力候補である。ややサイドスロー気味に投げこむ九十五マイルに迫る速球とハード・スライダーを武器に、ここ五年で八十勝を挙げている。現在、大リーグでもっとも安定しているピッチャーと言っていい。どうせ金をかけるなら、バッターではなく、バーリーのように優秀なピッチャーを採るために使うべきだった。そういう間違った補強が、ここ数年のメッツの低迷の原因である。

「さあ、ちびっ子たちはどんな野球を見せてくれるのかしら」

「どうでしょうね」高岡には予想できていた。いや、予想通りに進んでもらわないことには困る。「きっと先制しますよ」

「そうかしら」老婦人が首を傾げ、パンフレットに視線を落とした。「あの小っちゃい子、ライトっていうのね。ふうん……去年までサンフランシスコにいたんだ。いやねえ、あそこ、ゲイの街なんでしょう」

うつむいて笑いを嚙み殺しながら、高岡はボールペンを握り直した。

ドジャースのマウンドには、高岡のデータベースに入っていない若手投手が上がっている。右腕から投げこまれる速球は威力十分だったが、コントロールに難がありそうだ。あれだけのスピードがあれば、マイナーでは真ん中に投げても打者は空振りしてくれるかもしれないが、メジャーではそうはいかない。とは言っても、ここはライトにとっては正念場だ――俺にとっても。ボールペンを握る手に力が入る。

初球がいきなり頭の辺りに来た。左打席に入ったライトが背中から倒れこんで泥まみれになる。おお、というどよめきが七千人の入るスタンドを駆け巡った。あんなボールが当たったらひとたまりもないな。恐怖に眉《まゆ》をひそめる観客もいるはずだが、内心喜んでいる人がほとんどだろう。野球は本質的に恐怖と暴力を内在しており、それが一瞬露見した時、観客はスリルを味わうのだ。

何事もなかったようにライトが立ち上がり、再び打席に入る。ことさらゆっくりと足場を固めることもせず、ピッチャーを睨《にら》みもせずに、淡々と構えた。二球目は外角低目ぎりぎりにストライク。三球目は変化球がすっぽ抜けて、ライトの足元の土を抉《えぐ》った。四球目、再び足元へ。飛び上がるほどではなかったが、腰を引いて逃れる。これでスリーボール、ワンストライク。内角高目の五球目を見送るとストライクと判定され、フルカウントになった。マウンド上で、ピッチャーが早くも大きく息をつき、帽子を脱いで額《ひたい》の汗を前腕で拭《ぬぐ》う。ライトは打席を外さず、じっとマウンドに視線を送ったままだ。ワールドシリーズ第七戦で試合を決める打席だとでもいうように集中している。

ライトはそこから三球を続けてカットした。ボールがスタンドに飛びこむ度に、まばらな拍手と短い歓声が上がる。肩で息をし始めたピッチャーの九球目を、自信を持って見送る。審判がボールをコールし、ライトは全力疾走で一塁へ向かった。

「まあ、あの坊や、ボールが前に飛ばないのねえ」老婦人が溜息《ためいき》をついた。

「いや、なかなか粘り強い選手じゃないですか。選球眼もいいですよ」

「そうかしら。あの若いピッチャーのボールに手が出なかっただけじゃないの」

「まあ、ゆっくり見ましょうよ」

スコアシートに四球を示す「B」を書きこんでから顔を上げた。ライトが塁を離れ、大きく広げた股《また》の間で両手をぶらぶらさせる。もう、着火している。止める術《すべ》はない。

初球からいった。一瞬でトップスピードに乗り、カーンズが外角へ遠く外れるボールを空振りする間に、易々と二塁を陥《おとしい》れる。ほう、という溜息がスタンドを駆け巡り、老婦人も短く拍手を送った。

「どうですか、彼は」

「子犬みたいにすばしっこい子ね。あらあら、顔も犬に似てるわ」

「彼は去年、サンフランシスコで五十二盗塁してるんですよ」

「そうだったかしら」老婦人が慌ててパンフレットをひっくり返す。「そうみたいね」と認め、ようやくはっきりとした笑みを浮かべた。

「これだけ走れる選手がいれば、得点力もアップするでしょう。相手チームにとっては脅威ですよ」

「でも、足が速いだけじゃ点は取れないでしょ」

「足が速ければ、大抵のことは上手《うま》くいくんじゃないですか。攻撃も、守備も」

もちろん、ただ足が速いからライトを採ったわけではない。何よりのポイントは高い出塁率だ。昨年の盗塁数はリーグで四位だが、出塁率は四割を大きく超え、リーグ二位である。その割にジャイアンツの得点が少なかったのは、後に続く攻撃陣に問題があっただけのことだ。今年はお前さんに、最多得点のチャンスを与えてやるよ。高岡は胸の内でほくそ笑んだ。高い出塁率の選手が揃えば、必然的に塁が埋まる確率が高くなる。それは相手の守備陣にプレッシャーを与え、何でもないプレーが得点に結びつくチャンスが増える——簡単な理屈である。

カーンズは、二球目を右に転がした。セカンドゴロになる間に、ライトが三塁に達する。続いてカブレラが打席に入った。十年前、メッツでデビューした年には五試合に出ただけで、翌年にはモントリオールにトレードされた。その後三つのチームを渡り歩いたが、レギュラーを獲得するまでには至らなかったボーダーライン上の選手だ。だが彼も、高岡の眼鏡に適《かな》う一人である。過去二年とも出場試合数は百にも満たなかったが、出塁率は四割を大きく超えている。こういう選手を上手く使えないのはチームの責任ではないか。レギュラーになれなかったのは主に守備に問題があったからだが、打撃は決して悪くない。一発があるわけではないが、やるべき時にやるべきことをこなせる人間だ。

「お帰り、カブレラ！」スタンドで誰かが叫び、周囲で笑いが湧き上がる。よほど古いファンでない限り、彼の顔と名前は一致しないはずだ。

「カブレラを覚えてますか」

「そうねえ」老婦人が顎に手を当てる。「彼は、久しぶりに戻って来たのよね」

「十年ぶりですよ」

「十年前はまだニューヨークにいたけど、覚えがないわねえ」

「カップ・オブ・コーヒーってやつですから。シーズン終盤に上がって来て、何試合か出場しただけです」

「そんな人が戻って来て三番を打ってるなんて信じられないわね。大丈夫なのかしら」

「大丈夫だから、三番を打ってるんじゃないですか」

「それじゃ説明になってないわよ」

「まあ、見てみましょう」

カブレラは初球から打って出た。鈍い音を残して、打球が二塁の後方に舞い上がる。セカンドもショートも追いつけない。ドジャースのセンターが思い切り突っこんで、膝《ひざ》の下辺りでボールをキャッチした。二塁の後方約二十メートル、そのまま走り続ければすぐに内野に突っこんでしまいそうな位置だ。

だが、ライトは一瞬も躊躇《ちゅうちょ》せずに三塁ベースを蹴った。頭がまったくぶれず、低い姿勢を保ったまま本塁へ突入する。センターが慌ててバックホームする。大リーグで外野を守る選手なら、楽にストライクの送球ができる位置だ。案の定、ドジャースのキャッチャーがわずかに体を右側にずらしただけで、ノーバウンドの返球がミットにすっぽりと収まる。そこから思い切り体を左に投げ出せば、突入するライトをブロックできる——だがライトは、キャッチャーが体をよじろうとした瞬間には、既に左手でホームプレートの隅《すみ》にタッチしていた。

今度は本物の歓声がスタンドを駆け巡り、拍手と口笛がフロリダの生暖かい春を熱くした。芝を渡って来る甘い風の匂いを嗅ぎながら、高岡は満面の笑みを浮かべ、スコアシートに大きく丸を描いた。それを赤のボールペンで塗り潰した後、横にエクスクラメーションマークを二つ書き、最後に勢い良く点を打つ。

よし、これだ。ノーヒットで1点。これでいい。野球は、九回が終わった時に1点でもリードしていれば勝ちなのだ。その大事な1点を奪い取るためには、何よりも確率を重視しなければならない。そして、確率を上げるために何をすればいいか、俺のデータ収集と分析から導き出された結果は完璧なのだ。

野球とは何と単純なスポーツなのか。

老婦人の予言通り、七回表、ドジャースの攻撃がツーアウトになったところで叩きつけるような雨が襲った。空は真っ暗になり、突然雷鳴が轟《とどろ》く。こういう天気に慣れている地元の人たちは、早々と引き揚げていった。彼らの行動を裏づけるかのように、試合はわずか三十分間中断した後でコールドゲームを宣告された。

高岡は、人気《ひとけ》のなくなったスタンドに残っていた。屋根のあるバックネット裏に移動し、激しい雨をしのぐ。スコアシートがところどころ濡《ぬ》れて皺《しわ》になっていたが、気分は上々だった。足元に置いたスタイロフォームのカップを取り上げ、ぬるくなったコーヒーを一口飲む。

閑散とした球場は不思議な場所だった。雨の匂いが立ち上り、濡れた芝と土の色が濃くなっている。ひんやりとした空気が、むき出しの腕を粟立《あわだ》たせた。既に両チームともロッカールームに引き揚げてしまったので、目につく場所に人はいない。屋根の端から落ちた雨粒が足元で跳ね、ズボンの裾《すそ》を濡らした。見ると、そこには小さな穴が穿《うが》たれている。雨漏りだ。来年もここでキャンプを張る予定だから、こういう細かいところも直さないと。スコアシートの余白に「足元・穴」と殴り書きし、自分が座っているシートの番号も書き添えた。ニューヨークの本拠地、シェイ・スタジアムはどうだろう。ここが個人用の住宅だとすれば、あそこは王宮だ。まだ全部を見て回れていないが、早いうちに自分の目で隅々までチェックしておきたい。オープン戦を何試合か見た後で、ニューヨークへ帰ることにしよう。

「タカサン、お疲れだったね」どこからともなく現れた監督のハワードが、横に腰を下ろした。ペパーミントのガムの香りがかすかに漂って来る。サングラスを外していたので、目の脇に刻まれた皺がくっきりと見えた。

「いや、見てるだけでしたから」

「どうだった、ゼネラルマネージャーとしての記念すべき第一戦は」

「まあまあですかね」まだ試合の結果が残るスコアボードに目をやる。結局メッツは、初回に挙げた1点を守り切っていた。

「手厳しいね」ハワードが唇《くちびる》を引き結ぶ。産毛《うぶげ》のように生えた鼻の下の髭《ひげ》を人差し指で撫《な》でつけ、「あんたの理想通りの野球だったじゃないか」と言った。

「初回はね」

「ノーヒットで1点」ハワードがうなずく。「スモール・ベースボールの典型だな」

「問題はその後ですよ」高岡はスコアシートに素早く目を通した。「ライトは今日、三回出塁している。それは期待通りです。ただ、得点につながったのは一回だけだ。もう少し工夫できたはずですよね」

「そう毎回走らせるわけにはいかんよ」ガムを嚙むハワードの口の動きが速くなった。

「相手も警戒する。向こうだってプロなんだから」

「大胆にいけるのも今のうちですよ。相手に恐怖心を植えつけるべきだ」

ハワードが小さく舌打ちする音が聞こえる。それを無視し、スコアシートに目をやった。ハワードが、背中を丸めてグラウンドを見下ろしながら反論する。

「向こうだってデータは取ってる。無闇《むやみ》に走らせたら、手の内を明かすようなもんだ」

「ライトは、データを取られても簡単には刺されませんよ」

「とは言っても、な」窮屈そうにハワードが伸びをし、両肩をぐるぐると回した。

「こういう野球は疲れますか」

「いや、そんなことはない」高岡の方を見て、硬い笑みを浮かべる。「最初からそういう方向でいくことになってたんだからな。それは私も了解している」

「それなら結構です。これが勝利への近道ですよ」

「勝利ねえ」ハワードの目が遠くを眺めた。「私には縁遠い言葉だなあ」

「今年は必ずやれますよ。何百時間ミーティングしたと思ってるんですか。我々の意識は完璧に一つの方向に向かっています——優勝という方向にね」

「やれるかね」

「もちろんです。そのために、あなたに来てもらったんだ」

つまり、俺の意のままに動く監督が必要だった。

この世界で、ハワードは「お人よし」で通っている。何かあった時に、責任を押しつけやすい人間なのだ。負けては解雇され、一言も文句を言わずに去っていく。それが何度繰り返されただろう。今年五十二歳、指揮を執《と》るのはメッツが五チーム目だが、これまでの十二シーズンで勝率が五割を上回ったことは二度しかない。ここ二年は失業状態で、関係者の間では「もう終わった」と見なされていた。メジャーリーグの監督の座は、基本的に椅子取りゲームである。参加者は限られており、一つのチームでその座が空けば、別のチームの監督が横滑りすることが多い。新規参入は案外難しいし、一度退《しりぞ》いた人間が再び加わることは少ないのだ。

高岡の構想を実現するために、ハワードは最初に必要なパーツだった。何しろ失業中で立場が弱いから、無理に高い年俸を払う必要がなかったし、自分の意志をはっきり押し通すタイプではないから操りやすい。本当なら自分で監督をやりたいぐらいなのだが、それが無理なことは分かっている。だいたい、選手たちだって俺を軽く見ているだろう。アメリカの大学を卒業してから十七年、たっぷりキャリアは積んだつもりだったが、そんなことで選手は尊敬の眼差《まなざ》しを向けてはくれない。プレーしていく上では、ゼネラルマネージャーの存在など何の関係もないのだ。彼らの意識の中では、半ば敵のようなものかもしれない。時に予告なしでチームから放り出すこともあるし、契約ではタフな交渉相手になる。

では、選手は誰を見ているかと言えば、まずは監督だ。どんなに凡庸《ぼんよう》な監督であっても、どの選手を使うかを決める権限を持っているのだから。ということは、監督がゼネラルマネージャーの操り人形なら、こちらの思い通りに選手を動かせる。間接的にだが、選手を完全に支配できるわけだ。

「あなたの手応えはどうなんですか」

「まあ、まだ緒戦だよ」ハワードが肩をすくめる。「オープン戦っていうのは、あくまで絞りこみの時期だしね。最初は四百フィートのホームランをかっ飛ばしたり、百マイルの速球を投げこむ若手が出て来るもんだけど、その中で実際に使えるのはほんの一握りだからね……今年は、新人には期待できないかもしれないな」

それは高岡も懸念しているところだった。メッツのファーム組織は、潰滅状態に近い。ベテランを押しのけて一気に浮上して来る勢いのある若手はほとんど見当たらず、カーンズは貴重な例外だったのだ。もちろん、数年以内には何とか整備するつもりでいるが、当面は積極的なトレードで使える選手を補強するしかないだろう。

ハワードと自分を同時に励ますように高岡は言った。

「今の戦力で十分やれますよ。何か心配なことでもありますか?」

「いや」ハワードが唇を舐《な》めた。「とりあえず、これでやってみるしかないだろう。この時点であの選手が足りない、あの選手が欲しいなんて言ってるようじゃ遅いからね」

「その通りですね」高岡はことさら強い調子で言った。「その辺の見極めは、ロイ、あなたの仕事ですよ。私の仕事は、あなたがやりやすい環境を作ることなんだから。何でも遠慮しないで言って下さい」

ハワードの肩の辺りが強張《こわば》るのを高岡は見てとった。たぶんこの男は、俺に対する評価を下しかねているのだろう。何度もミーティングを重ねて、どっちがボスなのかということをはっきり叩きこんでやったつもりだ。荒っぽい言葉を使って脅《おど》しもしたし、相手の顔が蒼《あお》くなったところで一転して持ち上げてもやった。結局自分は、俺に従うことでしかメッツで生きていけないのだということは頭に染みこんでいるはずである。それなのに、オープン戦の緒戦が終わった今、急に下手《したて》に出られて困惑しているに違いない。

ま、どうでもいいことだ。この男はパイプに過ぎないのだから。選手と俺との間に一定の距離を保ち、その口から俺の言葉を伝えてもらえば、それで十分役目を果たしたことになる。

カップを取り上げ、すっかり冷めてしまったコーヒーを飲み干す。いつの間にか雨は上がり、雲の切れ間から刺すように鋭い陽射しがグラウンドに降り注いでいた。濡れた芝とコンクリートの匂いが立ち上り、二人をやんわりと包みこむ。高岡はその匂いを思い切り吸いこんだが、胸を膨らませたのは、甘やかな空気ではなかった。

ハワードが帽子を被り直し、サングラスをかけた。手首を二度三度と振って、少し緩めの腕時計を落ち着かせる。

「まあ、こっちにすればありがたい話だよ、タカサン。これでまた一年、食いつないでいけるからな」

「大袈裟《おおげさ》ですよ。今までずいぶん稼いだでしょう」

「いやいや」ハワードが力なく首を振る。「何かと金はかかるんだ。女房の病気が思わしくなくてね。今も入院してるし、面倒を見てもらうのに人を頼まなくちゃいかん。私が側にいてやれればいいんだが、それじゃ商売にならないしな」

ハワードの打ち明け話を、高岡は沈黙で迎えた。乗ってこないのに気づき、ハワードも口をつぐむ。

あんたの奥さんが犬だろうが、娘さんがカルト集団の教祖だろうが、俺には関係ない。冷たい考えかもしれないが、人間関係はどこかに一線を引かなくてはならないし、俺の場合、基準は「野球かそれ以外か」なのだ。

「どうだい、選手に一言声をかけていったら」

「そうですねえ」そんな気はなかったが、一応迷うふりをした。

「新生メッツの第一歩だ。ゼネラルマネージャーから一言あれば、選手も張り切ると思うがね」

「いや、やっぱり遠慮しておきましょう」わざと頼りない声で高岡は言った。「選手と話すのはあなたの仕事です。たかがオープン戦で勝ったぐらいでゼネラルマネージャーがロッカールームに顔を出したら、選手たちはかえって驚きますよ。静かに、大人しくいきましょう」

「そうかね」ハワードが腕組みをした。「風通しを良くするのは大事なことだと思うけどね」

こいつはまだ分かっていないのか。うつむき、舌先で唇を舐める。この世界では、風は常に一方にしか吹かないのだ。上から下へ。俺は、選手たちと交わるつもりなどない。自分の声を伝えるために、監督という存在があるのだ。そのうち、もう一度みっちり説明しなければならないだろう。もしかしたらこの男は、根本的に頭が悪いのではないかと高岡は訝《いぶか》り始めていた。

一般的には十七年は長い。だが、この業界に身を投じてからの十七年はあっという間だった。そしてゼネラルマネージャーに就任してからの数か月間は、わずか数日にも感じられるほど圧縮された濃密な日々だった。

オープン戦を五試合見てからニューヨークに引き揚げることにし、高岡はホテルで荷物をまとめていた。向こうでもやることはたくさんある。これからは分刻みで動かないと、追いつかないだろう。だが、その忙しさは心地良くもあった。

メジャー、そしてメッツへの想いは、はるか昔に遡《さかのぼ》る。最初の出会いは、二十年以上も前、山梨の田舎《いなか》の高校生だった頃だ。八〇年代半ばの若いメッツを思い出すと、胸の奥が熱くなるような感覚を覚える。ドワイトが、ダリルがいた日々。無限の可能性を秘めた若者たちは、あの数年間、ニューヨークで無敵の存在に見えた。全身バネのような躍動感溢《あふ》れる投球フォームから、唸《うな》りを上げる速球と、空気を斜めに切り裂くカーブを投げこんだドワイト・グッデン。外野のギャップ・ゾーンに飛んだ難しい打球に難なく追いつき、花でも摘み取るようにひょいと手を伸ばしてキャッチするダリル・ストロベリー。先発投手陣のほとんどが二十代と若いチームを、ベテランのゲーリー・カーターやキース・ヘルナンデスがぴしりと引き締めていた。メジャー史上最強のチームではないかもしれない。だが、もっとも魅力溢れるチームだったのは間違いないだろう。

職業としてのメジャーリーグ。

当時は想像もできないことだった。誰かに話せば一笑に付されていただろう。だいたい高岡は、草野球程度の経験しかなかったのだ。ちゃんと硬球を握ったこともない人間がメジャーリーグで働きたいと考えるなど、馬鹿馬鹿しいにもほどがある。自分でも分かっていた。だいたい、八〇年代半ば、まだ高校生だった高岡が日本でメジャーリーグの情報を仕入れるには、大変な労力を要した。テレビのスポーツニュースで時々映像を見られるぐらいで、あとは新聞の片隅に載るニュースや専門誌を読むしかなかった。選手の情報もろくに得られないのに、大リーグで働くために何をすればいいのかなど、想像もつかなかった。

だが、単なる夢想では終わらせない、という決意もあった。きっかけはアメリカへの留学である。金銭的にはずいぶん無理をしたが、一年間スポーツマネージメントを学び、結局その大学に正式に入り直した。

卒業後、最初はサンディエゴのチケット販売担当から始め、数チームを渡り歩いてとうとうニューヨークにやって来た。その間には、様々なことがあった。大規模なストライキでワールドシリーズが中止になり、ヤンキースが二十世紀最後の黄金時代を築き、日本人選手が何人も来ては去っていった。日本人——多くの選手がメジャーリーグの扉をノックしたが、フロントで地味に仕事をこなす高岡に注目する日本のマスコミはほとんどいなかった。今考えると、これはありがたかったと思う。表に出るのは好きではないし、余計な注目を浴びなかったことで、ここまで気楽にやれたのは否定できないのだから。もっとも、ゼネラルマネージャーともなると、無言を貫き通すことはできないのだが。

メッツに対する憧れが薄れることはなかったが、いざ宿願を果たしてしまうと、感慨に浸る暇もないのが現実だった。これまではあくまで、自分の枠の中で仕事をしていただけだが、ゼネラルマネージャーともなると全体を見渡さなければならない。やることが多過ぎて、自分の立場を顧《かえり》みる余裕はなかった。「俺はあのチームの指揮を執ったのだ」とはっきり意識するのは、辞めてから何年も経ってからではないだろうか。

シーズンが始まったら日記でもつけておこうか。将来、自叙伝を書く機会があるかもしれない。

いやいや、そんなことははるか先の話だ。まず解決しなければならないのは、なかなか閉じないスーツケースの蓋《ふた》である。まったく、たかだか一週間の出張でどうしてこんなに荷物が増えるのか。昔からこうだ。旅も多かったから、いい加減パッキングに慣れてもいいはずなのに、いつもぐちゃぐちゃになる。入れたはずの電気剃刀《かみそり》が見つからず、家に戻ってからスーツケースの隅に見つかるようなこともしばしばだった。アメリカはノウハウの国である。スーツケースの効果的なパッキング方法を教える本でもないものか。こういう雑事を引き受けてくれるスタッフがチームにはいるはずだが——何と言ってもボスなのだ——頼むのも何だか情けなく思える。

結局、膝に全体重をかけて無理に蓋を閉め、何とか鍵をかけた。空港の検査で明けられないことを祈る。チームに帯同していればチャーター機を使えるが、今日ニューヨークへ帰るのは高岡一人だ。

荷物を片づけ終えて、改めて部屋を見回す。一泊しただけなのに、爆撃でもされたかのような荒れようだ。ニューヨークでも、誰かを部屋へ招くようなことだけはしないようにしよう。何も好きこのんで恥を晒《さら》すことはない。とにかく俺は、整理しようとすればするほど混乱してしまうのだ。

野球以外のことなんかどうでもいい。そう自分に言い聞かせる。部屋がいくら荒れていても、スーツケースが閉まらなくても、死にはしない。だが、野球から離れることにでもなったら、俺は確実に命をなくす。

コーヒーを淹《い》れようとして、部屋の混乱に最後の一筆を描き加えることになった。水を零《こぼ》し、砂糖とクリームをばら撒《ま》いてカーペットを汚してしまう。ま、見なかったことにしよう。掃除《そうじ》するのもホテルの仕事だし。もっとも、枕元に一ドル札を二枚忍ばせるのは忘れなかった。

甘ったるくしたコーヒーを飲みながらバスルームに向かう。目の周りに皺が目立つようになり、髪にも白いものが混じり始めている。ちょっと老けたかなとも思うが、これぐらいでちょうどいい。元々小柄で童顔だから、二十代の頃は、アメリカ人の間に入ると子どもに見られてしまうこともあった。

よし、そろそろ出かけよう。そう思った瞬間、ジャケットをスーツケースに入れてしまったことに気づいた。長袖のシャツ一枚で三月のニューヨークに戻るのは、凍死を覚悟した行為である。舌打ちした途端にホテルの電話が鳴り出し、乱暴に受話器を取り上げた。

「あー、ご苦労さん」しわがれ、疲れた声。思わず背筋が伸びる。チームのオーナー、J・P・モルガンだった。

「ミスタ・モルガン」

「そろそろ出かけるところかね」

「ええ」

「では、ニューヨークまでご一緒しよう。空港で落ち合うのはどうかな」

「はい」

「同じ便《びん》を取ってある。機内でミーティングといこうじゃないか。最近、ゆっくり話す時間がなかったからな」

「分かりました」

受話器を置き、軽く溜息をついた。今のところ、事態はほとんど俺の計画通りに進んでいる。その中にあって、唯一の不確定要素がこのオーナーなのだ。自分をゼネラルマネージャーに抜擢《ばってき》してくれた人間であるのは間違いないのだが、今でも本音が読めない。

彼の本音は、不動産業界とメジャーリーグの世界で何十年も揉《も》まれた結果生じた皺の奥に、隠れてしまっているのだ。

どう手回ししたのか、モルガンは高岡の隣の席を確保していた。小柄な老人で、ビジネスクラスの大きなシートに体がすっぽり埋もれてしまう。ニューヨーク行きの便が水平飛行に移ると、すぐにミネラルウォーターを求めた。この老人は水しか飲まない。少なくとも高岡は、彼がコーヒーやアルコール類を口にする場面を見たことはない。ケチというわけではないのだが、贅沢《ぜいたく》に興味がないのは間違いないようだ。金を持っているということと、金の使い方を知っているということはまったく別なのだろう。アメリカ南部のサンベルト地帯の不動産開発で金を生み出したモルガンの最新の投資が、メッツの買収だった。賢い買い物だったとは言えない。成績不振に喘《あえ》ぐチームは、上等な商品ではないのだから。しかも、何とかしようと思えばそれだけ金がかかる。そんな苦闘に何年も身悶《みもだ》えした後、モルガンが切ったカードが高岡だった。

「あー、オープン戦はとりあえず好調だね」

「何とかいい感じでスタートできました」高岡は老人の方に体を傾けた。それでなくても聞き取りにくいしわがれ声は、飛行中の騒音にほとんどかき消されてしまう。

「結構だ」モルガンがうなずく。「やれそうかね、今年は」

「私の構想がチームに浸透していれば」

「それについてはどう評価する？」

「まだ完全とは言えませんね」高岡は肩をすくめた。「試合を見ていると、理解していない選手が何人かいるようです。いずれ分かってくれるとは思いますが、そうじゃない場合は別の選手を引っ張って来ることを考えます」

「無性にハンクが懐かしくなることがあるんだがね」遠慮がちにモルガンが言った。

「ええ。ファンの中にもそういう人は多いでしょうね。地元の開幕戦でブーイングされるのは覚悟してますよ。でも彼は、今の我々に必要な選手じゃなかった」何しろシーズン平均百十もの三振を食らい、得点圏打率は二割七分辺りをうろついていたのだ。パワーがあるのは認めざるを得ない。だがそれだけで、ランナーがいない、プレッシャーのない状況で好き勝手に打つしかできない選手なのである。何より出塁率が低い。

高岡が用意したトレードリストの一番上に名前が載るのは必然だった。

「チームのことに関しては君に任せたわけだから、私はこれ以上は言わないようにするよ」宣言するというより、自分に言い聞かせるような口調だった。「金は出すけど口は出さないっていうのが理想のオーナーじゃないかね」

「いえいえ」うつむいて苦笑を嚙み殺した。何を言ってやがる。モルガンは後を引くタイプなのだ。一言も発言せずにあっさり会議を終わらせたと思ったら、後で電話をかけて寄越す。それもはっきり意見を言うのではなく、「あれはあんな感じでいいのかね」という遠慮がちな疑問形なのだ。最初はくどくど説明していたが、今は「問題ありません」と短く結論を出し、余計な話をしないことにしている。そういうやり方で文句を言われたことはないが、実際に腹の底で何を考えているかは未だに読めない。

「話を戻すが、今のところは思い通りにできていると考えていいんだね」

「まずまずですね」本当は六割というところだ。まだ高岡の考えが浸透し切っていないのか、無闇やたらにバットを振り回すだけの選手もいる。攻撃に粗さが見られることもしばしばだった。昨日の試合が終わった後で、ハワードと徹底的に話し合いをしたから、これからはもう少しましになると思うが……その辺りの経緯をオーナーに詳しく説明する気にはなれなかった。

「ニューヨークには何のご用なんですか」逆に質問をぶつけてみた。モルガンは何年も前からフロリダに引っこんでいて、ニューヨークには滅多に出て来ない。メディアに出るのも避けているし、自らロッカールームに姿を見せて選手を激励するようなタイプでもない。オーナーも堂々と参加できるシャンパン・シャワーの機会も絶えて久しかった。

「仕事の後始末があってね」

「ああ、本業の方……」

「私の本業はメッツだよ」モルガンがやけに大きな目をさらに見開いて抗議した。やんわりとした口調だったが、芯《しん》に硬いものが通っている。

「失礼しました」

「まあ、間違いじゃない。昔の本業、と言っておこうか。一応、まだ不動産の仕事にも首を突っこんでいるからね。電話一本では済まないこともあるし、たまにはあの街に行くのも悪くない」

「お忙しいですね」

「なかなか楽させてくれないものだな」モルガンが首を振った。「若いうちに稼ぐだけ稼いで、老後は自分の野球チームを持つのが夢だったんだ。それが強いチームなら、なおさらいい。私は、野球に関しては素人《しろうと》だ。口うるさいことを言わないで、ファンと一緒に外野席に座って、コーラにポップコーンでのんびり試合を見ていたいんだが、こういう夢はなかなか叶わないものだね。この年になって、こんなに物事が上手くいかなくて苛々《いらいら》させられるとは思ってもいなかったよ」

「野球は不動産業とは違いますからね」

「ほう」モルガンが首を傾げた。「何が違う?」

「不動産の商品は動きません。口も利きません」

「なるほどね」喉《のど》の奥の方で笑い、モルガンが水を一口飲んだ。高岡は無性に強い酒が欲しくなったが、何とか我慢してコーヒーで喉を湿らせた。オーナーの前で酔っ払うわけにはいかない。

「選手は自分の権利を主張しますからね。そういう点では不動産業よりも厄介じゃないですか」

「そうかもしれん。人間は基本的にわがままな生き物だからな……特に野球選手はそうだ。金を持つと、人間、ろくなことにはならない」

あんたも同じなんですか。皮肉を呑みこみ、高岡は素早くうなずいた。老人の独白は止まりそうもない。

「私が若い頃は、野球選手というのは若者の手本だったんだがね。特にスタン・ミュージアルは、人間としても素晴らしかった。滅多なことでは抗議もしなかったし、プレーの一つ一つに気品が感じられた。今、そういう選手はなかなか見つからない。連中が大事にするのは、まず自分のこと、そして金だ。だからチーム全体に家族のような雰囲気が出ないんじゃないかな。あの頃の——四〇年代のカージナルスはいいチームだったよ。そもそもあのチームには、独特な優雅さと自由な雰囲気があった。アフリカ系アメリカ人たちが大リーグに入って、最初に上手く溶けこんだのも六〇年代のカージナルスだったからな。理念があったんだろうね。その理念とは、つまり勝つことだ。その目的の下では、全ての選手が平等になる」

そう言えばこの男は、カージナルスが本拠地を置くセントルイス近郊の、小さな街で生まれ育ったはずだ。子どもの頃憧れた選手たちは、今や年老いた心の中で神格化され、実際よりも美しく大きな存在になっているのだろう。

「勝つことは素晴らしい……素晴らしいんだろうな。私はその味を知りたい。どうして君を連れてきたのか、分かるね」

「勝ちたいから、ですね。私が切り札だから」

「その通り」老人が野卑《やひ》な笑い声を上げた。「君のように自信を持った人間は好きだな。おどおどしてるようじゃ、この世界ではやっていけない。間違ってると思わないこと、負けを認めないことこそが大事なんだ……それはさておき、私は君のシンプルな理論が気に入ったんだよ」

「ええ」

「塁を埋めればチャンスが増える。そのために出塁率の高い選手を集める。実に分かりやすい。ハンクのような選手がいなくなったのは残念だが、プロスポーツは勝ってこそ価値が出る。それに何より、君は出費を抑えてくれた。経営者としては、これも大いに評価せにゃならんだろうな」

実際、チームの年俸総額は去年の七〇パーセントにまで下がっている。高岡の野球を象徴する存在であるライトにしても、まだ売り出し中で年俸は低かったし、新たに獲得した選手の中で「高給取り」と言えるのはピッチャーだけだ。何より、ランス・ブラックとハンク・クリードという大物二人を放出したのが大きい。緊縮財政を実行したわけではなく、高岡にすれば、給料に見合った活躍をしていなかった選手をお払い箱にしただけなのだが。

「今までの私は間違ってたと思うかね？　スター選手が採れるとなれば、すぐに飛びついた。その時々では話題になったが、勝ちに結びつかなかったのは事実だ」

「いや、それも一つの考えですよ。人気のある選手がいればスタジアムに客は入る。そうすれば金は儲《もう》かるんですから、プロスポーツのあり方としては間違ってないと思います。でもそれじゃ、あまりにも工夫がないでしょう」

「はっきり言うね」モルガンの顔に苦い表情が浮かぶ。

「すみません。でも、私はそれで給料を貰ってますから。しかし、選手個人の人気に頼るんじゃなくて、勝って客を集めるのが本当のプロの姿だと思います。チームが強くなって、無名の選手がスターになるのが正しい道じゃないでしょうか。とにかく今年は、オーナーが安心してポップコーンを食べられるような試合をしますよ」

「それを祈ってるよ。私にはもう、あまり時間が残されていないだろうからね」

「そんなことはないでしょう」

否定も肯定もしないまま、モルガンが目を閉じた。結局、相談らしい相談もなかったし、打ち合わせというほどの話でもない。彼は単に、安心したかったのだろう。ゼネラルマネージャーの口から直接、「今年は大丈夫だ」という台詞《せりふ》を聞きたかっただけに違いない。気持ちは分かる。モルガンはこれまで何年間も巨額の金をチームに注ぎこみ、そのほとんどをドブに捨ててしまったようなものなのだから。

まあ、安心して見ていればいい。あなたを失望させるようなことは決してしないから。半年後、しょぼくれたその顔つきは、何歳かは若返っているだろう。

Chapter 2

New Kid In Town

そう、まあ、勝ってるのは間違いないですね。開幕十試合で九勝一敗は、確かにいい数字だと思う。でも、こんな勝率でシーズンを終えたチームは過去にはないんだから、いずれは負けが続く日もあるでしょう。だから、今の成績も、そんなに喜ぶべきことじゃないんです。

ブレーブス？　はい、何ですか？　ああ、ゼネラルマネージャーのミスタ・ウィーバー。もちろん、よく存じてますよ。私がカブスで駆け出しの時代のゼネラルマネージャーですからね。そうですね……影響と言われても、はっきりとは言えないんです。当時は雲の上の人ですから、あまり話したこともなかったし。ええ、彼が面白いチーム作りをするのはよく知っていますよ。あれはプロのやり方ですよね。お客さんは喜んでくれるわけですから、間違ってはいないと思う。今年のブレーブスはどうなんですか？　なるほど、観客動員は好調なんですね。確かにいろいろと面白い話題は聞いてます。私には考えつかないことばかりだなあ。

いや、ですから、ライバルも何もないんですよ。プレーするのは選手なんだし、そもそもゼネラルマネージャーの違いというのは哲学の違いで、簡単には比較できない。それにだいたい、私とミスタ・ウィーバーじゃ、格が違い過ぎますよ。彼はもう、この世界に五十年ぐらいいるんじゃないですか？　私が生まれるずっと前からやってるわけだから、キャリアという点では、敵《かな》うわけがない。

自分の方が優れていることを証明したいか？　いや、そんなことは考えたこともありません。私が証明したいのは、このチームがブレーブスより強いということだけで、私個人の問題は何も関係ありません。

——四月十三日、記者団との立ち話で（シェイ・スタジアム）

まあ、難しいもんだよ、野球ってのは。歯車っていうのかね、一つが微妙にずれただけで、全体の動きがおかしくなる。いやいや、大丈夫。そういう狂いは直せるものだよ。部品の交換？　それはまだ、もう少し先の話だな。だいたい諸君らは、いつも結論を急ぎ過ぎじゃないかね。レギュラーシーズンが終わるまで、まだ五か月以上もあるんだよ。明日の紙面のことを考えるのも大事だけど、長期的な視野で物事を考える癖をつけなさい。そうじゃないと、偉大なジャーナリストへの道は遠いよ。

質問、どうぞ。はい。メッツ？　いやあ、驚いたね。何だか今年のメッツは、六九年や八六年のチームを思い出させるね。若いし、勢いがある。こういうチームは、波に乗ると怖いよ。どこかで壁にぶち当たれば、若さ故に失速する可能性もあるけどね。

もちろん、うちが壁になるつもりだ。次に連中がこっちに来る時は、簡単には勝たせないよ。何、ちびっ子たちがちょろちょろ走り回ってるだけのチームじゃないか。あ、これはオフレコで頼むよ。口は禍《わざわい》のもとだからね。

メッツのミスタ・タカオカ？　タカサンだろう？　もちろん知ってる。私と一緒に仕事をしたのはずいぶん昔だし、あの頃、彼はまだ二十代の若者だったけど、あれからいい経験を積んだようだね。しっかり自分の考えを持ってチームを編成している。それは何よりも成績が証明してるわけだ。日本人？　関係ないだろう。メジャーリーグは、今や国際的なスポーツなんだよ。能力のある人間が上に行くのは当たり前のことで、彼にはその能力があったんだ。彼をどう思うか？　まあ、小僧だな。いや、そういう意味じゃなくて、私の年齢から見れば、ということさ。だけど私も、心は永遠の野球少年だよ。ただし、いつも膝の痛みに悩まされてる野球少年なんだが。

——四月十六日、地元記者団との懇談で（アトランタ）

ブレーブスの本拠地、ターナー・フィールドは、ダウンタウンを遠く望むアトランタの南部にある。駐車場は広大で、一番遠くへ駐《と》めると球場まで二十分ほども歩かなければならないほどだ。正面入り口前の広場では、このチームの歴史を作った名選手の銅像が出迎えてくれる。ハンク・アーロン、フィル・ニークロ……二度フランチャイズを換えたチームの歴史を刻む象徴だ。もっともこの球場自体は、アトランタオリンピックを機に造られたものだからまだ新しい。そこの一塁側内野席、セクション121の二十二列目がウィーバーの指定席である。

「やあ、お嬢さん。ポップコーンは足りてるかな」

突然声をかけられ、七歳ぐらいの少女が戸惑いの表情を浮かべた。愛想笑いを浮かべると、歯列矯正装置に挟まったポップコーンの滓《かす》が見える。箱を覗《のぞ》きこむと、底の方に弾けそこなったトウモロコシが二、三粒転がっていた。辺りを見回し、売り子を見つけて鋭く指笛を鳴らす。売り子は、どうしてゼネラルマネージャーがこんな席に座っているのかと目を剝《む》いたが、慌てて飛んで来た。

「こちらのお嬢さんにポップコーンを差し上げてくれ」

「はっ」緊張し切った売り子がおずおずとポップコーンの箱を差し出す。少女はウィーバーと売り子の顔を交互に見たが、手を伸ばさなかった。ウィーバーが受け取り、少女の上半身ほどもありそうな箱を押しつける。

「あの、ミスタ・ウィーバーですよね」少女の隣に座った父親が、おずおずと身を乗り出してきた。

「いかにも。私がゼネラルマネージャーのアーノルド・ウィーバーである」威圧感たっぷりに言ってから、ウィーバーは破顔一笑した。「少しは威厳がありそうに聞こえますかな?」

「ポップコーンのお代は……」

「とんでもない」大袈裟に首を振った。「これは球団からのプレゼントですよ。いや、ご心配なく。お嬢さんにポップコーンを奢《おご》ったぐらいで、ブレーブスが破産することはありませんから」

腹を揺するように声を上げて笑ってやると、二人の緊張がようやく解けた。父親は目の形が変形して見えるほど分厚い眼鏡をかけ、襟《えり》が伸びて鎖骨が覗きそうなTシャツ姿である。足元は履《は》き古してぼろぼろになったスニーカー。父子家庭で家計も苦しい。何とか金を工面して、年に一度の楽しみとして球場に足を運んだ——という感じだが、ウィーバーはその考えをすぐに頭から締め出した。娘は歯列矯正している。金がなければできないことだ。金があって身なりに構わない職業の人間と言えば——IT関連企業の幹部。そう、連中は仕事の時も、制服のようにTシャツを着ているのではなかったか。アトランタにも、最近はこういう若い金持ちが増えているらしい。

「どうしてこんなところにいるんですか」若い父親が遠慮がちに訊《たず》ねてきた。

「どうしてって、ここは我がブレーブスのホームグラウンドじゃありませんか」傷ついたふりをして、掌《てのひら》で胸を押さえてみせる。

「いや、そういう意味じゃないですよ。ゼネラルマネージャーには専用の部屋があるんじゃないんですか」

「もちろんありますよ。今は物置になってますけどね。私もこの世界で五十年も生きてます。記念の品が多過ぎて、家に入り切らなくてね。捨てるわけにはいかないから、そこに押しこめてあるんですよ」

「本当ですか？」眼鏡の奥で若い父親の目が大きくなった。

「私は嘘《うそ》は申しませんよ。とにかくそういうわけで、自分の部屋では落ち着いて野球を見られない。だいたい、試合を見るのはスタンドって決まってるでしょうが。どうですか、この心地良い雰囲気」両手を思い切り広げると、左手が危うく少女の顔面を直撃しそうになった。「柔らかな芝の緑。まだ少し冷たい春の風。夏には夏の、この季節にはこの季節の野球の楽しみがある。狭い部屋に引っこんでたら面白くないでしょう」

「そういうものですか」

「そういうものです」真顔でうなずく。「それに、皆さんと同じ目線でここに座っていると、いろいろなことに気づくものですよ……おっと、チャンスだぞ！」

ウィーバーは身を乗り出した。今夜はやってくれよ、今夜こそは。快調に首位を走るメッツを迎えての三連戦、ブレーブスは最初の二試合を落としていた。それも、あのちょこちょこ走り回るちびっ子たちに、いいようにしてやられたのだ。二試合ともヒット数はこっちが上回っていたのに何てザマだ。今日こそは勝たなくては。三連敗だけは何としても避けたい。何しろ現在、ナショナル・リーグ東地区最下位なのだ。今日もスタンドは一杯だが、こんな試合が続いたらいずれ客足は遠のくだろう。

試合は中盤の六回。1点を追うブレーブスの攻撃にようやく熱が入り始めた。ツーアウトだが、一、三塁にそれぞれヒットの走者を置き、三番のベケットが左打席に入る。とりあえず、今チームで一番頼りになるバッターだ。すかさず、「トマホーク・チョップ」でスタンドに白い波が沸き起こる。チャンスに腕を振るだけの単純な応援だが、独特のメロディを全員が合唱するので、新興宗教の大集会のごとき様相を呈する。ウィーバーは全米各地で様々なファンの応援を見てきたが、これほど奇妙なものはないと断言できる。

ベケットは初球に手を出した。思い切り良くバットを振ったのだが、バットはボールの下側を叩き、一塁方向に高々と上がるポップフライになった。メッツのファーストがスタンドぎりぎりまで身を寄せ、このボールを摑《つか》み取る。あまりにもあっさりとチャンスが潰《つい》えて、スタンドにはブーイングの輪が広がり始めた。

「この、クソッタレ！」ウィーバーは立ち上がり、右手を振り回した。肩が痛むが構っていられない。被っていたブレーブスの帽子をもぎ取ると、思い切り腿《もも》に叩きつけた。「貴様なんぞ、どこかへ放り出してやる」

周囲の目がウィーバーに向いた。この街の有名人になりつつあるゼネラルマネージャーが、スタンドで怒りを露《あらわ》にしているのを目の当たりにし、全ての顔に驚愕《きょうがく》の表情が浮かぶ。ウィーバーは、自分の報酬を払ってくれる観客たちの顔を一渡り見回した後、芝居っ気たっぷりに問いかけた。

「どうですか、皆さん。チャンスに打てない三番バッターは我がチームに必要かな？」

「ベケットはいらない！」

「ベケットを追い出せ！」

途端に、怒号《どごう》が渦巻いた。一旦ダグアウトに引っこんだベケットが、うつむいたまま小走りにセンターのポジションに向かう。

「あれだから駄目なんです」ウィーバーは周囲の野次に負けまいと声を張り上げた。

「打てなかったら悔しさを表に出さないと。あんなに元気がなくちゃ、リトルリーグのピッチャー相手でも打てませんぞ」

「その通り！」

「ベケットを放り出せ！」

ウィーバーは立ったまま激しい野次が収まり、静かになるのを待った。周りの観客の無言の疑問が体を突き刺す。さあ、どうする。ゼネラルマネージャーさんよ、本当にベケットを追い出すのか？ チームの最高責任者であるあんたがそんなことを言うと、冗談も本当になっちまうぜ。そりゃあ、あいつが主軸の責任を果たしてないのは確かだけど、あんな一言がきっかけで放出が決まっていいのか？ 話としては面白いけど、そいつはやっぱりまずくないか？

「まあ、皆さん」一つ大きく息をついてから、ウィーバーは誰にともなく語りかけた。「長い目で見ましょうや。我がチームの宝なんだ。私が感情的になっちゃいかんよね。ベケットは大事な選手なんだ。どんなにいいバッターでも、三回に一回しか成功しないのが野球ってもんですからね。そういうことを忘れちゃいかんですな。私も熱くなり過ぎました。何しろこのチームを愛してるもんでね、ついむきになってしまうんです」

失笑が漏れ、すぐに拍手がそれを消し去った。さ、腰をすえて応援しようか。ベケットには次の打席に頑張ってもらおう。それにしても変なゼネラルマネージャーだな

――ざわめきの中に、ウィーバーはそんな懸念が広がるのを感じ取った。

どっかりと腰を下ろし、腕を組む。まあ、スタンドの雰囲気は悪くない。得体の知れない例のトマホーク・チョップ以外は。それにしても、そろそろ手を考えた方がいいだろうか？ たぶんそうだ。頼りになるバッターがいないし、一試合を安心して任せられるピッチャーもいない。何より、スターらしいスターが不在なのがウィーバーとしては不満だった。客が生《なま》で見たくなる選手をフィールドで活躍させないと。

さて、どうするか。それを考えるのは俺の責任だぞ。ではそろそろ、皺が少なくなったこの脳に必死で頑張ってもらうことにしようじゃないか。


二度目のアトランタ。中西部で育ったウィーバーには、この暑さは体に堪《こた》えた。まだ四月なのに、昼間はイリノイの真夏並みに気温が上がる日々が続いている。二十年前は、もう少し涼しかったような記憶があるのだが、年を取って体調が変化したのか、それとも地球温暖化とやらの影響か。

それにしても極端な街だ。ダウンタウンは、ナイトゲームが終わる時間になるとがらがら。ドーナツ化現象は顕著で、今は北へどんどん開発が進んでいる。

ウィーバーは、アトランタ北部の郊外にコンドミニアムを借りていた。ターナー・

フィールドまでは車で四十分ほど。一人で車を運転して球場へ通うには年を取り過ぎた。そういうわけで、ホームゲームの時には、同じコンドミニアムに部屋を構える監督のクリス・アンダーソンの車に同乗させてもらうことにしている。監督が運転手代わり。いくらゼネラルマネージャーとはいえ、それが無礼な行為であることは自覚している。アンダーソンが度を超した運転好きでなければ、チームに運転手と車を用意させただろう。

「クリス、あんたもこういう車に乗る年じゃないだろうが」コルヴェットの狭いシートの中で身をよじりながらウィーバーは抗議した。

「何を言ってるんですか、アーノルド。これはアメリカで最高の車ですよ」

「そいつは結構なことだな」事故でもあったのか、北へ向かう八十五号線は渋滞している。車という棺桶《かんおけ》に押しこめられる拷問《ごうもん》はしばらく続きそうだ。シートベルトを緩め、丸い腹に一息つかせる。すっかり薄くなった髪を撫でつけ、短く溜息をついた。

「今日もスタンドにいたでしょう」アンダーソンがちらりとこちらを見る。

「ああ、いたよ」

「ああいうのは、やめた方がいいんじゃないですか」

「何を言う。部屋に閉じこもってばかりじゃ、現場の空気が分からんだろう。今日も一つ発見があったぞ。売店のホットドッグが硬くなってた」

「それは今に始まったことじゃないでしょう」

「ま、そうだがな。業者を替えるか」

「だいたい、あなたの舌が肥え過ぎてるんですよ」

ウィーバーは無言で腕組みをした。野球の全てを愛してはいるが、一つだけ許せないのはスタジアムの食べ物だ。パスタの大家《たいか》を自認しているウィーバーは、ああいうジャンクフードは食べ物と認めることができない。

「ホットドッグの味で悩むのは構いませんけど、スタンドで客と一緒に観戦するのはやめて下さいよ。負けてる時は何を言われるか、分かったもんじゃない」

「だったら、あんたが勝ってくれればいいじゃないか」

「いつもそうはいきませんよ」

「情けないことを言わんでくれ」ぴしりと忠告して葉巻に火を点《つ》ける。アンダーソンが露骨に嫌そうな顔をして窓を一杯に開けた。濡れた夜気が車内を満たす。

「で、あんたは何が欲しいんだ」

「ピッチャー」

「打線はいいのか」

「今は湿ってるだけですよ」アンダーソンが肩をすぼめる。「そのうち当たり出すでしょう。問題はピッチャーです。今日は何とか勝ったけど、終盤は肝《きも》を冷やしましたよ」

確かに。七回から試合は急に打ち合いになり、辛うじて1点差で逃げ切ったものの、合格点を与えられる展開ではなかった。先発陣にはそれなりに評価を与えられるが、中継ぎの連中はへろへろなのだ。ここまで十五試合を消化してきたが、七回以降の失点が多過ぎる。

「私も同じ結論だよ。そろそろ手を打たんといかんな。ま、そこのところは私に任せてもらおうか。とりあえず中継ぎの整備だな」

「先発にもう一枚いてもいいんですよ。そうすれば、ウォンを中継ぎに回せる。あいつはどうも、頭から投げるのには向いていないようだ」

台湾出身のウォンは、昨年中継ぎで七十試合に投げている。防御率2点台という安定した投球を評価されて今年から先発に回ったのだが、ここまで三試合に登板してまだ勝ち星がなかった。失点も多い。去年の迫力は感じられなかった。

「本人がそれで納得するかな。先発で投げたがってただろう」

「チームの事情ですからね……何か考えてるんですか?」探るようにアンダーソンが

訊ねる。

「さて、どうしたものかね」ウィーバーが顎《あご》をゆるりと撫でた。「編成を組み替えるとなると、少し知恵を絞らんといかん。ウォンのプライドも考えてやらないと」

「お任せしていいんですか」

「もちろん。面倒な仕事は任せなさい」ウィーバーはジャケットの袖《そで》を捲《まく》り上げた。

「ただし、まずは先発を任せられる人間を引っ張ってこないと。ウォンの件はそれからだ」

「しかし、下から上げると言ってもね……いい選手が見当たらない」

「お前さんの目は節穴か？」大袈裟に溜息をついてみせた。こいつは俺の右腕だ。俺の考えを完全に理解し、どうすればそれを実現できるかも知っている。ただ一つだけ欠点があるのだ──鈍い。


　何だかんだ言って、俺は現場を歩くのが好きなんだ。バックネット裏の席に太い腰を落ち着けながら、ウィーバーは一人満足していた。

　ミシシッピ州パール。州都・ジャクソンの東六マイルほどに位置する小さな街である。ここにブレーブスのダブルAチーム、ミシシッピ・ブレーブスのホームグラウンドであるトラストマーク・パークがある。収容人員七千人超、マイナーの球場としてはごく平均的な規模だ。綺麗な扇形のフィールドには、もうナイトゲームの照明が入っている。客の入りは七割程度というところか。なかなか頑張っている。

今日は無駄口はなし。眠気覚ましのコーヒーだけが観戦の友だ。ブレーブスの先発は二年前のドラフト七位、コックス。手足の長さが際立つアフリカ系アメリカ人の若者だ。手元の資料では身長百九十センチとなっているが、間近で見た限りではそれより数センチは大きそうだ。スカウティングレポートによると、右腕から投げ下ろす速球は常時九十三マイルを超える。それが自然に変化するのは高いポイントだ。最初のシーズンはルーキーリーグで三勝、去年は途中からシングルAに上がって五勝を挙げている。今年はダブルAからのスタートで、既に三勝を稼いでいた。

投球練習を始めた途端、ウィーバーは腰を抜かしそうになった。何とサイドスロー、いや、実際には腰より低い位置から腕が出ているではないか。今時メジャーリーグでは滅多に見ないアンダースローだ。いつの間にこんな大改造をしたのだろう。オーバースローからアンダースローへの転向は、子どもの頃ならともかく、ある程度出来上がってしまってからでは難しい。

おいおい、いったい何のつもりなんだ。ゆっくり首を振り、コーヒーを一口飲んだ。

だが、戸惑いを感じているのは彼一人で、周りの観客は盛んに声援を送っている。どうやらここでは、コックスのアンダースローは既にお馴染みになっているらしい。まあ、いい。結果は出しているのだから、軽々《けいけい》に文句をつけるべきではないだろう。問題は、こういう報告がきちんと上がってこないことだ。後で担当者をどやしつけてやろう。頭の中のメモに書きこんでから、コックスのピッチングに集中した。

若いピッチャーは、見る者に常に即効的な影響を与える。迫撃砲のように威力ある速球、直角に曲がりそうな変化球。だがコックスの場合、ウィーバーが真の凄《すご》さに気づくのに三イニングかかった。

コックスは楽々と投げているようだった。長い手足を折り畳むように窮屈に始動するが、左右の手が鳥の羽ばたきのように開くと、途端にゆったりとした印象に変わる。低い位置から鞭《むち》のようにしなやかに腕を振り、常に低めに投げこんでいく。バッターのベルトから上にはほとんどボールがいかないし、高めに投げる時は明確な意図をこめている。気づくと相手チームの選手は九人連続で打ち取られていた。スコアシートで球数を確認すると、三回までわずか二十四球。オーバースローで投げていた時のスピードは失われたようだが、代わりに完璧なコントロールを身につけている。

ずっと身を乗り出していたため、腰が痛くなってきた。だいたい、このトラストマーク・パークはシートが小さ過ぎやしないか。後で文句をつけておこう。

だが、そういう些細《ささい》な問題は、圧倒的なピッチングの前では消え去る。圧倒的というのは変な言い方か。コックスは、手を出すことさえできない速球や、バットとボールが三十センチも開いてしまう変化球を投げこんでいるわけではないのだから。対峙《たいじ》しているバッターにすれば、ひどく嫌な相手だろう。そのうち打てるさ——そう思っているうちに早打ちさせられ、いつの間にかイニングが進んでいる。

何と、六回までランナーが一人も出ない。七回、マウンド前に転がったぼてぼてのピッチャーゴロをコックスが一塁へ悪送球して初の走者を許したが、絶妙のけん制で刺してノーヒットピッチングは続いた。その頃になると、コックスの冷静さに反比例するように、スタンドの観客が興奮し切って声援を飛ばし始める。狭い球場だから「ノーヒッターだ！」という叫びもマウンドまで届いているはずだが、コックスは動じる様子もない。

いつの間にか、ウィーバーは喉の奥に痛みを感じていた。声援していたわけではない。感心して唸り続けているうちに、喉が嗄《か》れてしまったのだ。奴は何歳だ？ 二十四か。何ともまあ、信じられない話だ。一般に、メジャーで通用するためには最低九十マイルの速球が必要、というのが定説だ。九十五マイルの速球は神の恵みであり、そのレベルに達したピッチャーは必ず傲慢《ごうまん》という名の衣を帯びるようになる。俺の速球を打てるなら打ってみろ。当てに来たらバットをへし折ってやる。たとえ少しばかり球速が落ちたとしても、一番いい時の幻影が脳裏に残っているから、真っ向勝負を挑んでは痛打を食らう。それでも速球にこだわるか、それとも多彩な球種とコントロール、組み立てで勝負するタイプに変身するかという分岐点に立たされるのだが、決断はなかなか容易ではない。それをコックスは、あっさりと実現してしまったようだ。

ただし、まだ速球が衰えるような年齢ではないはずなのだが。

最終回のマウンドに上がるコックスを、万雷の拍手が迎えた。ウィーバーも、くたびれた心臓が高鳴るのを感じる。メジャーリーグ生活五十年、目の前でノーヒッターを見たことは一度しかない。ここはメジャーではないが、それでも芸術品のようなコックスのピッチングはメジャー級だ。落ち着け、落ち着け。お前みたいなジイサンが興奮してどうするんだ。自分に言い聞かせてからスコアシートを見下ろす。八回までの投球数はわずかに八十五。相手の早打ちに助けられてはいるが、何とも効率的なピッチングである。こいつを先発陣に迎えられれば——一人で投げ切ってくれるピッチャーがいれば、必然的に中継ぎ陣の心配をする必要もなくなるわけだ。

最終回になっても、コックスのピッチングは初回と何ら変わらなかった。落ち着いた様子で相手バッターに対峙し、狙い通りのコースにボールを投げこんでいく。全てのボールを微妙に変化させているのだ、ということはウィーバーにも見てとれた。いわゆる癖球《くせだま》というわけではなく、おそらく一球一球に明確な意図をこめている。非常に頭のいい若者だ。そしてウィーバーは、頭脳明晰な選手を愛している。脳みそまで筋肉でできているような選手は、サインすら覚えられないのだ。

何の興奮も動揺もなく、コックスは七番から始まる相手打線を三人で切って取った。最後の打者——相手チームの監督が送り出してきた代打だった——をサードゴロに打ち取ると、ようやく穏やかな笑みを浮かべてグラブを一つ叩く。比較的冷静なコックスに比べて、ブレーブスのナインは興奮の渦《うず》に巻きこまれ、マウンドに集まってノーヒッターを達成したばかりの若い投手に手荒い祝福を与え始めた。

喜べ。ウィーバーは涙目になりながらその光景を見守った。思う存分、感情を爆発させるがいい。このチームからメジャーに昇格する選手はほんの一握りだろう。だがお前たちは、ノーヒッターに参加したのだ。その事実は孫子《まごこ》の代まで伝えていい。何だったら、自分をヒーローにして話を脚色したって構わない。時に人は、想い出にすがってしか生きられなくなるのだから。だったらそれは、大きければ大きいほどいい。できれば一生しゃぶってもしゃぶり尽くせないほど。

痛む腰を伸ばしながら立ち上がり、ウィーバーは狭い通路をのろのろと歩き出した。途中、そっと目頭《めがしら》を人差し指で拭う。感動のドラマはここまで。ここから先はビジネスの話になる。

「ああ?」ブレーブスの監督は、最初疑わしそうに眉をひそめた。ウィーバーは一瞬むっとしたが、それを顔に出すことはしなかった。考えてみれば、自分はとんでもない格好をしている。スタンドで埃《ほこり》を吸ったよれよれの白いシャツに古びたジーンズ、蛇皮のブーツにテンガロンハット姿なのだ。これではとても、ゼネラルマネージャーには見えまい。

「失礼。お忙しいところ、お邪魔して申し訳ないが……」実際、ロッカールームは騒々しかった。歓声と笑いが飛び交い、缶ビールを開ける音がひっきりなしに聞こえる。

「関係者以外立ち入り禁止なんだがね」監督はロッカールームの入り口を塞ぐように立ち、ウィーバーをねめつけた。さっさと事情を話して本題に入りたいのだが、肝心の監督の名前が出てこない。クソ、年は取りたくないもんだ。昔から人の名前を覚えるのは苦手なのに、このところ、ますます記憶力が悪くなっている。右手に持ったチームのパンフレットに素早く目を通し、名前を確認する。

「ミスタ・キャット——」

「キャッシュだ」監督が冷たく訂正する。ああ、そうだ。思い出した。この若僧は、確かまだ三十四歳。ずっとマイナーから這《は》い上がることができず、四年前に現役を引退して指導者に転じたのだった。二十代をそっくりそのまま貫いた苦悩は、赤茶けた顔に刻まれた皺に浮き出ている。

「とにかく、関係者以外は立ち入り禁止なんだよ、ジイサン」

「馘《くび》になりたいのか?」耳まで赤くなるのを感じながらウィーバーは言葉をぶつけた。突然全てを察したのか、キャッシュの顔が見る間に蒼くなる。

「ミスタ・ウィーバー——」

「そう。あんたも、いつまでもこのレベルで楽しんでいたいならともかく、上に上がるつもりがあるなら、関係者の顔ぐらいは覚えておかないとな」

「失礼しました」ドア枠にだらしなく寄りかかっていたキャッシュが、スイッチが入ったかのように直立不動の姿勢を取る。ウィーバーは、すっかり硬くなったその肩をぽん、と叩いて笑みを浮かべた。

「いや、失礼。年甲斐もなく下品なことを言ってしまったな。私は人を雇う権限はあるんだが、解雇はしたくないんだよ。そういう残酷なことは苦手でねえ。いつも人を抱え過ぎて困ってる」

「そうですか」無理に笑おうとしてキャッシュの顔が強張った。「あの、今日は——」

「おお、そうそう。肝心の話がまだだった」ウィーバーは揉み手をした。「ちょっといいかな。話ができる場所があるか？」

「監督室が……でも、ロッカールームを通らないと行けませんけど」

「構わんよ、君。堂々と行こうじゃないか。悪い話じゃないんだから」

　ウィーバーがロッカールームに入っていくと、瞬時に騒ぎが静まった。ゼネラルマネージャーの出現に気づいた選手もいるようで、期待と緊張の混じった表情が幾つも浮かぶ。

「やあやあ、お気楽に」ウィーバーはひょいと片手を挙げて愛想笑いを浮かべ、キャッシュの後に続いた。ふいに熱っぽい視線を感じた。歩を緩めると、今日の主役であるコックスが、じっと自分を見つめている。裸の上半身には余分な脂肪も筋肉も一切なく、最高の芸術家が最高の才能を発揮して作り上げた彫刻のようだった。監督室のドアを閉めて、その熱い眼差しを遮断する。

　何とも乱雑な部屋だった。半ば用具入れと化しており、監督室として使えるのは部屋の半分ほどである。しかも椅子は、監督用の一つしかない。悪いことにエアコンもなく、狭い部屋には暑さと汗の臭いが充満していた。申し訳なさそうにキャッシュが小さな窓を開けると、肌を溶かすような熱風が吹きこんでくる。窓の向こうには三塁ベースが見えた。

「椅子はいらんよ」機先を制してウィーバーは言った。勝手にデスクの上を片づけ、空いた場所に尻を載せる。キャッシュは決まり悪そうに窓側に立った。

「片づいてなくて……」

「いやいや、何の」ウィーバーは顔の前で手を振った。「まだ綺麗な方だよ。もう何十年も前だが、私がカージナルスのトリプルAで監督をやってた時は、監督室で鶏《にわとり》を飼ってたからな」

「鶏、ですか」笑っていいものかどうか判断できなかったようで、キャッシュの顔が歪んだ。

「いつの間にか入りこんでてね。一度餌《えさ》をやったらいついてしまった。これが雄鶏《おんどり》で、卵も産まん上に、ビールの味まで覚えちまったんだな。傑作だったのは……」咳払いをして、自らお喋《しゃべ》りをカットした。年を取ったせいか、最近は喋りだすと止まらない。何しろこっちには七十年分の経験があるわけで、喋ることなら幾らでもある。新聞記者たちは「お喋りウィーバー」と陰で呼んでいるようだが、仕方ないじゃないか。何も喋らず、全てを秘密裏に進めるようなゼネラルマネージャーよりは、受けもいいはずだ。

「コックスのことなんだが」

「はい」

「彼は、いつの間に投げ方を変えたんだ？　あれじゃ別人じゃないか」

「去年のシーズン終盤に肩を壊しましてね。手術するほどじゃなかったんですが、それまでのフォームに無理があったんじゃないかと……コーチのエバンスが思い切ってフォーム改造を指導しました」

「おう、ミスタ・エバンスか」それで得心した。エバンスはメジャーリーグの生きた伝説の一つだ。確か、ウィーバーよりも一歳か二歳上だが、今まで一度もメジャーで選手を指導したことはない。なぜかマイナーで選手を育成することにこだわり、これまでいくつものチームを渡り歩いてきた。基本的にメジャーリーグのコーチは、マイナスを矯正するのではなく選手の良い点を伸ばそうと考えるものだが、エバンスはとにかくピッチャーをいじりたがる。見ているうちに、そのピッチャーの本来の姿が浮かんでくるというのが伝説の本筋だった。ただし、成功率は五割というところか。彼の助力を得た選手の半分は成功を収めているが、半分はそのまま球界から去っている。

「彼なら、あれぐらい大胆なことはやるだろうね」

「元々コックスの投球フォームはかなり変則的でした。上から投げていたんですが、余計な捻《ひね》りが入ってたんですね。エバンスはそれを無理に矯正するよりも、下から投げさせた方が自然だと判断したようです」

「さすがにスピードは落ちてるね。肩の故障の影響なのかな?」

「それはないでしょう」

「結構だね。しかし、若いのにずいぶん落ち着いたピッチングだ」

「エバンスに洗脳されたんですよ」ようやくキャッシュの表情が綻《ほころ》んだ。「長く投げたいなら、無理をしないのが一番だってね。それに、全力で投げなければコントロールがつくということも分かったみたいです」

「今日の彼はコントロール・アーティストだったね。あれなら、ホームプレートの上にブドウを一粒置いても当てられるだろうな。本人は、この改造には納得してるんだな?」

「ええ、勝ち星が一番の薬ですからね」

「いいことだ。若いピッチャーは、故障したりスピードがなくなったりすると、むきになって失敗するもんだからね。一番肝心なことが分からないんだよ。百マイルの速球は投げられても、それで給料が貰えるわけじゃない。その半分のスピードしかなくても、勝てば金は稼げる……頭も良さそうな若者だな」

「テキサス工科大《テック》では数学を専攻してたそうです」

「それは頼もしい。野球とパーティーだけの学生生活じゃなかったようだな」

「ちょっと理屈っぽいのと、信心深過ぎるのが玉に瑕《きず》ですがね」キャッシュの顔が少しばかり曇った。

「構わんよ。投げて勝ってくれれば、私はそれでいいんだ」

「ということは、上に上げるんですか？　トリプルAでも十分通用しますよ」

「何を言っとる」ウィーバーは右の拳《こぶし》を左手に叩きつけた。「メジャーだ。中五日だとしたら、次の土曜日だな。その日はホームゲームだから、いいお披露目《ひろめ》になる」

「まさか」キャッシュが目を見開いた。「上がって即先発ですか」

「うちの台所事情が苦しいのは君も知ってるだろう」ウィーバーは口を捻《ね》じ曲げた。

「カンフル剤が必要なんだよ。いきなり百マイルの速球を投げこむような強烈な効果はないだろうが、彼はやれる」

「本人にはどう伝えますか？」

「もちろん、私が伝えるよ。ゼネラルマネージャーには、いいニュースを伝える特権があるんだぞ」ウィンクして、キャッシュの硬い笑みを引き出す。「もう引退してるが、私には刑事だった幼馴染みがいてね。彼は、誰かが死んだことを家族に伝えるのはこの世で一番辛い仕事だと言っていた。それとは逆の楽しい仕事もあるわけだよ。これが楽しみで、私は野球に係わってるようなもんだ」

「では、呼んできましょう」

「いや」窓の外にちらりと目をやった。照明は半分落とされ、トラクターを改造した車が内野の土を均《なら》している。「ダグアウトで会うよ。野球の話はフィールドでしないとね。こういう狭っ苦しい部屋は、いい知らせを伝えるのに相応《ふさわ》しくない」

フィールドの照明は落とされ、今はダグアウトの弱々しい灯りだけが頼りだ。一メートルの距離を置いて向き合って初めて、ウィーバーはコックスがコンタクトレンズをしているのに気づいた。シャワーを浴びたばかりで、制汗剤の匂いがかすかに漂ってくる。

「まず、おめでとうを言わせてくれ」ウィーバーが手を差し出すと、一瞬躊躇《ためら》った後にコックスがその手を握った。力強いというより、優雅な握手である。

「メジャーへようこそ」

「ありがとうございます」コックスが落ち着いた深みのある声で、丁寧《ていねい》に礼を言う。ウィーバーは、何十年も後、白髪になったこの若者が大学で教鞭《きょうべん》を執る様を容易に想像できた。

「驚いたよ」手を離して腕を広げてみせる。「私のところに届いている情報とはずいぶん違った。いつの間に変身したのかね」

「ミスタ・エバンスのお導きです」おっと、訂正だ。この男の口調は大学教授のそれではなく宗教家である。

「彼に潰されなくて良かったな。確率五〇パーセントの賭《か》けだった」

「いえ、自分は最初から信じていました。ミスタ・エバンスは最高のコーチです」

ある種の人間にとってはな、という皮肉をウィーバーは呑みこんだ。

「とにかく、土曜日のゲームからうちで投げてくれ。知っとると思うが、今は投手陣が手薄でね。君のように完成されたピッチャーなら、すぐにでも欲しい。君を見ているとクイズを思い出すんだよ……クイズを知ってるか?」

「ミスタ・クイゼンベリーですね」

ダン・クイゼンベリー。八〇年代にロイヤルズで一世を風靡《ふうび》したリリーフエースだ。

コックスよりもさらにスピードがないアンダースローのピッチャーだったが、全盛期にはアメリカン・リーグの全打者に蛇蝎《だかつ》のごとく嫌われていた。その彼が死んで八年になる。グッド・オールド・ダン。メジャーに足跡を残した最後のアンダースローのピッチャー。

「自分のピッチングは、ミスタ・クイゼンベリーの足元にも及びません。まだ完成には程遠いんです」

ウィーバーは、その口調に彼の頑固さを感じ取った。まあ、いいさ。馬鹿丁寧なだけの選手なんて大成しない。自分を冷静に見られる人間だけが、高みに上れるのだ。

「日々進歩、というわけだな」

「そうありたいと願っています」

「結構、結構」わざとらしく大袈裟にうなずく。「向上心のある若者は大好きだよ。我がチームへようこそ。土曜日には頭から投げてもらうから、そのつもりで調整してくれ。こっちへ合流するのは金曜日で構わん。後で担当者から連絡させよう」

「あの、よろしいでしょうか」コックスが遠慮がちに切り出す。

「契約のことか？　それなら私は話をしないよ。こんな嬉しい知らせを持って来た時に、金の話なんかしたくない」

「違います」慌てて首を振った。「私は、安息日を守ります」

「日曜日には投げられないってことか？」ウィーバーは右の掌を大きく広げて胸に手を当てた。

「それが神の教えです」

「そうか……」面倒なことを。しかし、こういうことを言い出した選手は彼が初めてではない。サンディ・コーファックスもそうだった。「まあ、いい。君の意思は尊重しよう」

「そうですか」安堵《あんど》の吐息を漏らし、コックスが握手を求めた。「それでは、アトランタでお会いします」

「ああ、楽しみにしてるよ」

若い選手を見るのは確かに楽しみだ。安息日のことも何とかなるだろう。ただしその陰には面倒なことも控えている。ウォンに先発降格を告げないと。

ウィーバーは「分業制」という言葉が大嫌いだ。何だか十八世紀のイギリスの紡績工場のようではないか。だが実際、二十一世紀のメジャーリーグが分業制で成り立っているのは間違いない。先発投手の役割は中五日のローテーションで六イニングまできっちり投げること。中継ぎ陣は毎試合でも投げられるように体調を整えておくこと。クローザーは一瞬で頭を沸騰させるとともに、嫌なことを一晩で忘れる能力を鍛えること。それぞれが役目に合った仕事で金を稼いでいるわけで、上下はない。

しかし中には、それを信じていない選手もいる。先発は花形。クローザーは派手派手しいスター。だが中継ぎは単なる力仕事――ウォンは、そういう二十世紀半ばまでの野球観にがんじがらめにされた男だった。

「私が、何か悪いことをしましたか」ターナー・フィールドの監督室で面会したウォンは、今にも泣き出しそうな表情を浮かべていた。球場入りしたばかりでまだ着替えてもおらず、スーツ姿である。遠征時はともかく、ホームゲームでは球場入りする時の服装までは決められていないのだが、きっちりネクタイをすることが自分の義務だと信じている様子だった。だが、それが板についていない。

「とんでもない」ウィーバーは嵐の訪れを予感してことさら大きな声で否定した。アンダーソンは監督の仕事を放棄したようで、二人のやり取りに割りこもうとはしなかった。まったく、役立たずが。もっともウィーバー自身、この状況を楽しんでいるのは間違いなかった。嫌な役目だが、こういうこともひっくるめて全てが野球なのだから。それに何も、マイナー落ちや解雇を通告するわけではないし、これで給料が下がることもない。ただプライドの問題だけである。

人差し指を振りたて、直立不動のウォンに説明する。

「いいか、中継ぎ陣がヘマばかりしてるから、勝てる試合をいくつも落としている。考えてくれ。去年、君が危ない場面でどれだけピンチの芽を摘み取ってくれたか。今のブレーブスには、君のようにガッツのある人間が必要なんだよ――試合を立て直す役目を背負ってほしい」

「私は、先発で投げるために頑張ってきました」とうとうウォンの頬《ほお》を涙が流れ伝った。「中継ぎは、そのための修業です。これが目標じゃありません」

「分かってる。君にとって、メジャーの先発マウンドで投げることは何より大事だろう。だが、分かってくれ。試合の途中で危機的な場面を任せられる選手は、今は君しかいないんだ。頼れる人間は君だけなんだよ」

「私は、先発で投げます」まだ頼りない英語が、涙声でますます聞き取りにくくなった。「そのためにアメリカに来ました」

「ああ。だが今は、別の役目を果たしてほしいんだ」

「私は先発失格ですか」

「違う。今の君には中継ぎの仕事の方が合ってるんだ」

そろそろ限界だ。同じ会話の繰り返しで、俺たちは渦に巻きこまれ始めている。そのうち、全員揃って溺死《できし》だ。

「もう先発できないんですか。成績が悪いからですか」

「そんなことはない。君のピッチングには最高の評価を与えてるよ」チャートを取り上げた。目を覆《おお》いたくなる数字が並ぶ。防御率は5点台。しかも彼が投げる試合に限って打線が沈黙する。巡り合わせなのだが、こういうすれ違いが続くと、打線とピッチャーの間にはぎすぎすとした空気が流れる。

「それなら先発で投げさせて下さい。次は必ず結果を出します」

「ウォン」立ち上がり、ウィーバーは彼をがっしりと抱きしめた。驚いたように、ウォンが体を硬くする。両肩をがっしり摑むと、自分の頰を伝う涙が彼にも見えるように顔を離した。ウォンの泣き顔に驚きが加わる。

「私にも君の夢は理解できる。君は素晴らしいピッチャーなんだ。台湾の英雄なんだ。私はいつも、君がいつか完全試合をするんじゃないかと期待しているんだよ。そのチャンスは必ず来る。私だって、君の夢を取り上げたくはない。チームの全員に幸せになってほしい。ただ、今は我々に力を貸してほしいんだ。チームのために投げてくれないか。試合を組み立てるためには、君にも少しだけ我慢してもらわないといかん。

そうでないと、ミスタ・アンダーソンの首が危ない」

ちらりと盗み見ると、アンダーソンが目を剝いていた。俺が鹹？ いつの間にそんな話になったんですか？ 素早く首を振って安心させてやってから、ウォンの肩を叩き、目元に零《こぼ》れた涙を拭う。

「さあ、張り切っていこうじゃないか。チームの状態が上向けば、また先発で投げるチャンスがあるよ」

「分かりました」半ば呆然《ほうぜん》とした表情を浮かべ、ウォンがうなずいた。「あの、大丈夫ですか、ミスタ・ウィーバー」

「ああ、すまんな」思い切り音をたてて鼻をかみ、照れ笑いを浮かべる。「年を取ると涙脆《もろ》くなっていかんよ。なあ、一つ覚えておいてくれ。君は私のアイドルなんだよ。五十年間、何百人ものピッチャーを見てきたが、君は最高の一人だ」

最後は握手で終わった。アンダーソンが今日から中継ぎでいつでも投げられるように準備しておくよう指示すると、ウォンも納得して監督室を出ていった。

「いやはや」ドアが閉まるのを見届けてからアンダーソンが溜息をついた。「大した役者ですな」

「ハリウッドでレッドカーペットを踏めるだろう」

「それは調子に乗り過ぎです」

「ま、何はともあれ納得してもらって良かった。涙ぐらい平気で流せないと、ゼネラルマネージャーは務まらんのだよ」

「ほかの人なら、もっとドライにやってるでしょうね」

「これが私のやり方だ。皆が幸せになるためなら、何でもないさ」

「で、あなたの涙と引き換えに入ってきたピッチャーはどうなんですか」

「今日、先発させるんだ」

「それは分かってますが」アンダーソンが不満気に唇を捻じ曲げる。「まだろくに見てもいないんですけどね。大丈夫なんですか」

「私は彼のピッチングを九十五球も見たよ」ウィーバーは両手をぱっと広げた。「私の目を信じるんだな。心配なら、自分の目で確かめるといい——ま、実際にバッターを抑えたピッチングを見ないと、彼の凄さは分からんかもしれんが」

ウィーバーはこれまで何十人ものピッチャーの初登板に立ち会ってきたが、これほど見事なデビューを見たことはなかった。つい数日前、数千人の観客を前にダブルAで投げていたとは思えない落ち着いた投球で、コックスはマーリンズ打線に大恥をかかせた。バッターからは、いつでも打てそうなひょろひょろしたボールに見えるのだろう。だが思い切り振り回しては、人を馬鹿にするような緩いボールに引っかかり、微妙な変化についていけずに凡打の山を築く。結局コックスは散発四安打、二塁を踏ませない完璧なピッチングで、百球ちょうどでマーリンズ打線を完封した。

「いやはや、たまげたよ」アンダーソンは試合後、報道陣にそう語るのが精一杯だった。当のコックスは、自分を変えてくれたエバンスと神へ感謝の言葉を捧げた。

監督室の場内テレビで二人のインタビューの様子を見ながら、ウィーバーは一人うなずいた。コックス。なかなかいいキャラクターじゃないか。南部出身のインテリのアフリカ系アメリカ人で、信心深い。慎みを知っている。しかし、まだまだ足りないな。この球場を満員にするためには、もっと刺激的な要素が欲しい。胸に顎を埋《うず》めたまま、新しいストーリーをこね回し始めた。

Chapter 3

Addicted To That Rush

そうです。出塁率がどうして大事なのかを長々とお話ししたのは、野球というスポーツの本質を理解していただくためです。もちろん、あなたがプロフェッショナルであることは分かっていますが、私の考え方も知っていただかないとね。

選手の総年俸ですか？　ええ、確かに去年までのメッツがいかにも金持ちチームというイメージだったのは事実です。しかし、高い年俸を稼ぐ選手が必ずしも良い選手とは限らない。年俸は一つの尺度に過ぎませんし、結局はチームが勝てるかどうかが問題なんですから。

私ですか？　ははあ、なるほど。選手の年俸を抑えれば、その分が私のボーナスになるとでも思ってらっしゃる？　まさか。大昔のヤンキースではそういうこともあったそうですが、私はそういう契約は交わしていません。それに、年俸の問題は最優先事項ではありませんからね。さっきも言ったように、一つの尺度に過ぎないんです。それに、ミスタ・モルガンのポケットは深い。少しばかり節約したぐらいでは、褒《ほ》めてもらえないんですよ。

一つお願いしたいのですが、今の段階ではまだ結論を出さないでいただきたい。確かに今、私たちは勝っている。でも、まだ五月なんですよ。秋になって結果が出た時にこそ、私の方法論を評価していただきたいですね。ただ安い選手を集めただけじゃなくて、能力のある選手を積極的に見出したんだということが、間違いなく分かるでしょう。でも、結果が伴わなければ評価されないのがこの世界ですからね。シーズンが終わった後で批判を受ける覚悟も当然あります。

――五月二十三日、ニューヨーク・タイムズとのインタビューで（ニューヨーク）

何を馬鹿なことを言っとるのかね。伊達《だて》や酔狂でコックスを上に上げたんじゃないぞ。話題性？ そんなものは関係ない。確かに彼は信心深い男だが、それが何か問題なのかね。たとえ彼が馬だろうがクロコダイルだろうが、あれだけのピッチングができるなら私は契約するよ。

問題はない。断じてない。誰かに迷惑をかけてるわけじゃないんだから。だいたい、コックスの態度に共感してくれる人も大勢いるんだよ。確かに彼は、安息日には投げない。だから何だって言うんだ。日曜日に喜んで投げる代わりのピッチャーはいくらでもいる。

いない？ ああ、分かってるよ。嫌なことを思い出させてくれるね。だけど、ピッチャーが揃いも揃って不調の時こそ、頑張らなくちゃいけないんだ。もちろん、私がだよ。アンダーソン監督が楽できるように、選手を揃えないと。皆さんがいろんな選手の名前を挙げているのは知ってますよ。非常に参考になるね。残念ながら当たってはいないけど。アメリカは広い。まだまだ隠れた逸材が埋もれているんです。どうせなら、皆さんがあっと驚くような選手を発掘したいものだね。

いや、これはこけおどしじゃないよ。私は、人を驚かせるためにこの商売をやってるんじゃないんだから。まずは勝つこと。勝って、球場にファンを集めることが大事だ。そのために何をすればいいかは、よく分かってますよ。

オーナーかね？　いや、それは心配してもらうに及びません。オーナーと私はぴったりくっついている。揺るぎない関係というところだね。万事任せてもらっているから、実にゆったり構えて仕事ができるよ。

——五月二十一日、記者団との懇談で（アトランタ）

シェイ・スタジアムの狭い一室が高岡の城である。窓もない素っ気ない部屋で、中は物で溢れ返っていた。大画面のテレビモニターとビデオの山。パソコンはデスクトップとノートの二台。ハードディスクにデータを保存しているだけでなく、必要なものは全てプリントアウトしてファイルに保管しているので、そのためのキャビネットが一方の壁の大部分を占めていた。

チームは西海岸で遠征中だが、今回は同行しなかったので、資料を分析する余裕ができた。間もなく打ち合わせの時間だ。壁の時計を見上げ、レポートを読むスピードを上げる。

ライト。ここまで出塁率は五割近く、二十三盗塁と期待通りの活躍で、得点も既に四十を超えた。ホームでもアウェーでも成績がほとんど変わらないのも高く評価できる。年俸が百万ドルに届かないことを勘案すれば、素晴らしいコストパフォーマンスだ。しかも彼とは三年契約で、その間年俸は基本的に上がらない。もちろん細かくボーナスを与えることにはなるだろうが、それでも安い買い物だったと断言できる。

カーンズもいい働きをしている。打率は二割七分台だが、右打ちの上手さが目立ち、ライトを確実に進塁させているのはポイントが高い。この二人が、今年のメッツの象徴だ。俺の理想の野球は、この二人によって具現化されつつある。

チーム本塁打、リーグで下から二番目。打率は下から三番目。だが、出塁率はリーグトップで、総得点は上から二番目に位置する。面白い数字だ。常に一つ先を狙うメッツの野球は、通《つう》と言われる人たちから高い評価を集め始めていた。

ノックの音が響き、レポートから顔を上げた。どうぞ、と声をかけると、スタッフがぞろぞろと入って来る。日本人は高岡一人だが、そういう状況はもう気にならなくなっていた。

「じゃあ、始めようか」五つの椅子に五つの尻が収まると、声をかけた。このミーティングは、チームが遠征中にしばしば開かれるもので、一種の査定会議である。選手がいない時を狙うのは、情報漏れを防ぐためだ。この場で話し合われたことが外に漏れれば、容疑者は自然と絞られる。

実際高岡は、情報の扱いを巡って失敗したケースを何度も見ている。フロントと選手の間の風通しがあまりにも良くなると、上で話し合われたことが筒抜けになるし、情報を得た選手は途端に自己主張を始めるものだ。そうなると収拾がつかなくなる。所詮《しょせん》、選手は子どもなのだ。何よりも自分が大事だから、フロントの人間が少しでも批判めいたことを言えば、立場を守るために必ず猛反撃を始める。

「じゃあ、チャーリーから頼む」

「了解」チャーリー・バックマンが膝の上でノートパソコンを広げた。二メートル近い長身で、アフリカ系アメリカ人らしく手足が長い。この部屋ではいつも体を折り曲げ、窮屈そうにしている。大学時代はバスケットボールのポイントガードとして活躍したが、NBAから声がかかるほどではなかった。

「ああ、その前に」高岡は自分のコーヒーカップを目の前に掲げた。「今日、誕生日だったね。何歳になった？」

「二十九です」バックマンが眼鏡を押し上げた。「すっかり年寄りですよ」

「二十代最後の一年を楽しむといいよ。三十歳になると、体が言うことを聞かなくなるからね」

薄い笑いが部屋を埋めた。馬鹿笑いはいらない。ゆったりとリラックスして、本音をぶつけ合うための雰囲気が作れればいい。

投手陣の査定を担当しているバックマンの報告が淡々と続く。数字は既に頭に入っているが、再確認するために、高岡はじっと耳を傾けた。

「――というわけで、今のところはまずまずですね。唯一の問題は先発の五人目です」

「ああ」コーヒーを一口飲んでうなずいた。開幕から先発を任せている左腕のフォークのことだ。シーズン後半にメジャーに上がってきた昨年は、がむしゃらに投げて六勝を挙げたのだが、今年はここまでまだ二勝。防御率も5点台と不安定なピッチングが続いていた。

「フォーク。何が悪いんだろう。去年との違いが分からないな」高岡は首を傾げながら、レポートの数字を指でなぞった。

「微妙なフォームの違いでしょうね」バックマンがパソコンのモニターを覗きこむ。

「それこそ、一センチ、二センチの差」

「あと一試合だけ様子を見ようか」

全員の目が高岡に向いた。一試合だけ——判断する時間はそれほどない。自分を凝視する顔を一渡り見てから続ける。

「下から誰か上げられないかな」

「残念ながら、これはというピッチャーはいませんね」バックマンが首を振る。

「困るな。誰が何と言おうと、うちの柱はピッチャーなんだぜ」

「世間では攻撃面を評価してますよ」バックマンが反論する。

「世間が何を言おうが、我々には関係ない。野球はディフェンスだし、守ることはピッチャーから始まるんだから」

「了解。トレードのリストをあたりましょうか」

「そうしてくれないか。このままじゃ、夏場以降に間違いなく苦しくなる。五人目がしっかりしてないと、他の四人の先発ピッチャーに余計なプレッシャーがかかるしね」

「早急にデータを調べます」真面目くさった顔つきで、バックマンが膝の上でパソコンを閉じた。

「オーケイ。じゃ、次は守備だ。ミスタ・ケーン？」

アンディ・ケーンが顔を上げる。バックマンと違って、手にしているのはレポート用紙一枚だけ。自称、不器用なアイルランド人。生粋のニューヨーカーで、子どもの頃からの熱烈なスポーツファンではあるが、自分の両手は石でできているようなものだ、と自嘲気味に語るのを高岡は聞いたことがある。

「ライトが心配だ」短く結論づけて高岡の言葉を待つ。うなずき、先を促した。「エラー十個というのはいただけない。ある程度予想してたけど、正直言ってひどいね。内訳は、送球のエラーが九つ、内野フライを落としたのが一つある。うちの七歳の息子の方が上手くやれるよ」

「送球に難あり、か」高岡は腕組みをして床に目を落とした。覚悟はしていた。理想の打線を作るために、ライトは欠くべからざる存在である。そのために守備の拙《つたな》さには目を瞑《つむ》っていたのだが、予想していたよりもお粗末なのは数字に裏づけられた。

「うちにとって致命傷になり得るか？」

「今のところは何とも言えない。少なくとも、彼のエラーで試合を落としたことはないしね。ただ、それがいつまで続くか」ケーンが肩をすぼめる。「しかも彼は、実は

の速さとイコールじゃないのか」

「あれだけ足が速いのに？」バックマンが首を捻った。「守備範囲っていうのは、足の速さとイコールじゃないのか」

「いや、守備はデータが全てなんだ」ケーンが持論を展開し始めた。こういう時、高岡は話の腰を折らずに喋らせることにしている。遠慮しないで話し合えば、いい結果が生まれる。「バッターの癖、ピッチャーの持ち球、球場の特性、そういうデータを頭に叩きこんでおけば、打球の行方《ゆくえ》は九割方予想できる。走者の有無や気象条件まで要素に入れれば、さらに精度が高くなるわけさ。だけど、そこまではマイナーレベルの話だ。メジャーの一流の選手は、データに加えて独特の勘を持っている」

「ご教授ありがとう」バックマンが皮肉っぽく唇を歪めると、狭い部屋の中に薄い笑いが広がった。

「結局ね、彼は頭が悪いんじゃないかと思う。少なくとも守備に関しては」ケーンがずばり切り捨てた。「必要なデータが頭に入っていないか、それとも勘が働かないのか。とにかく、足の速さは関係ないんだよ。ブルックス・ロビンソンだってそんなに足が速かったわけじゃない。メジャーに二十三年いて、二十八盗塁しかしてないんだぜ」

「話が古いね」バックマンが茶化した。五〇年代から七〇年代にかけて長くオリオールズのサードを守ったロビンソンは、「人間掃除機」の異名を取っていた。十六年連続ゴールドグラブ。七〇年のワールドシリーズでは、ファインプレーの連発でレッズを沈黙させた。守備が勝負を決めた唯一のワールドシリーズと言われているほどだ。

「ロビンソンは人間じゃない。機械だから比較できないよ」高岡が言うと、先ほどよりやや高い笑い声が上がる。それが引くのを待って両手を固く組み、表情を引き締めた。「ライトは、外野守備の経験はあるのかな」

「あるはずだ」ケーンが答えたが、自信なさげな声だった。バックマンがすかさずノートパソコンのキーボードを叩く。眼鏡を直しながら言った。

「あるけど、メジャーに上がってからは十試合だけだ。たぶん、選手交代が多かった試合で、仕方なく守ったんだろうな」

「エラーは？」

「外野では記録されていない」高岡の質問に、バックマンが即座に答えた。「しかし、この程度じゃ参考にならないと思うよ。自分で見たわけじゃないし」

「マイナーではどうかな」バックマンの反論に直接答えず、さらに確認を求める。三十秒後、新しい答えが返ってきた。

「マイナーでは結構外野を守ってたみたいだね」

「結構だ」高岡はデスクに平手を置いた。「彼にはプロで外野守備の経験がある。とすると、守れるはずだ。どうかな？」

「ポジションを変えるつもりか？」ケーンが眉をひそめた。

「何か問題でも？」高岡は腕を広げた。「珍しくもないだろう。それともライトは、肩に問題があるのか？」

「それについての明確なデータはない。主観的なものになるけど」とケーン。

「ミスタ・ケーンの主観で結構だよ」

「肩は弱くないと思う。コントロールに問題があるだけだ。それも、内野手としての」

「了解。外野ならどこでもいい」メッツの本拠地であるシェイ・スタジアムの外野は、綺麗な扇形になっている。フットボールとの兼用で外野の膨らみがほとんどないマーリンズのドルフィン・スタジアムや、フェンスに蔦《つた》が絡まるカブスのリグレー・フィールドに比べれば、守備で苦労させられることはないはずだ。「コーチたちに検討させてくれ」

「あー、面倒かもしれない」ケーンが遠慮がちに申し出る。「ライトはショートのポジションに愛着を持ってるからな。そういう気持ちは――」

「構わない」高岡はケーンの説明を断ち切った。「適材適所だ。今のライトには、シヨートをこなすのは無理なんだよ」

「彼の気持ちはどうなる？」

「ミスタ・ケーン、そういうのは勘弁してくれ」首を振って懇願を拒絶する。「我々は気持ちで野球をやってるんじゃない。データが全てだ。選手は駒なんだよ。一々気持ちを斟酌《しんしゃく》してたら、チームは崩壊する。一つだけ、ルールを確認しようか。誰をどう使うかは、ここにいる我々が決める。君たちも、余計なことを考えないで意見を言ってほしい――数字を前提にね」

さて、夕食の時間だ。今までいくつもの街を渡り歩いてきたが、独り者にはニューヨークが一番便利である。せっかく世界で一番大きな街に住むのだからと、高岡はマンハッタンの中心部に近いコンドミニアムを借りていた。外へ出れば食事には困らないし、買い物をするにも何かと便利だ。もっとも、食事に凝ることもないし、余計な買い物に金を使う気にもならない。長年の貧乏暮らしは、メッツのゼネラルマネージャーという地位を手に入れても急には変わらなかった。

ミーティングを終えて家に戻る途中でタクシーを降りる。近くのデリで食べ物を仕入れて、一人の夕食にするつもりだった。今日の試合はテレビの中継もないから、のんびりとビールでも呑みながら食事をしよう。といっても、デリで買い揃える食事など、高が知れている。異常にマヨネーズの味が濃いチキンサラダや、歯が立たないほど硬い中華風の肉団子、べったりと甘いソースをかけたサーモンを食べると、後で必ず胸焼けに苦しむ。食事の用意ぐらい自分ですればいいし、ニューヨークは日本の食材も豊富なのだが、自炊ほど面倒なことはこの世にない。アメリカに来て以来、キッチンではお湯を沸かす以上に複雑なことは一度もしていなかった。

いつの間にか、結婚するタイミングも逸してしまった。仕事に追われる毎日だったが、そういう生活は間違いなく充実していた。時に侘《わび》しさを感じることもあるが、仕事さえしていれば気は紛れる。寂しさを消すためにむきになって仕事をし、デートをする時間もなくなる。悪循環だとは分かっていたが、どうしようもない。それに今は、一番大事な時なのだ。メッツを動かすという目標には手が届いたが、ここで結果を出さないと失業してしまう。メジャーとはそういう世界なのだ。実績がある者も容赦《ようしゃ》なく切り捨てるし、実績がない者はさらに立場が危うい。

今日のメニューはまったく高岡の気を引かなかった。どれもこれもくすんだ色合いで、見ているだけで食欲が失せる。パンとハム、チーズでも買ってサンドウィッチにしようか。しかし、庖丁《ほうちょう》はどこだろう。

ぼんやりしながらパンの棚の方に回ろうとした瞬間、背中が誰かにぶつかった。短い悲鳴。慌てて振り向くと、小柄な女性が料理のケースの前に乗り出している。いや、違う。俺が押した格好になって、プラスチックのパックに盛っていた料理をぶちまけてしまったのだ。店員が心配そうな顔で近づいて来る。

「失礼《ソーリー》」英語で謝ると、困ったような表情を浮かべて女性が振り向いた。東洋系——いや、日本人だろう。二十代後半から三十歳ぐらい。色白で面長《おもなが》の顔立ちで、大きな目がチャームポイントになっていた。今日は肌寒いぐらいの陽気のせいか、淡いピンク色の長袖のカーディガンにふわりとしたスカート、ブーツという格好である。

「ええと」日本語で言うと、女性の顔に安堵の表情が浮かんだ。「日本の方ですか」

「はい」よく通る、澄んだ声だった。体の芯がぞくぞくするのを感じながら、高岡は
「すみません、せっかくの食事を」と詫《わ》びた。

「いえ、あの……」女性の声が頼りなく消える。

「私が払いますよ」

「いいです」慌てて顔の前で手を振った。何とも小さな手じゃないか。顔に浮かんだ

幼い表情をちらりと見ながら、高岡は彼女の年齢を二歳ほど引き下げた。

「いや、私が押してしまったんだから」

「私もぼうっとしてました」

頬が緩んだ。自分からは絶対に謝らないアメリカ人の間で二十年近くも生きてきて、こんな譲り合いは久しぶりだった。

「とにかく、ここは私が払います」汚く混じり合ってしまった料理を見ながら、財布を取り出した。十ドル札を引き抜き、店員に渡す。

「十ドルで済むかどうか分からないよ」韓国系らしい若い店員がぶっきらぼうに言った。「他の料理が……」

「分かった、分かった」もう一枚十ドル札を取り出してその手に押しつける。彼の文句を聞きながら、貴重な時間を潰す気にはなれなかった。「これでいいだろう。これ以上取ろうとしたら詐欺《さぎ》だぜ」

むっつりとした表情を崩さなかったが、店員は二枚の十ドル札を握り締めたままレジの方に戻っていった。

「こんなことしてもらったら困ります」女性が両手で頬を挟んだ。

「いいんですよ。それより、食事を台無しにしてしまった。こんなところじゃなくて、どこかでちゃんとしたものを食べませんか」

「だけど……」躊躇《ためら》いは、強い口調ではなかった。

「いや、私もここで夕食を調達しようと思ったんだけど……今日は美味《うま》そうなものがなくて。一人で食べるのは寂しいから、つき合って下さいよ」自分の言っていることが信じられなかった。相手が日本人だから気が大きくなったのか？　それとも好みの顔立ちだから？　どうでもいい。俺はただ、この娘の顔を正面から見ていたいだけだ。できるだけ長い時間。

アメリカに来てから、こんな気持ちになったのは初めてだった。

自宅近くのイタリアン・レストランに誘った。一度スタッフと食事をしたことがある店で、予約しないと席を取るのは難しいのだが、今夜は運良く入れた。店に入ってから十分で、高岡は彼女の名前が桝田穂花《ますだほのか》だということ、この春会社を辞めて、一年間の予定で語学留学していることなどを聞き出した。ついでにアルコールが呑めないことも。

「会社を辞めちゃって大丈夫なんですか？　ずいぶん思い切りましたね」

「そうですね。でも、通訳の夢を捨て切れなくて」

「大変らしいですよ、あの仕事は」反射的に、以前同じチームにいた通訳の顔を思い出した。日本人選手専属の通訳だったが、ほとんど個人マネージャーのようなもので、ふだんの買い物から何から、全部面倒を見ていた。その選手は一年限りで日本に戻ったが、通訳は体重が五キロ減った、と零《こぼ》したものだ。

「それは知ってます」

「本当に思い切りましたね」

「ええ」穂花が髪を掻《か》き上げた。「だけど、どこかで思い切らないと、無駄に年を取るだけだから」

「年を取るって、まだ若いでしょう」

「私、もう三十三ですよ」

「驚いた」大袈裟に目を見開き、胸に手を当ててみせた。「私とそんなに違わないんだ……いや、違うか。私はもう三十九だから」

「アメリカは長いんですか」

「大学時代からだから、もう二十年になりますね」

「じゃあ、日本よりアメリカの方が長いんですね」

「確かに」顎を撫でる。しまった。今日は内輪《うちわ》のミーティングだったので、油断して髭《ひげ》も剃っていない。黴《かび》が生えたようにしか見えないので、毎朝綺麗に剃るようにしているのだが。「確かにその通りですね」

「お仕事は何をしてるんですか」

一瞬躊躇った後、「スポーツ関係です」とだけ答えた。

「そうなんですか」関心なさそうな口調だったので、それ以上説明するのを諦《あきら》めた。スポーツ関係と言っても幅は広い。スポーツシューズメーカーの営業担当、スポーツショップの店員、記者。しかし彼女の頭の中には、メッツのゼネラルマネージャーという職業は入っていないだろう。野球に関心がない人には、説明するのも面倒臭い。

貯金を取り崩しながら生活しているということで、穂花の食生活は高岡に負けず劣らず悲惨なものらしい。豪勢に料理が並んだが、二人ともナイフとフォークを操る手つきは硬いままだった。パスタが終わる頃になって、ようやく穂花の表情が柔らかくなる。

「久しぶりにちゃんとしたものを食べました」

「私もですよ」ささやかな笑みの交換。「一人で食事をすると、どうも簡単なものになる」

「つき合ってくれる人はいないんですか」

「私の友人はみんな妻帯者でね。毎回つき合わせるわけにはいかないんですよ」一番多いのは、本拠地で試合がある時に、選手たちに振る舞われる食事を失敬するパターンだ。もちろん、試合が終わる前に。選手たちに交じってサンドウィッチを頬張るのは、筋違いであるような気がした。

「そうですか……」穂花が上目遣いに高岡を見た。「私も似たようなものです。勉強で精一杯で、時間がなくて。この街で友だちを作るのって、簡単そうで難しいですね」

「確かに。一人で生きていくのは簡単だけど、仲間を作るのは難しいかもしれないな」この街で親しいと言えるのは、メッツのスタッフだけだ。だが、つき合いのベースにあるのはあくまでも仕事である。

考えてみれば、野球と関係ない人を相手にこれだけ長い時間話すのも久しぶりだ。質問が奔流《ほんりゅう》のように流れ出る。慎重に自分の話題を避けながら、穂花の身の上話を吸い取った。今、自分のことを話す必要はない。これっきりではないのだから。いずれ俺のことを知ってもらう時間はたっぷり取れる。

だが、最後にこれだけは確認しておきたかった。

「野球は好きですか？」

穂花が首を傾げる。乗ってこない。とすると俺は、自分が全精力を捧げてきたもの以外で、何か彼女を惹《ひ》きつける材料を提供しなくてはならない。

さて、困った。野球以外、俺に何があっただろう。

深夜になっても、まだ高揚感は残っていた。手元には穂花の電話番号とメールアドレスがある。電話してみるか、それとも丁寧なメールを送ろうか。

いやいや、焦《あせ》るな。明日にしよう。がつがつしていると思われるのは嫌だし、かといって忘れられても困る。一日おくぐらいがちょうどいいのではないだろうか。彼女に連絡を取る代わりに、パソコンを立ち上げ、試合結果をチェックした。

よし。今日も2対1でジャイアンツに競り勝った。今回の西海岸への遠征は、一敗の後五連勝で、ナ・リーグ東地区一位をがっちりキープしている。二位のフィリーズとは三ゲーム差。

試合内容を精査する。バーリーが八回まで投げて七勝目を挙げていた。勝利数はリーグトップタイで、防御率は二位。元々安定したピッチングが持ち味だが、今年はキャリアハイのシーズンになるかもしれない。やはり、いいピッチャーにはいくら金をかけてもいいのだ。ヒットは五本。盗塁二つ。このままなら、チームでシーズン百五十盗塁は確実だろう。

高岡は盗塁が大好きだ。効率的に点を奪う作戦であるという以上に、野球でもっともスピード感溢れるアグレッシブなプレーだから。一塁から離れて、芝の切れ目辺りで足を大きく広げ、股の間で手をぶらぶらさせながらタイミングを計るランナー。ピッチャーが始動する、スタートを切る、キャッチャーが弾かれたように立ち上がって二塁へ送球する。舞い上がる土埃の中でランナーとショートが交錯《こうさく》し、一瞬の間の後に「セーフ」のコール——場外へ叩き出す大ホームランや、バッターとの力の差を誇示する百マイルの速球がパワーの発露であるとすれば、盗塁は芸術だ。野球は基本的にのんびりと時が流れるスポーツだが、盗塁だけは別である。一瞬全てが早回しになる。それはゲームの中で最高のアクセントなのだ。

盗塁二つのうち一つがライトだった。相変わらず快調に走りまくっているが、外野へのコンバートは、彼の精神状態にどんな影響を及ぼすだろう。いや、たとえどうであっても、俺が心配することじゃない。決めるのはこっちだが、伝えるのは監督の役目なのだ。それで給料を貰っているのだから、面倒な仕事であってもこなしてもらわないと。

高岡の部屋は広いワンルーム、いわゆるスタジオで、家具はほとんどない。必要性も感じなかった。だが、ここへ穂花を招くようになったら、あまりにも素っ気ないだろう。いい音楽が必要だし、テレビだってこんな古いブラウン管のものではなく、最新の液晶大画面にしたい。明日はチームの移動日で、ニューヨークに残っているスタッフにとっては休日だから、家電や家具を探してみようか。まずは、エスプレッソ・マシーンを買うこと。それを頭のメモ帳に書き留めて、すっかり暗記してしまった穂花の電話番号の横にピンで留めた。エスプレッソ・マシーンを探すより先に電話だな。彼女の電話番号に大きなチェックマークをつけてから、バスルームに向かう。服を脱ぎ捨てながら鏡を覗くと、未だかつて見たことのない、にやけた顔の男がいた。そうだ、せめて朝食ぐらい食べられるようにしておかないと。いつも近くのダイナーで済ませているが、二人で過ごした翌朝ぐらいは、俺が食事の準備をしたい。ベーグルとスモークサーモン、クリームチーズのサンドウィッチか、それともオーバーイージーのフライドエッグにかりかりに焼いたベーコンか。

しまった。明日は予定が入っている。経済紙の取材を受けなければならないのだ。

取材の申しこみを受けた時には、なぜスポーツ紙ではなく経済紙なのかと疑問に思ったが、今では納得できている。俺のやり方は新しいビジネスモデルなのだ。あらゆる仕事で問題なのは効率である。経費率を低く抑え、なおかつ利益を最大限にすること。

だ。メジャーリーグの場合、年俸の低い選手たちが活躍して勝てば、効率は良くなるわけだ。

いいだろう。せっかくだから持論をたっぷり披露《ひろう》してやる。専門紙の記者なら、それを経済というフィールドに反映させて記事を書くのは簡単だろう。

何となく、自分が一段上に上がったような感じがした。既に俺のやり方は、野球の枠をはみ出している。経済界からも注目される男になりつつあるのだ。そのうち本を書くことになるかもしれない。共著の形になるだろうが、俺の名前が本の表紙に載る。

このまま上手くいけば、「アメリカでもっとも成功した日本人」と呼ばれる日が来るかもしれない。タイム誌の表紙を飾る自分の顔を想像した。

もちろんそういうことは、ゼネラルマネージャーとしての成功に伴う副産物に過ぎないわけだが、自分には享受《きょうじゅ》する権利があると思う。がむしゃらに突っ走ってきて、自分の考えが正しいと証明された時には、立ち止まって胸を張ってもいいのではないか。

もう一度鏡を覗きこむと、先ほどよりもさらににやけた顔が笑い返してきた。


「グリーンバーグです」

ゼネラルマネージャーの部屋に招き入れた記者の握手に応じながら、ユダヤ人か、とぼんやりと思った。体に合わない大きめのジャケットに、腰の辺りがだぶついたズボン。最近大病をしたのでなければ、ファッションにはまったく気を遣わないタイプだ。濃い髭で、顔の下半分には陰ができている。

「どうぞ。散らかしてますが」用意しておいた折り畳み椅子を指差す。昨日、ミーティングが終わった後で少しは片づけておくべきだった、と悔やむ。

「いやいや、私のデスクなんかもっとひどいですよ」グリーンバーグは意に介する気配もない。メモ帳を取り出し、デスクの上にICレコーダーを置いて準備を整えた。小さく息を吐いて切り出す。「今回は、ビジネスとしてのプロスポーツということで取材しています。ミスタ・タカオカのやり方は、既にスポーツ界の外でも話題になっていますね」

「それはどうも」

グリーンバーグが薄い笑みを浮かべた。皮肉でも愛想笑いでもない、と判断を下して、少し背中の力を抜く。

「メッツと言えば、ずっと金持ち球団の代表みたいなイメージでしたよね。去年までは、五年連続で年俸総額が五位以内に入っていた。残念ながら、成績が伴いませんでしたけどね」

「前任者を批判するつもりはありませんが、それは事実です」高岡は肘掛《ひじかけ》を摑んで身を乗り出した。まず、謙虚なところを見せないと。「ただし、ポイントになるべき選手が毎年怪我《けが》で活躍できなかったことは忘れてはいけません。怪我だけは、誰にも読めませんからね。チーム全体に運がなかっただけでしょう」

「今年は完全に方向転換しましたね」

「金のためじゃないですよ」素早くウィンクしてみせる。「ゼネラルマネージャーになった時の第一目標は、金を節約することじゃありませんでしたから。自分の理想に従ってチーム構成を考えた結果、こうなっただけです。年俸総額が下がったのは事実ですが、それはあくまで結果です」

「あなたは、効率ということをよく強調する」メモ帳から顔を上げてグリーンバーグが指摘した。「得点するための効率、点を取られないための効率。そのために、若い選手を集めたわけですね」

「若い選手の方がハングリーなのは間違いありません。彼らは、とにかくメジャーに定着して長く活躍したいと願っているわけですから、必死ですよね。それに、これは動かしようのない事実なんですが、アスリートの体力のピークは二十六歳前後です。もちろん、野球は体力だけじゃない。力が衰えても、技術でカバーすることはできるし、それが円熟味や安定感というものにつながるでしょう。ただしスピードに関しては、明らかに若い選手の方が優れている。結果的に、私好みのスピードのある選手というのは、若い選手になるわけですよ」

「経験不足の心配はありませんか」

「多少のことには目を瞑ります」

「実際、勝ってるわけですしね」

「ええ」

穏やかな笑みの交換。よし。ここまでは悪くない感じだ。

「そろそろ景気のいいことを言ってもらってもいいと思いますが」

「そうですね……もうちょっと先に」指を一本立ててみせる。「この世界のいいところは、半年で必ず結果が出ることです。勝っても負けてもね。ただし、シーズン中に動くのはあくまで応急処置で、私たちの本当の仕事は、シーズンオフが中心になります。チームを作るのは、ワールドシリーズが終わってからの三か月間が勝負ですね」

「今年のオフも派手に動くつもりですか？　去年は驚かされましたよ。毎週のように新しい選手の入団発表があって、それがほとんど実績のない選手なんですから」

「徹底したリサーチの結果です」指先を組み合わせて三角形を作った。「そういうデータは、シーズン中も集めてます」

「そして、一番大事にしているのが出塁率だと」

「そういうことです。これは何度言ってもいいですね」指を解《ほど》き、コーヒーを一口飲んだ。「出塁率は、その選手の性格まで示すものなんですよ」

「ほう」グリーンバーグが眉をかすかに上げた。「ホームランや打点に比べれば、出塁率というのは分かりやすいデータではないような感じがしますが」

「もちろん、そんなに単純ではありませんよ。出塁率を中心に、複数のデータを組み合わせるんです。そうすると、いろいろなものが見えてくる。例えば、打率は低くても出塁率が高い選手がいるとしますね。どういうことかと言うと、フォアボールを多く選んでいるんです。仮に年間のヒット数が百本しかなくても、フォアボールを百選んでいれば、ヒット二百本と同じでしょう。塁に出るということには変わりはないんですよ」

「スピードについてはどうなんですか。今年のチームは非常によく走りますが。今のところ、盗塁数はリーグトップですね」

「ただ、盗塁だけがスピードの全てじゃない。それはお分かりでしょう?」

「ええ」

「いかに一つ先の塁を取るか、それが大事なんです。一塁より二塁、二塁より三塁にランナーがいる方が、得点の確率が高くなる」

「なるほど」猛烈な勢いでメモ帳にボールペンを走らせていたグリーンバーグが顔を上げた。「ちょっと面白い数字を出してみたんですが」

「ほう」

グリーンバーグがメモ帳の別のページをめくった。にやりと笑みを浮かべ、すらすらと数字を並べ立てる。

「今年の年俸総額は約六千万ドルですね。昨日までの勝利数二十五で割ると、一試合当たり二百四十万ドルになります」

「結構な値段ですね」

「そうですが、仮に年間百勝したら、一試合当たりの金額――経費と言いますかね――は六十万ドルでしょう」

「そういう計算になりますね」

「当然ご存じでしょうが、ヤンキースの今年の年俸総額は約二億ドルです。百勝したとしても、一試合当たりの経費は二百万ドルですよ。効率的とは言えませんね」

高岡は思わず苦笑を漏らした。そういう考え方をしたことはなかった。

「ある意味、あなたはメジャーリーグに革命をもたらしたわけです」

「それは大袈裟じゃないですかね」さすがに背筋がくすぐったくなる。

「いやいや、年俸が高いだけで働かない選手というのは、ファンには癪《しゃく》に障《さわ》るんですよ。それに、実績を持った高年俸の選手がいい成績を残しても、それは当たり前でしょう。あなたは若い選手にチャンスを与えて、ファンを喜ばせているんですよ。実際、入場者数は去年のペースを上回っている」

「ありがたいことですね」

「一つ、心配なことがあるんですが」急にグリーンバーグが真顔になった。

「何でしょう」

「今年いい成績を残すと、選手も成績に見合った年俸を要求するでしょう。その場合、あなたはどういう方針で臨むんですか？　別の新しい若い選手と入れ替える？　それとも年俸を低く抑えるための交渉に力を入れるんですか」

「そんな先のことは分かりませんよ」苦笑を浮かべ、首を振ってみせる。「一つだけ言えるのは、私は自分の理想に共感してくれる選手と仕事をしたい、ということです」

「ということは、今年どれだけ活躍しても、来年は別の若い選手と入れ替わる可能性もあるということですね」

「そうは言ってませんけどね」質問の真意を摑みかね、高岡は首を傾げた。根底に悪意が感じられる。だが、何とか面白い答を引き出そうとしているだけのようにも思えた。こういう時は、曖昧《あいまい》な答えに終始するに限る。余計な一言を新聞記者に漏らして失敗したゼネラルマネージャーを、高岡は過去に何人も見ているのだ。「とにかく、今年のオフも忙しくなるのは間違いありません。総合的に、という意味ですけどね」

「なるほど」

それ以上突っこんでこなかったので、内心胸を撫で下ろした。グリーンバーグの質問は、選手の査定方法、代理人との交渉術、ファン獲得の効果的な手段と次々と変わっていく。できるだけ短い言葉で答えながら――長い回答はぼろを出す原因になる――高岡は、先ほどのやり取りは俺の本質を衝《つ》いたものだったな、と思い返していた。

選手を替えるのか？　もちろん替える。分不相応な要求を始めれば、どんなにいい選手でも切って捨てる。代わりはいくらでもいるのだ。メジャーリーグには、毎年ドラフトで千人ものルーキーが入って来る。新陳代謝は激しいのだ。「この男の代わりはいない」と言われるスーパースターはほんの一握りだし、高岡は無理にそういう選手と契約を結ぶつもりはなかった。

俺のやり方は、これから評価してもらおう。最初の話題を思い出す。金持ち球団――金さえ出せば実績のある選手は揃うが、それは無能なゼネラルマネージャーのやり方だ。高岡には理想とするチーム像があり、それを実現するために金は絶対の条件ではない。

シェイ・スタジアムはメッツカラーに塗り潰されている。三階席だけは濃いグリーンだが、一階席と四階席はオレンジ、二階席はブルーで統一されている。オレンジはジャイアンツの、ブルーはドジャースのチームカラーでもある。この球場は、かつてニューヨークを本拠地にした二球団の遺伝子を受け継いでいるのだ。都市型の球場には珍しく、フィールドは綺麗な扇形を描き、内外野、それにファウルエリアの芝は複雑な模様を描いて刈りこまれている。外野の一部は外に向けて開いており、駅を降りるとそこから球場の中が覗ける。左中間には申し訳程度の外野席用の、右中間には巨大なスコアボードが聳《そび》え立つ。

メッツの打撃練習中で、まだ客席は埋まっていない。多くのファンが自分の席を離れて最前列に陣取り、目当ての選手に声援を送っていた。ラ・ガーディア空港から飛び立った旅客機が球場の真上を通り過ぎ、上空から金属音を振りまくと、ゲージの中のバッターが打席を外す。試合中にもよく見られる光景だ。

　高岡はダグアウトの前で、監督のハワードの愚痴《ぐち》につき合っていた。これも給料のうちなのか？　よく分からない。だが、スタッフと選手のパイプ役である監督と話をしないことには、何も始まらないのだ。たとえ、そのパイプの水が一方にしか流れなくても。

「あいつは、素直に言うことを聞かないよ」ハワードが外野に目をやった。試合前のバッティング練習は数人が一組になって行われ、残った選手は内外野に散って生きた打球を処理したり体を解《ほぐ》したりしている。ハワードの視線は、レフトのポール際にいるライトに向けられていた。百メートル先にいても、彼の不満そうな態度は伝わってくる。横にはカブレラが腕組みをして立っていた。二人はくっつき合うようにして、何やら言葉を交わしている。内容は簡単に想像できた。

「コンバートに不満だとでも？」

「まあ、その」ハワードが言い淀《よど》む。「そういうことになるかな」

「コンバートなんて珍しいことじゃないでしょう。ライト本人だって、自分の守備に問題があることは分かっているはずだ。外野に回れば守備の負担が減って、バッティングだって今より良くなるはずですよ」

「ちゃんと言ったよ」ハワードが人差し指で唇の下を叩いた。「タカサンの言った通り、プラス面ばかり並べてね。ところがあいつは、ショートのポジションに誇りを持ってる。こいつばかりは、簡単には曲げられないよ」

「誇りを持つのは悪いことじゃありませんよね」高岡は額に掌を翳《かざ》した。まだ陽は落ちておらず、陽光が顔を焼く。五月にしては暑い日だった。

「あまりヘソを曲げさせない方がいいと思うけどねえ」

「彼の契約書にちゃんと書いてあるんですよ」

「ほう?」

「ポジションに関しては、チームの方針に従うってね。それに関するボーナスも条項に入っています」

「それは珍しい契約条項だね」ハワードが両の掌を上に向けた。

「最初から予想してたんですよ。データを見れば、彼の守備に難があるのは明らかだったから。そうじゃなければ、ジャイアンツだってそう簡単に手放さなかったでしょう」

「こっちはずいぶん我慢して使ってきたんだがね」

「もう我慢しなくていいですよ」

ガムを嚙むハワードの口の動きが速くなる。顎の筋肉が小さな瘤《こぶ》のように盛り上がった。

「育てる、ということも大事じゃないかな。だいたいうちのチームは、ずっとショートでは苦労してきたんだ。この十年間で、ショートだけで三十人も使ってるんだよ。内野の要《かなめ》のレギュラーが決まらないと、話にならない」

「でしょうね」

「ここは一つ、我慢して使ってみないか？ じっくり時間をかければ、あいつだって一人前のショートになるよ。練習も今まで以上にハードにやると言ってる」

「私は、彼の攻撃力を買ってるんです。守備じゃない」

「奴を外して、代わりのショートがいるのか？ 外せって言うのは簡単だけど、他に適当な選手がいるかね」

「ゴメスという線を考えてたんだけどね。サードからショートへ移ってもらう。どうですか」

「ゴメス？」吐き捨てるようにハワードが言った。「あいつには決定的な弱点がある。右への動きが鈍いんだ」

「それは分かってますよ」大リーグの場合の「右への動き」は、バッターから見たもので、この場合、二遊間の打球への対処が遅いということを意味する。「彼の守備範囲が狭いのは承知の上です——だけど、サンドバーグの左方向への動きの良さを考えて下さい」

「ああ、それはそうだけど」ハワードが渋々認めた。

「彼の左方向への動きは、メジャーでも最高レベルに入るでしょうね。それを考えれば、サンドバーグとゴメスの二遊間は実現可能じゃないですか。センターラインはサンドバーグがカバーしてくれますよ」

「まあ、そうかもしれない」

「とにかく、まずはライトを納得させることから始めて下さい」

「ちょっと待て。サードはどうする」なおもハワードが食い下がった。

「サードは、反射神経のある人間ならこなせますよ。人材はいくらでもいるでしょう」

「内野守備は、そんなに簡単じゃないんだぞ」ハワードはなおも抵抗をやめなかった。

「物事はシンプルに考えましょう。パズルのピースが足りないなら、補強も考えますから」

「そうか？」ハワードがようやく納得した表情を見せた。

「もちろん」空手形《からてがた》にするつもりはない。傘下のマイナーの選手をチェックし直して、それで適当な選手がいなければ他球団に手を伸ばしてもいい。それはゼネラルマネージャーとしての楽しみ、醍醐味《だいごみ》でもあるのだ。

「そういうことなら、試合の後にでももう一度話してみよう」

「頼みますよ」

「まあ、頑張りますよ」

当たり前だ。頭の中は沸騰しそうになっていた。こういう仕事をこなしてくれないと、このチームにあんたの席はなくなる。それが分かっているのか。

高岡の思いを知ってか知らずか、腕組みをしたハワードが深く溜息をついた。帽子を被り直し、ユニフォームの袖を撫でつける。見ると、右足の爪先を忙《せわ》しげに芝に打ちつけていた。

外野からライトとカブレラが並んで戻って来る。ライトはうつむいたままだ。ゲージの後ろに回り、打撃練習の順番が回って来るのを待つ間、ちらりと高岡を見やる。無精髭が陽に輝き、顔の下半分が金色に光っているように見える。日に焼けた顔はシーズンの初めに比べれば少し逞《たくま》しくなっていたが、それでも、まだ二十二歳の若者であることに変わりはない。今は、若さゆえの脆《もろ》さが顔に浮き出ていた。すがるような目には、薄い膜が張っている。

どうして俺をちゃんと使ってくれないんだ。守備が弱いのは分かってる。その代わりに打撃と走塁で貢献してるじゃないか。そもそも俺は、守備で期待されてメッツに移って来たんじゃない。どうしてもう少し我慢してくれないんだ。

高岡は彼の視線を無視することにした。

Chapter 4

The Boys Are Back In Town

そうですね、選手は間違いなくチームの財産です。いや、選手が全てと言うべきかな。ただ、適材適所は当然ですし、それを判断するのが私の仕事なんですよ。もちろんシーズン中でも例外はありません。

ライトのコンバートですか？　それこそ適材適所です。彼がショートの守備で苦しんでいたのは、誰の目にも明らかですからね。外野へ移ったことで足の速さも生かせるし、守備の負担も軽くなるでしょう。その分の余裕を攻撃面で生かしてくれれば、一石二鳥じゃないですか。

不満は……ええ、彼がショートのポジションに愛着と誇りを持っているのはもちろん知っています。それは、プロフェッショナルとして当然のことですよね。私も、選手の希望については最大限考慮しています。彼が成熟すれば、またショートを守る機会もあるでしょう。でもそれは、来年以降の課題になるんじゃないかな。とにかく今年は、このままいくつもりです。

ベイリーですか？　なかなかの選手でしょう。私はあらゆる選手にチャンスを与えたいと考えています。彼も長い間マイナーで苦労していたけど、守備は一級品ですよ。数年後にはゴールドグラブの常連になっているかもしれない。

ええ、分かります。一シーズンを固定したレギュラーで戦うのは、ある意味理想ですよね。その方がファンも感情移入しやすいでしょう。贔屓《ひいき》の選手もできるわけだし……ただ、現代野球は、そういう昔ながらのやり方では成り立たなくなっています。全ての選手に必ずバックアップが必要なんですよ。故障もあるし、不調もある。そういう時のために備えるのが私の仕事だと自任しています。

——七月二日、CNNのインタビューで（ニューヨーク）

皆さん、ミスタ・コックスは気に入っていただけたかな？　いやいや、安息日に関する質問は受けんよ。それは彼のプライベートな信念の問題で、他人がとやかく言うべきことではないでしょう。

確かに彼は掘り出し物だった。ただね、これで終わりじゃないよ。私にはまだカードが何枚もある。いいかい、金を払って球場へ来るファンは何を求めていると思う？　驚きだよ。非日常だ。その期待に応えるのがプロフェッショナルの役目です。そう、ここからが本題。私はまた新しい戦力を投入するつもりだ。誰かって？　おいおい、困るな。優秀な記者諸君らしからぬ質問はやめてくれ。そんなこと、事前に言ったら誰も驚かないだろう。諸君らはある日、球場で見慣れぬ名前を見つけてびっくりするんだよ。いや、その選手は先発のラインナップには名前を連ねてないかもしれない。

一発出れば3点差をひっくり返せる終盤のチャンスとか、一打サヨナラのピンチでマウンドに登る方が劇的だな。

法螺《ほら》を吹いてるわけじゃないよ。それは確かに、私には喋り過ぎのきらいがあるかもしれんが、こと野球に関しては嘘をついたことはありません。びっくりさせると言ったら必ずびっくりさせる。そういう点では期待して下さい。もちろん、その時はたっぷり諸君らの質問に答えましょう。新聞の方はスペースを、テレビの方は時間を確保していただきたい。素晴らしいドラマになると思うよ。

ほら、そこのお嬢さん、私は絶対に嘘は言いません。だから笑わないように。

そうねえ。ミスタ・コックスは南部から引っ張ってきた。今度は北の方がいいかな。物事にはバランスが必要だからね。それをヒントにしましょうか。

——七月五日、報道陣との立ち話で（アトランタ）

深夜の食事は健康の大敵である。だが、そもそも生活の時間がずれている場合はどうだろう。ナイトゲームが多いメジャーリーグに長く身を置いていると、自然に一般の人とはリズムがずれてしまう。夜が遅い代わりに朝はゆっくりだから、普通の人の昼食が朝食に、夕食が昼食になる。そんな生活を何十年と続けているのに、膝の痛み以外は健康そのものだ。もちろん、ウィーバーにとって太り過ぎは問題のうちに入らない。

ズッキーニとアスパラガス、パンチェッタを具に、乾燥トマトでコクを加えたパスタを味わい、ソースをパンですっかり拭い終えた時には、日付が変わっていた。食器洗い機に皿を突っこみ、水代わりのビールを開けたところで電話が鳴り出す。

「アーノルド」

「おお」妻のアンジーだった。「どうした、こんな時間に」

「今日、USAトゥデイであなたの記事を読んだわよ」

「素晴らしい。スクラップしておいてくれたかい？」アンジーは、離婚して家に戻って来た娘と一緒にマイアミに住んでいる。ダウンタウンにある高層コンドミニアムを懐かしく思い出すこともあった。マイアミが危険な街だというのは神話に過ぎない。近所は引退した年寄りばかりで、ウィーバーにとっては刺激が少な過ぎた。しかも地元のチーム、マーリンズは弱い。

「あなた、また余計なことを喋ってたわね」アンジーが溜息をつく。

「余計なことじゃない。ちょっとしたサービスさ。君の好きなジェフリー・ディーヴァーの小説と同じだよ」

「伏線ってやつだ。謎を持ちかけておけば、記者連中は絶対に食いつく。で、謎が解けた時には納得してでかい記事を書いてくれるわけさ。私が自分で脚本を書いて、主演するミステリーみたいなもんだ」一緒になって五十年近くになるが、相変わらず彼女と話していると止まらなくなる。「まあ、見ていてくれ。今回も面白いストーリーになるから。それより、こっちには来てくれないのかね」

「何が?」

「アトランタも暑いんでしょう?」

「ああ。フライパンで熱したバターの中を泳いでるみたいだよ。そっちはどうだい」

「今年はハリケーンの当たり年みたいだから、それだけが心配だわ」

「そこのコンドミニアムは大丈夫だろう」

「だといいけど……今度は北の方だって書いてあったけど、またどこかへ行くつもり?　膝が悪いんだから、無理しちゃいけませんよ」

「なに、大丈夫だ」言いながら、しくしく痛む膝を摩《さす》る。「動いてる方が楽なんだよ。やっぱり私は、この世界じゃないと生きていけないんだな」

「無理は禁物ですよ」アンジーが溜息をついて念を押した。「で、どこへ行くの?」

「それは秘密です」ウィーバーは唇に人差し指を当てた。誰も見ていないのに。「新聞で読むまで楽しみに待っていてくれ。なあ、こういうのも素晴らしいと思わないか？　新聞を読めば、自分の亭主が何をやってるか分かるんだからね」

「はいはい、そうですね」また始まった、とでも言いたそうだった。

「ま、そっちも元気でやってくれ。私は元気一杯だから」

「食べ過ぎないようにね」

「おお」掌を心臓の辺りにあてがう。「ご心配には及びませんよ、奥様」

電話を切って、自分がひどくにやけているのに気づいた。今の状態は最高だ。離れて暮らすのも悪くない。たまに電話するだけで、十六歳のガキのように胸が高鳴るのだから。これもまた、夫婦円満の秘訣かもしれない。呑み干したビールは、喉の細胞一つ一つに染みるようだった。


まずい。ロッカールームの入り口で、コックスが記者たちに囲まれている。今日も七回まで投げて四勝目を挙げたから、記者たちが話を聞きたがるのは当然だ。明日の朝刊の主役。それだけならいいが、コックスが迷惑そうな表情を浮かべているのが気になった。元々、どんな時でも穏やかな表情を崩さず、話しぶりも変わらない男である。それがあんな顔をしているとは——彼にすれば最大限の不快感を表しているということだ。

ウィーバーは、巨体を揺らしながらコックスに近づいた。忍者並みの隠密《おんみつ》行動のつもりだったが、動き出した途端に記者たちに気づかれてしまう。

「やあ、諸君」軽く右手を挙げ、声を張り上げた。記者たちが口を閉ざし、ウィーバーの次の言葉を待つ。「どうかね、我らがヒーローのインタビューは？　ウィットに富んだコメントは取れたかな。彼のジョークは強烈だから、腹痛を起こさないように気をつけないといかんよ」

「アーノルド」アトランタ・ジャーナル・コンスティテューション紙の古参記者が、彼の軽口を無視してメモ帳にボールペンの先を叩きつけた。「ちょっと助けてほしいんだ。我々はミスタ・コックスの信念について聞きたいだけなんだが、彼はどうもコメントしたくないらしくてね」

「あなたの言う信念とやらが宗教的な問題なら、私はコックスを支持するよ」茶目っ気たっぷりにウィンクしてみせる。おっと、こいつはまずかったかな？「これはプライベートな問題だし、さほど難しいことじゃないだろう？　だいたい、我々はまったく困ってないんだよ。彼がマウンドを放り出したことは一度もないんだからね。きちんと仕事をしてくれさえすれば、この若者が私生活で何をしていようが関係ない。それに、信心深いことに何の問題がある？　アメリカは世界最大の宗教国家なんだよ」

先ほどの記者は、まだ不満そうな表情を浮かべていた。ウィーバーはすかさず攻撃の第二弾を放った。

「それよりも、もっと面白い話があるんだがね。ここにいる記者諸君だけに、特別に提供しようと思う。君たちは今日、私に会えて運が良かったね。詳しいことは明日話したいんだが、試合が始まる前に私の部屋に来てもらえるかな？　そう、プレーボールの一時間ほど前に」

「何の話ですか、アーノルド？」

鳥のように首が長く、目玉の大きな記者が質問を発した。ええと、こいつの名前は何だったかな。昔もどこかで取材を受けた記憶があるんだが……まあ、いいか。

「私と一緒に旅をする気はありませんかな？　もちろん、費用はこっち持ちで。きっと面白い記事が書けると思うよ。とにかく、詳しいことは明日にしよう。さ、ミスタ・コックスを解放してやってくれないかな」

あくまで渋々ながら、記者たちはウィーバーの申し出を受け入れた。全員が視界の外へ消えた瞬間、コックスは安堵の息を漏らし、ウィーバーは舌打ちをした。

「不愉快だろうが、我慢してくれ」コックスの分厚い背中に手を当てる。

「大丈夫です、ミスタ・ウィーバー」

「こんなことになるとは思わなかったよ。まったく、人がいつ教会に行こうが、どうでもいい話じゃないか。相手にするなとは言わないけど、この件について積極的に話す必要はないからね。私は、君の姿勢を支持する」

「ありがとうございます」コックスが真っ直ぐウィーバーの目を見つめた。

「なになに」コックスの肩を――アイスパックでアメフトの選手並みに膨れ上がった右肩ではなく左肩を――叩き、穏やかな祖父の笑みを浮かべる。「これが私の仕事だからね。いや、仕事じゃない。君のような若者と知り合えることは、仕事以上に個人的な楽しみなんだ。とにかく、次もよろしく頼むよ」

「お任せ下さい」

強い意志を感じさせる視線でウィーバーを見つめてから、コックスがロッカールームに消えた。この若者に関しては心配はいらないだろう。記者連中だって、このウィーバーがバックについていると分かれば、興味本位の詮索《せんさく》はしないはずだ。さて、それよりこっちは出張の準備だ。北へ。アメリカのもう一つの夢を現実に変えるために。

アイオワ州デモイン。この街に来たことがあっただろうか。

メジャーリーグは「旅」という言葉の言い換えであり、ウィーバーも五十年間、旅から旅への毎日を送ってきた。それでもアメリカは広い。一度も行ったことがないばかりか、フリーウェイで通過したことすらない街もたくさんある。

フォードの狭い運転席に巨大な尻を押しこみながら、ウィーバーは自分がルーキーだった頃のことを思い出した。あの頃はまだドラフト制度などなく、選手の獲得に関してはスカウトの裁量がものを言った。ウィーバー自身もスカウトの眼力で見出されたのだ。自分をこの世界に引きずりこんだ男の名前は今でも覚えている。ミスタ・バンクロフト。ジャック・F・バンクロフト。

今は権限も大分小さくなってしまったが、どんなスカウトでも、誰も知らない選手を見つけ出し、ドラフトの網にかからないまま一本釣りできないものか、と夢見ているものだ。ウィーバーも、そんな夢を多くのスカウトから聞いている。

舞台は、中西部でなくてはならない。メジャーリーガーを多く輩出しているのはカリフォルニアとフロリダだが、それではイメージが合わないというのだ。延々とトウモロコシ畑が広がる中、車を走らせていくと——見ても見なくてもいいような大学チームの試合に向かう途中だ——突然ボールがフロントガラスを直撃し、慌ててハンドルを切って車を道路からはみ出させてしまう。土埃の中、ボールを拾い上げて周囲を見渡すが、どこから飛んできたものか見当もつかない。トウモロコシ畑があるばかりで、野球をやっている気配などないのだ。だが耳を澄ますと、かすかに野球の音がする。乾いた空気を切り裂く打球の音が。音を頼りにそちらの方向に歩き出し、いい加減嫌になった頃、トウモロコシ畑の奥に手作りの球場が姿を現す。何だ、地元の若い連中のお遊びか。そう思って、指先でボールを宙に弾き上げた途端、自分が歩いてきた距離に気づく。車まで飛ばした？　おいおい、ヤンキー・スタジアムだったら三階席じゃないか。

キーワードは「中西部」であり「トウモロコシ畑」であり「ヤンキー・スタジアム」だ。古き良き四〇年代、五〇年代の香り。

いかん、いかん。首を振って懐かしい想い出を頭から放り出した。いや、想い出ではない。単なる妄想だ。俺は、そんな場面に出くわしたことはないのだから。

空港から二時間車を走らせてたどり着いた球場は、ウィーバーの妄想を現実にしたように、トウモロコシ畑の中にあった。添加物たっぷりのキャンディを思わせるようなピンクと青を基調にした球場で、観客席は二千人分ぐらいしかない。それでも、日曜日とあって客席の三分の二ほどは埋まっていた。チケットを買い、中に入ると途端にソーセージを焼く匂いが鼻をくすぐる。こんなものは食べ物のうちに入らないが、ターナー・フィールドの売店の参考にするのも仕事のうちだ。さっそくホットドッグを二つとビールを買い求め、席を探す。少し高いが、ほぼピッチャーを正面から見られる位置にあった。塗装の剝《は》がれが目立つシートに腰を落ち着け、ホットドッグにかぶりつく。スパイシーな味つけで、なかなかいける。もしかしたら、ターナー・フィールドのホットドッグより美味いかもしれない。そういえば、ここに来る途中で手作りのソーセージを売る店を見かけた。あそこの製品だとしたら、帰りに寄って帰ろう。一人の夜を慰めてくれるはずだ。

球場にはのんびりした空気が流れている。独立リーグの試合は何度か見たことがあるが、どこも同じような雰囲気だ。ここは、メジャーの枠に入り切れない男たちが流れ着く場所である。試合の経験を積みながらドラフトに引っかかるのを待つ若者、メジャーから弾き出されたものの、まだ野球に未練を持つベテラン。乾いた野望と諦め、少しの矜持《きょうじ》が混じり合い、わずかに殺伐《さつばつ》とした空気を醸《かも》し出す。

それにしても、誰も俺に気づかないのか。ホットドッグを一本食べ終える頃には、そわそわと落ち着かない気分になっていた。隣のガキはポップコーンを食べるのに夢中で、こっちの存在に気づきもしない。俺は「お喋りウィーバー」だ。両手を振り回し、ビールを頭から被ってでも注目を集めてやろうか、と一瞬考える。誰かに見られていないと、死ぬほど不安になってしまう。

が、その苛《いら》つきは、ほどなく胸を押し潰しそうな思いに変わった。ミスタ・フジモト。何ということだ。球場のイメージカラーと同じピンクと青の馬鹿げたユニフォームに身を包み、こんな田舎で投げているとは。心なしか、投球フォームも小さくなったようだ。少なくともあの頃の勢いはない。期待は次第に萎《しぼ》み、これから後を追いかけてくる記者連中にどんな顔を見せればいいのか、心配になった。結局魚は釣れなかったんだよ、とでも言うしかないのか。

藤本充《ふじもとみつる》。日本からアメリカに来て八年になる。今年三十六歳を迎えた。その名前は、ウィーバーが書ける唯一の漢字である。

監督と先発投手の柱という関係だったのは、二年間だけだ。その後ウィーバーは幾つかのチームを渡り歩き、藤本は去年までに三つの街を転々とした。年々力は衰え、一昨年は五勝、去年は三勝止まりでマイナーに落とされ、シーズン終了後に契約を打ち切られている。彼を拾うチームはなく、今年は独立リーグで投げていた。

だがウィーバーは、彼が投げ続けているという事実だけに注目していた。あいつはサムライだ。刀は折れ、今にも倒れそうになっていても故郷に帰ろうとはしない。一生遊んで暮らせるだけの金は稼いだはずなのに、あくまでアメリカで野球をすることに執着している。理由は、五十年間メジャーに身を置いているウィーバーには分かっていた。

あいつの魂は死んでいないから。

「ここのホットドッグはどうですか」

「なかなかだね」顔を上げ、話しかけてきた相手を確認する。藤本の代理人だ。既に電話では話していたが、顔を見るのは初めてである。

「ミスタ・ウィーバー」

「ミスタ・ナカウチ」握手を交わし、相手の顔をじっと見据えた。日系三世。なかなかやり手の代理人で、日本語が話せるメリットを生かして、多くの日本人選手が彼と契約を結んでいた。

「わざわざ来てもらえるとは思いませんでしたよ」

「私は嘘は言わんよ」ウィーバーは硬い表情を浮かべたままウィンクした。嘘は言わない。だが、正直でいれば必ず良いことがあるとは限らないのだ。投球練習をする藤本の姿は、彼を失望させつつあった。

「正直に言おう」先頭打者を迎え、第一球を投じた藤本に視線を注ぎながら、ウィーバーは重々しい声で言った。「あれは、私の知っているミスタ・フジモトではない」

「そうでしょうね」澄ました声でナカウチが認めた。「彼は生まれ変わったんです」

「年を取っただけじゃないのか」

「まあ、ご覧下さい」

「何だかねえ」腕組みをし、フィールドに視線を落とす。藤本はこぢんまりとしたフォームから、コーナーを狙って慎重に投げていた。ああ、何ということか。ウィーバーの知っている藤本は、相手がどんなバッターでも力でねじ伏せようとするタイプだった。ピンチになればなるほど、「こいつが打てるか」と言わんばかりに真ん中に投げこみ、大抵の場合、それで勝ってきた。二年目、メジャーに慣れた藤本はノーヒッターを記録したが、あれは今思い出しても圧巻だった。奪った三振十六個。タイガース打線はまさに手も足も出ない状態で、ウィーバーはやることもなく、ほとんど観客気分で試合を楽しんでいた。あの試合、藤本は胸を張り、真っ向から投げこみ、完全に試合をコントロールしていた。

あれから六年。今の藤本は、スピードを殺した――実際あれが精一杯なのだろう――速球で丹念にコーナーを突き、振りが粗いバッターたちを何とか打ち取っている。マウンド上の姿は苦しそうで、一人アウトにする度に帽子を取ってアンダーシャツの袖で汗を拭った。そうすると、ボリュームの減った髪が目立つ。ウィーバーは、目が曇るのを感じた。

　時は誰も逃さない。

「どうですか」探りを入れるようにナカウチが切り出した。

「うむ」無駄足だった、と言おうとした瞬間、ウィーバーの目はスコアボードに吸い寄せられた。何だかんだ言って、三回まで一人もランナーを許していないではないか。あれは本当に精一杯の速球なのか？　いくら何でも、あれだったら俺でも外野まで飛ばせるはずだ。

「あいつは——何を投げてるんだ？　まさか、ナックルか？」

「さすがミスタ・ウィーバー」ナカウチがにやりと笑う。「彼も伊達《だて》に年は取っていないということです。これから十年でも投げられますよ」

「まさか」

「フィル・ニークロを思い出して下さい。ナックルボーラーは、投げるのに肩なんか必要ないんだから」

「ふうむ」顎を撫でた。今のブレーブスにはいないタイプだ。それにナカウチが指摘する通りで、ナックルボールを投げるのに強肩である必要はない。その気になれば毎日でも投げられる。期待していたのとはまったく別の意味で、ウィーバーは興味をかきたてられた。脳裏にはまだ藤本の嚙みつくような速球のイメージが残っていたが、ナックルボールを武器にすれば、短いイニングなら任せられるのではないか。手薄な中継ぎ陣に厚みを加えてくれるはずだ。

「とにかく、しばらくおつき合い下さい」

「彼はいつからナックルを投げてるんだ？」

「ここに来てからですよ。足搔《あが》いてると思われるかもしれませんが、彼はまだ諦めてないんだ」

「足搔き、大いに結構じゃないか」ウィーバーは大きくうなずいた。「野望があるから足搔くんだよ。炎が消えてなければ、私がまた油を注いでやろう。あいつはまだやれる。目が死んでない」

実際には、藤本の表情までは窺《うかが》えなかった。だがそう考えると、マウンドにいる彼の視線が燃え上がっている様が簡単に想像できた。よし、俺はお前に賭ける。一緒に復活のドラマを演出しようじゃないか。

藤本は感情を面《おもて》に表さなかった。元々、マウンドに登っている時以外は表情に乏しい男である。投げている時には激しい顔つきで、ウィーバーは「ドラゴン」というニックネームを定着させようと、マスコミに向かって盛んにアピールしたのだが、当時は無駄骨に終わっていた。

二人は、デモインのダウンタウンにあるコーヒーショップに腰を落ち着けた。ナカウチには遠慮してもらっている。藤本はまずダイエットコークを注文してそれを一気に飲み干すと、コーヒーを追加した。ウィーバーは彼の額に浮かんだ汗が引くまで、コーヒーに砂糖とミルクを加えて黙ってかき回していた。藤本は長袖のTシャツを着ている。エアコンが効き過ぎているからではない。肩を冷やさないようにするためには、どんなことでもする男なのだ。

「何か喋って下さいよ」ぼんやりと窓の外を眺めていた藤本が、探るように言った。最後に会った六年前に比べて、英語の発音がずいぶんスムーズになっている。

「そりゃ君、私は喋るのが商売だが――」

「何かあったからここまで来たんでしょう？　ゼネラルマネージャーが自らスカウトみたいな真似をするなんて、異例だ」

「私は歩き回るのが好きでね。健康にもいいし、晴れた空の下で野球を見るのは何よりの楽しみなんだよ。メジャーはナイトゲームが多くていかん」

「お喋りも好きだし」

「その通り」肩をすくめ、コーヒーを一口飲む。「それにしても、あんたとは長いつき合いになるな」

「ええ」藤本はウィーバーの顔から視線を外さなかった。「俺にとって、アメリカでの最初のボスがあなたですから」

「そうだ。そして、私が初めてつき合った日本人選手が君だ。あれから二人とも、ずいぶんあちこちに動いたな」

「こんなところに流れ着きましたよ」皮肉をまぶして言って、藤本が店内を見渡す。二人の他に客は一人もいない。こんなところ——州都であるデモインはアイオワ州最大の街で、人口も二十万人近いはずだが、平日の夕方、ダウンタウンからは人気《ひとけ》が引いてしまう。これはアメリカ中どこの都市でも同じだ。

「あの頃はいろいろあったな」砂糖をたっぷり加えた甘ったるいコーヒーに口をつけ、ウィーバーは遠い目をしてみせた。「あんたにちゃんと気を遣ってやれたかどうか、今でも心配になって眠れないことがある」

「俺を一人前にしてくれたのは、ボス、あなたですよ」

「覚えてるか？　クリーブランドで雪が降った時のこと」

「ええ。俺のデビュー戦ですね。まさか、雪でコールドゲームになるなんて、思ってもいませんでしたよ。日本じゃ考えられない」

「あんたにはツキがあるんだ。あの時は、四回で完全にスタミナが切れてた。五回は何とか逃げ切った感じだろう。あそこでコールドゲームにならなければ、ノックアウトされるか、次の回から交代してたよ。実際私は、次のピッチャーを用意してたんだ」

二人はしばらく、心地良い沈黙を共有した。藤本にとっては、全ての夢が実現し、さらに大きな目標が開けた時代である。彼の幸せな気分は、ウィーバーの気持ちも高揚させていた。

「あの頃は、何でもできると思ってた。ずっと投げ続けるつもりだったんですけどね」

「もう少し流れてみないか」

「アトランタに？」

「そう、ご明察の通り。うちには君が必要なんだ」

一瞬、藤本の喉仏が上下した。眼光が鋭くなり、二人の間の空気に電流が走る。が、やがて藤本は緊張を解き、必要以上に盛り上がっていた肩ががくんと落ちた。指先でコーヒーカップの縁を撫で回す。

「どうして俺なんですか」

「君、新聞は読んでるかね」

「目が悪くなるんで、新聞はあまり読みません」

「新聞は読まなくても、ＥＳＰＮぐらいは見るだろう。今、うちがどういう状況にあるか、知ってるよな。最下位だぞ、最下位。信じられんよ。私がチームを預かっているのに、この体《てい》たらくは何だ。このままじゃ、シーズンが終わる前に馘《くび》になっちまうかもしれん。いやはや、困ったよ」

「俺が戦力になると思ってるんですか」

「思わなかったら、こんなトウモロコシ畑しかない田舎には来ないさ。アトランタの方がはるかに都会だぞ。あそこはいい。今は景気が良くて人がどんどん入って来てるし、街全体が活気に溢れとるよ」

「俺には景気は関係ありませんよ」

「おっと、そうだった。話を本筋に戻すとな、うちのチームが苦しいのは主に投手陣のせいなんだ。中継ぎが一枚足りない。どいつもこいつもぴりっとしないし、あそこが痛いだのここが苦しいだの、泣き言ばかり言っとるんだ。お前さん、うちの青二才どもに活を入れてくれんかな。ここはぜひ、ベテランの力が必要なんだ」

藤本が、両手でカップを包みこんだ。熱を吸い取ろうとするように、掌をぴったりと密着させる。唇の端がひくひくと動いた。

「俺はもう、ポンコツですよ」

「馬鹿言うな」

「自分でも分かってますよ。もうメジャーで投げることはないでしょう。去年、肩と肘にメスを入れたんですよ。一年間に二回の手術は致命的でしょう。こんな男、どのチームも引き取ってくれない」

「手術の件は知ってる」痛みを分け合うように、重々しくうなずく。

「あの頃のような生きたボールは、もう投げられないんです」

「そうかもしれんな」

「だったら、どうしてですか」藤本の声に怒りが滲《にじ》んだ。「こんなことを言うのが失礼なのは分かってるけど、あなたは目立ちたがり屋だ。人に楽しい話題を与えるのが大好きだ。それは、プロスポーツに係わる人間、それも管理職としては正しい態度だと思う。客が喜んでこそ、ですからね。でも、俺は人寄せに使われるのは我慢できない」

「何も君に、ぬいぐるみに入って踊ってくれと言ってるわけじゃないんだぞ。幸い、そっちの方は間に合ってる。まだ二年契約の一年目なんだ」

「俺が投げれば、話題にはなるでしょう。最初は客も集まるはずだ。そこで滅多打ちに遭うのはごめんです。俺にはもう、メジャーで通用する球がないんですよ。俺は――」

「格好つけるなよ、ミスタ・フジモト。いや、ドラゴン」ウィーバーは冷たい声で言い放った。腕組みをし、椅子の上で凍りついた藤本を睨みつける。「何が滅多打ちだ。メジャーで通用しない、だ。本気でそう思ってるなら、さっさと尻尾を巻いて日本に帰ればいいじゃないか。あんたはもう、十分金を稼いだだろうが。老後の心配もいらないはずだ。それなのに、何でこんなトウモロコシ畑の真ん中で野球をやってる?」

「俺は、そんな――」

「あんたはもう一度メジャーで投げたいんだろう。違うか? だから、千人しか観客がいない球場で投げて、チャンスを待ってたんだろうが。確かに私も、あんたに昔の勢いがないことは認めるよ。この目ではっきり見たからな。嘘はつかない。遠慮もしない。だけど、年を取れば誰だってそうなるんだ。例外はノーラン・ライアンとロジャー・クレメンスぐらいだけど、彼らは人間じゃなくて、別種の生き物だからな。それはともかく、自分に嘘をついてどうする」

「嘘なんかついてませんよ」顔を背けたが、藤本の防御線は既に下がっていた。ウィーバーの言葉のジャブが、確実にダメージを与えている。

「ナックルボール」ウィーバーは右手の三本の指を折り曲げてみせた。「あらゆるピッチャーが一度は夢見て、千人中九百九十九人は挫折するボールだぞ。完璧に身につけたと思っても、いつ裏切られるか分かったもんじゃない。これは大きなチャレンジじゃないか？　つまり、あんたはまだ挑む気持ちを失ってないんだ。心は折れてないんだよ。あの頃と同じなんだ。それに賭ける。私に力を貸してくれ」

ナカウチが店の外で待っていた。駐車場でキャディラックに寄りかかって煙草《たばこ》を吸っていたが、二人が出てくるのを見つけると体を引き剝がし、煙草を指先で弾き飛ばす。目は深い色のサングラスの奥に隠れ、表情は読めない。

藤本がナカウチに歩み寄り、顔を寄せ合って一言二言会話を交わした。どうせこっちには分からない日本語で話しているのだから、堂々と喋ってもいいのに。ほどなく藤本が一礼して、自分の車に乗って去っていった。日本製の高給ＲＶ車――高給取りだった時代の名残《なごり》である。

ナカウチがゆっくり近づいて来て、煙草を差し出した。無言で首を振り、断る。

「話は上手くいったようですね」

「もちろん。私は交渉の達人なんだ」

「私と話せばもっと早いんですがね」

「あんたの仕事を否定するわけじゃないが、私と彼の間には、二人にしか通じない特別なものがあるんだよ。今日は、それを再確認したかったんだ」

「で、どうでした」

「あいつは死んでない。すぐに契約に取りかかろうや。できるだけ早く、アトランタに来てもらいたい」

「結構ですね」ナカウチがうなずく。「会見は、アトランタですか」

「その前に、何人かに彼のストーリーを話してやるつもりだ。本人を取材させても構わん。今回は思い切り盛り上げていく予定だから、あんたもその気でいてくれよ」

「相変わらずですね」ナカウチの唇の両端がすっと上がった。

「何を言う」ウィーバーは両手を大きく広げた。「何をもって相変わらずと言ってるのか知らんが、私は自分の仕事をしているだけだ。フジモトは新しい仕事を得る。我がチームには切り札ができる。ファンは喜ぶし、あんたの懐《ふところ》にも金が入るだろう。みんなが幸せになるわけだ。なあ、私は実にいい仕事をしてると思わないか？　大統領の仕事とだって交換したくないね」

最初に数紙にリークされた情報は、すぐに波紋を引き起こした。どうして重要な契約が漏れるのか、と文句を言ってきたマスコミもいたが、ウィーバーは葉巻の煙を吹き上げながら軽くあしらったものである。「大事な時に大事な場所にいない諸君らが悪いんじゃないかね」

大々的な入団発表が行われ、藤本復帰のニュースは日本へも流れた。日本のプロ野球から大リーグへという流れに先鞭《せんべん》をつけたパイオニアの一人が、最後の働き場所──藤本本人の弁だった──に、恩師でもあるウィーバーのチームを選んだというドラマは、記者たちの琴線《きんせん》をいたく刺激したようだ。老いたドラゴン、最後の挑戦。今になって、八年前にはまったく流行《はや》らなかった「ドラゴン」を見出しに使う新聞があるのを見て、ウィーバーは苦笑いを浮かべた。

藤本が初めてベンチ入りした日、監督のアンダーソンが球場のウィーバーの部屋を訪ねて来た。試合開始まで三十分もない。ウィーバーが吐き散らした葉巻の煙を手で追い払いながら、椅子に腰を下ろす。

「アーノルド、あまり驚かさないで下さいよ」

「奴は使えるぞ」どこか不満そうなアンダーソンの言葉を、ウィーバーは軽い口調で封じこめた。「ナックルボーラーはいつだって貴重な存在なんだ。うちは特に、ただ速い球を投げこんでおけばいいって考えてる単純なピッチャーが多いからな。絶好の目くらましになるよ」

「そうは言ってもねえ」アンダーソンが深い溜息を漏らす。「彼はもう年なんですよ。今さら使えって言われても」

「ピッチングは見たんだろう」

「今日、バッティング練習で投げさせました。確かに、うちの連中はすっかりタイミングを狂わされてたけど、あれじゃ今日の試合にも差し支える」

ウィーバーは腹を揺すって笑った。

「それが最高の証明だろうが。奴はやるよ。若さはなくしたかもしれんが、逆に手に入れたものもある」

「まあ、ゼネラルマネージャーはあなたですからね」もう一回、溜息。「あなたが必要だと思って契約した選手なんだから。ただ、事前に私にも相談してほしかったですね」

ウィーバーは子どものように唇を噛み、傷ついた、とアピールした。途端に、アンダーソンが恨《うら》めしそうに唇を突き出す。そいつはずるいよ。過去、何十回も繰り返された、二人だけの儀式だ。

「頼むよ、あんたは私の考えをすっかり分かってくれてるはずだ。一々相談しなくても、気持ちは一つだろう」

「分かりましたよ」膝を叩いてアンダーソンが立ち上がる。首を振りながら出ていく背中を見送ったが、ウィーバーには、彼がすぐに藤本を使うだろうということは分かっていた。監督として有能なのはもちろんだが、彼の最大の美徳は俺の命令を素直に聞くことなのだから。

試合は七回に動いた。レッズを本拠地に迎えての試合は、両チームが初回に3点ずつを取り合い、打撃戦の気配が漂ったが、その後は先発投手が踏ん張り、両軍ゼロ行進が続いていた。しかし、ピンと張った紙が破れるように、ブレーブスの守備に破綻《はたん》が生じる。二つのエラーで、ノーアウトランナー一塁、二塁。さらに次打者がショートへ強襲安打を放ち、満塁となった。アンダーソンがダグアウトを出る。足取りは重い。例によって観客席で試合を見守っていたウィーバーは、横に座った若いアフリカ系アメリカ人の男に話しかけられた。

「ミスタ・ウィーバー、今日は大丈夫なんですか」

「もちろん。安心して見ていて下さいよ」

「しかし、監督は何だか辛そうだな」

「彼は痔《じ》なんだ」

青年が目を大きく見開き、ウィーバーを凝視する。一瞬後、「冗談だよ」と言って笑いを爆発させると、青年がぎこちなく表情を崩して追従《ついしょう》した。

「——替わって、ピッチャー・フジモト」場内アナウンスに続き、センター右にあるスコアボードに藤本の顔が大写しになった。ざわめきが場内を走る。彼の入団発表は大々的に行われたが、それに対して懐疑的な声が多かったのをウィーバーは知っている。何を今さら。確かに、藤本はノーヒッターを達成したこともあるし、オールスターにも三回も出ている。しかし、もう終わった選手ではないか。どうして高い金を払って契約したんだ。

「何てこった」隣の青年が頭を抱え、恐る恐る、ウィーバーに訊ねた。「大丈夫なんですか」

「当たり前だ」ウィーバーは青年の背中を思い切りどやした。「私は、金をドブに捨てるようなことはしないよ。これも全て勝つためなんだ」

青年がかすかにうなずいたが、納得していないのは明らかだった。

アンダーソンからボールを受け取り、藤本が淡々と投球練習を始める。ハーフスピードの、バッティング練習のようなボールばかりだ。球場を揺らす声は、声援半分、ブーイング半分だったのだが、ほどなく不気味な沈黙が支配的になった。ああ、この場であいつの実力を大声で訴えて、周りのファンを安心させてやりたい。だがウィーバーは、結果を待つことにした。いくら俺が球界一雄弁な男だと自負していても、目の前の光景より雄弁に語ることはできないのだから。

藤本の初球は、右打者の外角低目にすっと沈んだ。ストライクのコールを見送ったバッターが、首を振りながら打席を外す。二度、三度と素振りをくれると、慎重に足場を固めて二球目を待った。再び、先ほどと同じようなコースに来たが、バッターは大きく身を乗り出す格好で空振りをし、膝が折れた。スタンドにブーイングが回る。よし。ウィーバーは一人、拳を固めた。あのバッターはこれまで一度もナックルボールと対峙したことがないのかもしれない。ハーフスピードで打ち頃のボールが来たと思ったら、思いもよらない大きな変化でバットが届かない——頭の中はごちゃごちゃになっているはずだ。

ツーストライクとなって、藤本が一瞬間合いを取った。上体を深く折り曲げて、サインを窺う。馬鹿な。ナックル以外のボールを投げるつもりなんかないくせに。セットポジションに入り、左肩に顎を載せると、フィールドの動きをストップさせる。

三球目は内角。バッターが苦しそうにバットを振り出すと、浅めに守っていたサードの左にハーフライナーが飛んだ。ウィリスが突っこんでキャッチし、そのままの勢いでベースを踏む。走者が飛びだしているのに気づいて、すかさずセカンドに送球、一瞬でトリプルプレーが成立した。

球場全体に浮き上がるような衝撃が走る。それは地震のようにスタンドを揺らし、ウィーバーは悲鳴とも嗚咽《おえつ》ともつかない声を漏らした。クソ、やってくれたぜ。俺はあいつを信じていた。最高の再デビューじゃないか。立ち上がり、両腕を振り回しながら、周りのファンに次々と握手を求める。拍手の渦に体を包まれ、ウィーバーは数センチほど体が浮いたような感覚を覚えた。「ウィーバー」コールが沸き上がる中、芝居っ気たっぷりに腹に手を当て、深々とお辞儀をする。フジモト、あんたは気取ったポーズや気の利いたコメントができる男じゃないよな。代わりに俺がやっておいたよ。構わないだろう？　俺とあんたの間には、切っても切れない絆《きずな》があるんだから。

公共の場所であるにも拘《かかわ》らず、ターナー・フィールドには煙草を吸える場所がある。

と言ってもグラウンドを取り巻く通路の背後、駐車場を見下ろす打ち捨てられたような一角なのだが。藤本の再デビューを葉巻で祝いたくなったウィーバーは、自分の部屋には戻らず、喫煙所でファンに囲まれる方を選んだ。たちまち、祝福の嵐に包まれる。その声に一々うなずきながら、最高に美味い葉巻を楽しんだ。ひとしきり賞賛の言葉を浴びた後で、ジョージア工科大《テック》のTシャツを着た若い白人男性が、突然戦いを挑んできた。ジョージア工科大はフットボールの強豪だが、この男は試合に参加したら最初の接触プレーで瀕死《ひんし》の重傷を負ってしまいそうな、ひょろりとした体型だった。

「ミスタ・ウィーバー、俺たちを楽しませてくれるのはいいですけど、そろそろ勝ち始めないとまずいですよね」

「あー、そうだね、ミスタ……？」

「ライバーです。ジャック・ライバー」

「オーケイ。ジャックと呼んでもいいかな？」

「ええ、もちろん」

「それじゃジャック、まず、君の言うことはもっともだと認めざるを得ませんな。確かに、そろそろ勝ち始めないとまずい。オールスターも近いし、このままだと手遅れになるかもしれん」

「ミスタ・ウィーバーが素晴らしい選手を集めているのは分かります。今日のフジモトにも……」ライバーが掌を胸に当てた。「胸を打たれました。彼のガッツは素晴らしい。俺が知ってるフジモトとは全然別のピッチャーになってましたけどね」

「時は流れる。人も変わるものだよ、ジャック」ウィーバーは火の消えた葉巻の先で若者を指した。「何歳になっても新しい自分を探して変身できる。それが人間の素晴らしいところだと思わないかね」

「しかし、ミスタ・ウィーバーは変わりませんね」

腹を震わせる爆笑で、ウィーバーはその切り返しに答えた。

「そりゃあね、私ぐらいの年になると、そう簡単には変われんよ……勝ち負けについては君の言う通りだけど、選手は着々と育っている。足りない部分は補強してきたつもりだ。これから面白くなるよ」

「メッツとは十ゲーム差ありますよ」

「なに、大したことはない」強がりを口にしたが、笑顔を浮かべることはできなかった。奴らは開幕以来ずっと首位に陣取って、最下位のブレーブスからはその尻も見えない。

「今から逆転は難しいんじゃないですか？　ワイルドカード狙いでも……」

「馬鹿なこと言いなさんな」ウィーバーは、ライバーの肩を思い切り叩いた。「そんな望みの低いことでどうする。シーズンはまだ半分残ってるんだよ。逆転のチャンスはいくらでもあるさ。だいたい、ワイルドカードを狙うのだって、地区優勝を狙うのだって、難しさは同じようなものじゃないか」

実際、ナ・リーグ東地区はメッツの独走で、二位以下のチームは低迷している。勝率五割を上回っているのは、メッツのほかには二位のフィリーズだけだ。他地区のワイルドカード対象チームとの勝率争いも、メッツをターゲットにして地区優勝を狙う困難さもさほど変わらない。

「だいたい君も心配し過ぎじゃないかね、ジャック」顔をしかめながら、ウィーバーの平手打ちを食らった肩を撫でていたライバーが、怪訝《けげん》そうな表情を浮かべた。うなずいて続ける。「今、ワイルドカードのことを心配しても仕方ない。この地区で優勝できることを信じて応援してくれよ。私もまだまだ、君たちに見せたいものがあるんだ」

「またサプライズですか？」

「いやあ、サプライズなんかじゃないよ」ウィーバーは薄くなった髪を撫でつけた。「チームを預かる身として、当然のことを考えてるだけさ」

メジャーリーガーとしての俺は成功しなかった。だが、野球の実力よりもはるかに勝るこの口が、俺に金を稼がせてくれた。もう一度、派手にぶち上げることにしよう。喋る分には金はかからないのだし。

試合後、記者団に囲まれたウィーバーは、ひとしきり藤本を持ち上げた。当然、彼を発掘した自分の眼力をさりげなくアピールすることも忘れない。「視力は悪くなったけど、選手を見る目は曇ってないようだね」

質問が出尽くし、記者たちがICレコーダーのスイッチを切ってメモ帳を閉じたところで切り出す。

「ところで君たち、メッツについてどう思うかね。ゼネラルマネージャーのミスタ・タカオカのやり方だが」

すぐに賞賛の声が飛び出してきた。金をかければチームが強くなるものでもない。彼の哲学は分かりやすいし、それが成功しているのは評価されるべきだ。経営という観点からすれば、コストパフォーマンスが高いのは絶対の正義である。これからは見習うチームも出てくるだろう──などなど。ひとしきり賛辞が続いた後で、ウィーバーは露骨に鼻を鳴らした。

「しかし何だ、諸君らも金のことしか考えてないのかね。だいたい、予算を安く抑えて何のメリットがある？　ミスタ・タカオカのやり方は理解できるよ。彼は、若いスピードのある選手を集める。それはいい。だが、そういう選手が成功すれば、より高い年俸を求めるだろう。そうなったら彼はどうすると思う？　おそらく、控え目な要求をした選手さえも放り出すだろうな。それで、もっと若くてもっとスピードのある選手を引っ張ってくる。選手は取り替えのできるパーツだ、とでも思ってるだろう」一息つき、記者たちの顔を見渡す。「それが現代野球ってものかね？　そうかもしれんが、私は寂しいな。勝ち負けももちろん大事だが、もっと長期的な視野に立ってチームを作ることの方が意義がある。そりゃあ私も、あちこちから人を引っ張ってきたよ。コックスも、フジモトもそうだ。ただ、今年は一年目だということを忘れないでほしい。自分の理想とするチームを作るのには、手間がかかるんだ。まあ、それはともかく、諸君らはちょっとミスタ・タカオカを持ち上げ過ぎだと思う。野球は、ビジネスというにはあまりにもドラマチックなんだよ。だいたい、彼のチームの試合を見ていて感動する場面があるかね？」

独演会を終えて、ウィーバーは自室に戻った。椅子に深く腰かけ、壁を凝視する。さて、これでどう動くか。野球には場外乱闘もある。タカサンはこっちの仕掛けに乗ってくるだろうか。

ライバル同士の対決が盛り上がらなくて、何がメジャーリーグか。

Chapter 5

The Struggle Within

ええ、もちろんミスタ・ウィーバーのことはよく知ってますよ。私にこの仕事の基本を叩きこんでくれた人ですから。

別に、彼に対して含むところはありません。確かにミスタ・ウィーバーは、よく喋る人です。昔からそうでした。でも、本当に大事なことは腹の底に隠してましたね。何でもかんでも記者に喋るようじゃ、管理職失格でしょう。いや、もちろん嘘をつくというわけじゃなくて、煙幕を張ってるだけです。そこから真実を見つけ出すのが皆さんの仕事じゃないんですか。

私に嚙みついた理由？　それは分かりません。直接言われたわけじゃないし、彼が何を考えてるのかは想像もできません。リップサービスの類《たぐい》じゃないですかね。あの人は、何を言えば人が喜ぶか、よく知っていますから。

――いや、それは違います。ミスタ・ウィーバーが何か言ったぐらいで、うちのチームの調子が崩れることはありませんよ。確かに、四連敗は今シーズン初めてだけど、驚くようなことじゃないでしょう。遠征が続いたし、暑くなって投手陣に疲れが出ているだけなんです。いや、暑さだって特に心配はしてません。うちの売り物はスピードですからね。多少暑くなったって、走塁のスピードが落ちるわけじゃないし、むしろ他のチームよりも有利だと思ってます。それは、いずれ証明されますよ。

ミスタ・ウィーバーへの反論？　そんなもの、ありませんよ。私の仕事は喋ることじゃないし、他のチームのゼネラルマネージャーと喧嘩しても仕方ないでしょう。とにかく、こっちはこっちのペースでやるだけです。あなた方は論争を期待しているかもしれませんけど、そうはいきませんよ。

――七月二十六日、マーリンズ戦後のインタビューで（フロリダ）

何だい、彼はまともに反論もしなかったのかね？　いやはや、がっかりだな。ディベートはアメリカの偉大なる伝統なんだが。彼もアメリカの大学を卒業しているのに、大事なことを学ばなかったんだろうか。

一緒に仕事をしていたのは事実だよ。ただ、あの時は私はゼネラルマネージャーで、彼はスタッフの一人に過ぎなかった。彼は、私から何も学んでいかなかったようだね。私の下で仕事をしていれば、何が一番大事か、すぐに分かるはずなんだがねえ。

私は、スーパースターが欲しいんだ。いや、どこぞのチームのように、実績のある選手を金で買い漁《あさ》ろうってわけじゃない。個性溢れる選手っていう意味だ。地元のファンが感情移入して応援できるような。いいかい、メッツを見てみなさいよ。選手の見分けがつくか？　ミスタ・タカオカは、わざわざ同じような選手ばかり集めてきて、クソ面白くもない野球をやってる。野球っていうのは、いろいろな個性を持った選手がいるからこそ面白いんじゃないかね。共産主義時代の東欧でチームを作ったら、今のメッツのようになるかもしれないが、そんなもの、誰が見たいと思う？　ダイナミズムがない。1点を守り切るだけのつまらない野球なんて、何の意味があるんだ。それで優勝でもされたんじゃ、たまらんね。あのチームには魂がないんだ。私はこれから証明するつもりだよ。彼のやり方と私のやり方と、どちらが正しいか。本番はこれからなんだ。八月から九月になれば、戦いは一層厳しくなる。そんな状況で、魂のない選手たちがどこまで頑張れるかね。うちかい？　うちの選手たちはソウルメートだね。うるさ過ぎて困るぐらいだが。ま、明日からのメッツ戦を見ていただきたい。

——七月二十八日、記者団へのコメント（ニューヨーク）

何なんだ、あのオッサンは。

新聞をその場で引き裂きたくなる怒りを何とか抑えつけ、高岡は水を一口飲んだ。引き裂く代わりに丁寧に畳み、隣の椅子の上に置く。無視しよう——そう思っても見出しは目に入ってくる。それを見れば、読んだばかりの記事が頭の中で再現され、また怒りが膨れ上がる。

「どうしたの、怖い顔して」

「あ？　ああ」顔を上げ、硬い笑みを浮かべる。立ち上がり、穂花のために椅子を引いてやった。小さな声の「ありがとう」と柔らかな笑みで、ようやく心の強張りが少しだけ解けた。

「こういう商売をしてると、いろいろ書かれるからね」

「そうね」穂花の顔が暗くなった。「でも、今日はちょっと怖い顔してる」

「相手が相手だから」

「どういうこと？」

新聞を見せた方が早いのだが、自分の口から話すことにした。どう考えてもあの記事は不公平だ。向こうの言い分を一方的に載せるだけなのだから。彼女がこんな記事を鵜呑《うの》みにするとは思えないが、誤解のないように自分の考えをきちんと話しておきたい。

「昔の上司がね、急に嚙みついてきた」

「何、それ」穂花が広げかけたメニューを脇に押しやった。「上司って……」

「俺がこの世界でどうやってやってきたかは、この前話したよね」

「ええ」

「二つ目のチームがカブスだった。編成担当の仕事をしてたんだけど、そこでゼネラルマネージャーだったのがアーノルド・ウィーバーという男なんだ。知ってる？」

穂花が無言で首を振った。彼女の野球音痴にも、もう慣れた。一から説明するのが面倒臭いこともあるが、彼女と会っている時だけは野球から離れられるという利点もある。考えてみれば俺は、二十四時間、三百六十五日野球漬けだった。それが何年も続いてきたのだが、今となっては決して正しい生き方だったとは思えない。彼女の存在が少しずつ生活に浸透している今、自分がようやく年齢なりに成熟した人間になりつつあるような気がしている。

「メジャーの名物男なんだ。ゼネラルマネージャーっていうのは、チームの雇われ社長みたいなものだから――」

「ということは、あなたも社長よね」穂花がメニューを引き寄せ、両手を組み合わせて載せる。「ね、社長さん？」

「まあ、そうだけど……とにかく、その頃の俺は言ってみれば平社員だったわけで、ゼネラルマネージャーなんて雲の上の存在だったんだ。でも、彼が目立ちたがり屋だったのは当時からよく知ってた」

「プロだから、当然じゃないの」

「いやいや」苦笑が口元に浮かんだ。「目立っていいのは選手だけなんだよ。社長っていったって、普通の会社とは違うからね。あくまで黒子《くろこ》なんだ。ところが彼は、周りに新聞記者やテレビのカメラマンがいないと不機嫌になるタイプでね。自分が選手よりも目立たないと満足しないんだ」

「変わった人……よね？」

「そうだね。もうこの世界に五十年近くいるわけだから、評価はされてるんだろうけど、下の立場から見ると変な感じがした。まあ、いいや。とりあえず料理を頼もうか」

「そうね」穂花が大きな笑みを浮かべた。ちょっとしたトラブルや悩みを簡単に消し去ってくれる、消しゴムのような笑み。だが今日は、消し残しがあった。

　ざっとメニューを見渡し、生ハムとメロンの前菜にパスタ、メインにトリッパの煮込みと、ゴルゴンゾーラチーズを挟んだ牛ヒレ肉のカツレツを選ぶ。アルコールを呑まない穂花はミネラルウォーター、高岡はワインではなくビールにした。ワインなど呑んだこともないのだ。格好をつけたデートのために少しは勉強しようかと考えたこともあるが、彼女がまったく呑まないのでは意味がない。結局いつも、呑み慣れたビールを頼んでいる。困ったのは、彼女と会うようになって急に体重が増えたことだ。考えてみれば今まで、食事は単に空腹を紛らすためだけのものであった。二人一緒となるとそうもいかない。評判の店で食事をすれば確かに美味いし、つい食べ過ぎる。いわゆる幸せ太りというやつか、と考えて頬が緩んだ。

「何か勘違いしてると思うんだ、あの人は」ビールを一口呑むと、口調が滑らかになった。

「勘違いって?」グリッシーニを齧《かじ》りながら穂花が訊ねる。

「だいたい、彼が俺のことを覚えてるとは思えないんだよ。上司っていったって、直接一緒に仕事をしたわけじゃないし。確かに今は同じ立場だけど、俺を攻撃するのは完全に筋違いだよ。だいたい、ゼネラルマネージャー同士が喧嘩するなんて話、聞いたことがない」

「喧嘩なの?」

「いや……喧嘩とは言えないね。こっちが一方的に悪口を言われてるだけだから。それでも気分は悪いよ」ちらりと新聞を見下ろす。『メッツの野球はつまらない』。何とダイレクトな見出しか。しかし、つまらないと言われても困る。ファンは何を求めているか。間違いなく、十月末にチームの優勝パレードを見ることだ。そのためには、勝ち続けることが何より大事である。他のことで目立っても意味がないし、金にもならない。エゴを満たすためだけに暴言を吐いてマスコミを味方につけようなど、メジャーの世界では邪道ではないか。

「怒ってるんだ」

「あ？　ああ、まあね」

「無視すればいいじゃない」

「今のところはそうしてるけど、向こうは喧嘩したいみたいだ」

「そんなことしても、あなたには何のメリットもないでしょう」

「ないだろうな」

「だったら無視よ、無視」自分の言葉に納得したように穂花がうなずく。「ウィーバーって人には何か考えがあるかもしれないけど、反論してもあなたにとってプラスになるとは思えないわ。だったら黙ってる方がいいでしょう。ノーコメントで通せばいいだけよ」

「君、やっぱり広報に向いてるよ」

「そうかな」穂花が自分の頬に触れた。メッツで仕事をしてみないか、という話は何度かしたことがある。これは私的な感情とは無関係だ、と自分に言い聞かせながら。

彼女は間違いなく有能だ。「人種の坩堝《るつぼ》」と言われるメジャーの世界は、実際には案外排他的な現状を抱えている。各チームのフロントの構成を見ればそれは明らかで、アフリカ系アメリカ人やラテン系の人間、女性は非常に少ない。要するにこれはサーカスなのだ。現場で動く人間には様々なタレントが必要だが、その手綱《たづな》を締めて金の勘定をする人間は……ということである。自分がそういう壁を崩そうと張り切っているつもりはなかったが、時々嫌でも意識させられるのは事実だ。

「時に融通を利かせて、時に毅然《きぜん》としなくちゃいけないのが広報の仕事なんだ。マスコミの対応は難しいよ」

「だったらやっぱり、私向きだとは思えないけど」高岡の申し出に、彼女はずっと渋い返事をしている。自分の目指す仕事はあくまで通訳、と思っているのかもしれないし、高岡に近づき過ぎることに怯《おび》えを感じているのかもしれない。仕事と恋は別。そういう考えは別段不思議でもない。

「考えておいてくれよ。もちろん、来年からだけど」

「そんなに簡単に言っちゃっていいの？」

「俺には一応、それなりの権限があるんだ。心配しなくていい。本当に、仕事のあてがないんだったら——」

「そうね、考えておく」彼女の言葉に重なるように、前菜が運ばれてきた。

少し落ち着いた状態なのだろうかとも思う。自分の立場や経歴を話した日、穂花はどことなくよそよそしくなった。自分には縁のない世界の実態を知って、少し臆したのかもしれない。今は、その時の緊張が少しずつ薄れつつある時期なのだろう。本当に心の底から笑い合える日は、もう少し先になるのではないだろうか。

まあ、いい。時間はたっぷりあるんだ。

様々な悩みが、皺のように心に刻まれる。だが、彼女と過ごす数時間だけは、そういうことを全て忘れたかった。


クソ、何かが狂ってる。なのに、その原因が分からない。

高岡は狭い自分の部屋でモニターを睨みながら、コーヒーカップをテーブルに叩きつけた。淹《い》れたばかりの熱いコーヒーが跳ね、手首にかかる。慌てて口で吸ってから、もう一度モニターに目をやった。画面の中では、カブスの選手たちが握手を交わしている。ダグアウトに戻るメッツの選手たちはうなだれ、酷暑の戦場を敗走する兵士のようにも見えた。

ここ十試合で、これが九敗目になる。春先の魔法のような勢いはすっかり消えてしまい、今はジャブを浴び続けて足が止まってしまったボクサーのような有様だ。クリンチしては突き放され、また鋭いジャブを浴びる。序盤のダッシュが奏功してまだ首位を保ってはいたが、地区二位のフィリーズが四ゲーム差まで詰めていた。一時は二位以下に八ゲーム差をつけていたことを考えると、今のリードはいかにも頼りない。物事には勢いが大事なのだ。四連敗。ようやく勝ってから今度は五連敗。立ち直るきっかけが見えない。

モニターから目を逸らした。今夜辺り、監督のハワードと話し合わなければならないだろう。問題はピッチング・スタッフだ。大枚《たいまい》をはたいて獲得したピッチャーが調子を落とし、打ちこまれる場面が目立つようになっている。大量点が望めない打線だから、こういう状況が続くと苦しい。マイナーをもう一度チェックして有望な選手を上げるか、他のチームから引っ張ってくるしかないだろう。トレード期限の七月末日が迫っているから、早く決断して動かないといけない……採るならやはりピッチャーだ。先発を任せられる選手がもう一人欲しい。

試合終了から三十分待って、自室を出た。まだざわついた雰囲気の残る廊下を歩き、監督室のドアをノックする。隣にあるロッカールームからも入れるのだが、意気消沈している選手たちの間を泳いで監督室まで行きたくはなかった。選手たちだって、俺の顔など見たくもないだろう。何となく、ぎすぎすした雰囲気が漂っていることには気づいている。ライトの問題が尾を引いているようだが、今、こちらから動くことはできない。

しかも頭痛を増幅させるのは、当初の期待に反して、ライトの外野守備が今ひとつ安定しないことだった。送球のタイミングに迷いが見られたり、フェンスでバウンドした打球の処理が遅れたりと、エラーの記録がつかないミスが目立つ。急ごしらえだから仕方がないが、スタッフの計算では、彼のそういうプレーでメッツは15点を失っていた。だからといってショートに戻すわけにはいかないし、ベンチに引っこめるなど問題外だ。足だけは計算できるのだから。プラスとマイナスの簡単な計算。しかし総合的に見れば、今はマイナスの評価になってしまう。とすれば、結論は明白なのだが……。

返事がない。もう一度ノックしてからドアを細く開けると、当のライトがハワードと対峙していた。二人とも殺意をこめた目線をぶつけ合うだけで、一言も話さない。割って入るべきかどうか迷ったが、ライトの視線に突き刺されたので、仕方なく室内に滑りこんだ。逃げたとは思われたくない。

「どうしました、ロイ」ライトを無視して監督に話しかける。

「いや、些細な問題で意見を交換していただけだよ」二人ともまだ、ユニフォームを着替えていない。試合後、記者たちの質問を振り切るのに十五分はかかっているだろう。ということは、この話し合いは何分続いているのか。

「俺をショートに戻して下さい」ライトが高岡に訴えた。意見を交換していた？　二人が怒号《どごう》を浴びせ合っていたのは明らかである。ライトは涙目だし、ハワードは怒りに顔を赤くしている。

「君はちゃんとやってるじゃないか」選手の文句ぐらいあんたのところで押し潰せよ、と心の中でハワードに文句を言いながら、高岡はライトと向き合った。「外野としても一日ごとに上手くなってる。足の速さも生かせるし、ぴったりのポジションだと思うよ」

「俺は……俺は、外野を守ってるとリズムに乗れないんだ」おどおどした声でライトが訴えた。「俺はガキの頃からずっとショートを守ってきた。あのポジションに誇りもある」

「それは分かる」高岡は鷹揚《おうよう》にうなずいた。「プロなんだから、自分に誇りを持って当然だ。だけど、チームの事情を考えるのもプロの仕事じゃないかな」

「俺をショートに戻してくれ」救いを求めるように、ライトが両手を前に投げ出す。

「選手の起用は監督が決めることだ。この件に関してはミスタ・ハワードが全ての権限を持っている」親指を倒してハワードに向けた。ハワードの顔に不快な表情が浮かぶ。「君にはそれに従ってもらう。だいたい、こんな風に直談判すべきじゃないよ。与えられた自分の役割をこなすのが、プロの仕事だ」

「しかし――」

「これまでだ」両手を打ち合わせる。パン、という甲高い音が、風船のように膨らんだ緊張感を割り、ライトの声がさらに感情的になる。

「俺を出してくれ」

「ああ?」

「トレードしてくれ。俺の才能を生かしてくれるチームはいくらでもある」

「それはできない。君をトレードするつもりはない。このチームに必要な選手なんだからな」

「だったら俺の希望を聞いてくれてもいいだろう」

「それとこれとは別問題だ。選手は大切な財産だけど、チームよりは大きくないんだからな。我々の構想に従ってもらう」

「自由にものも言えないのか、このチームは」ライトが拳をきつく固めた。顔が赤くなり、上半身が震える。

「十分言ったじゃないか」高岡は肩をすくめた。「君の意見はきちんと聞いた。我々だって、最大限の譲歩をしてるんだよ。選手の声なんか聞きもしない監督やフロントもたくさんいるんだから。とにかく、ショートには戻さない。今まで通り外野で先発してもらう。その方針に変わりはない」

ライトの顔がますます赤くなり、今にも爆発しそうになった。そのまま一言も発さず、監督室を出ていく。怒りをドアにぶつけて閉めると、マグネットで留めたカレンダーが床に落ちた。苦笑しながら拾い上げ、元の位置に戻す。

「頼むよ、あまり刺激しないでくれ」ハワードが泣き言を連ねた。「俺がちゃんと話してたんだから」

「甘やかしたらきりがないでしょう。あれだけ言えば、ライトも反省するはずだ」

「あのな」意を決したように、ハワードが高岡の顔を見据えた。「前から言おうと思ってたんだけど、タカサン、選手を少し軽く見てやしないか。確かにチームは会社組織だよ。でも、ゼネラル・モーターズやボーイングとは違うんだ。選手はみんなプライドが高いし、わがままだ。それをある程度考えてやらないと、途端に反抗して嚙みついてくるぜ。ライトの奴、今の件もマスコミに喋っちまうだろうな」

「放っておけばいい」

「そうもいかん。俺は、トラブルはごめんだよ」

「そうなったらそうなったで何とかしましょう。それより、そろそろチームを何とかしないとね。フィリーズの連中が尻に噛みついてる」

「ああ、そうだな」暗い声で認めてソファを勧める。ハワードが自分の目を見ていないことに高岡は気づいた。まったく、人間関係というのは何とややこしいことか。選手など、メッツという巨大組織の中では一つのパーツに過ぎないのに。黙ってこっちの言う通りに動いてくれないと、構想が底の方から崩れてしまう。

高岡は、砂が流れ出すようなさらさらという音をかすかに聞いた。


メッツのオフィシャルショップ——クラブハウスと呼ぶ——は、マンハッタンに二か所ある。高岡は時々、自宅に近いレキシントン・アベニューの店に顔を出すようにしていた。一々売れ行きを確認するつもりではなかったが——そういうことは担当者に任せっ切りだった——人の入りぐらいは見ておきたかったからだ。

今朝は、特に店を見る予定ではなかった。デーゲームが控えており、人並みの時間に起き出して、朝食をとるついでに脇を通っただけである。だが、彼の目は店に吸い寄せられ、足が止まってしまった。乱暴な走り書きをした紙が窓に何枚も貼られている。「誰がメッツを駄目にしたか」「責任者は出て来い」「GM失格」

クソッタレ。一瞬、全ての貼り紙をはがしてやろうかと思ったが、思い止まる。こんなところを誰かに見られたら、もっとみっともないことになるではないか。

昨日の無様な敗北の腹いせだろう。確かにひどい試合だった。同点のまま延長十二回までもつれこみ、結局レッズに一挙5点を奪われて大敗。長く尾を引きそうなダメージが、チーム全体に張りついた。ハワードは怒りのコメントを吐き散らしてマスコミを呆《あき》れさせ、高岡はオーナーのモルガンに呼ばれて長い話を聞かされた。苦言ではなかった。文句や批判を巧みに避けてはいたが、あの男の話を一時間も聞かされたら拷問になる。

溜息をつき、店の前を離れる。だいたい、ニューヨーカーは気が短過ぎるのだ。野球をちゃんと知っているとも思えないのに。この街に住んでいる連中は、ただ騒げる対象が欲しいだけなのだ。こと野球に関する知識で言えば、シカゴやセントルイスのファンの方がよほど造詣《ぞうけい》が深い。

気を取り直して歩き出す。今日は十時に家を出なくては。ハワードと話し合う必要がある。ニューヨークの夏は厳しく、早い時間でも少し歩いただけで汗が噴き出してくる。ふだんはサラリーマンに加えて観光客で賑わう場所なのだが、さすがに日曜は静かだった。鳩が目立つ。アスファルトは人も車も拒絶するように波打って汚れていた。

高岡の行きつけのダイナーは、レキシントン・アベニューにある。イタリア人の一家が経営している店で、店内で英語が聞こえないこともあった。平日は朝から夜まで客足が途切れることがないのだが、日曜の朝ともなると人は少ない。見たくはなかったが、つい習慣でニューススタンドに立ち寄り、ニューヨーク・タイムズとUSAトゥデイを買い求めてから、奥のボックス席に陣取る。チーズ入りのオムレツとカナディアンベーコンを頼み、薄いコーヒーをブラックのまま一口飲んでから、意を決してUSAトゥデイを広げた。

クソ、ライトの奴。ハワードが心配した通り、不満をぶちまけていた。「俺はショートだ」「チームは俺の希望を無視している」「俺をきちんと使ってくれるチームでプレーしたい」

ニューヨーク・タイムズは読まなかった。こちらの方が高級紙ではあるが、内容は同じようなものだろう。記者連中の想像力の乏しさときたら。

それにしても、あの若僧め。お前がいくらトレードを希望しても、無理なんだ。シヨートの守備が駄目で外野にコンバートして、それでも上手くいっていないことは、どのチームも知っている。足は魅力だが、欠点に目を瞑《つむ》ってまで使うだろうか。何だかんだ言って、和を乱す選手は嫌われる。結局お前は、ここでプレーするしかないんだ。夕べハワードと話し合った結果、金で解決するしかないだろう、という結論に達していた。このまま大人しくプレーしてくれれば――もちろん、そんな言葉は使えないが――ボーナスを出す。代理人を通じてそういう話を持ちかけるのが、唯一現実的な選択肢だ。多少の出費は仕方がない。元々年俸は安い選手なのだから、ボーナスを出してもチームにはさほど痛手にならないだろう。

料理が出来上がった。オムレツにナイフを入れる。例によって火を通し過ぎて固くなっていた。穂花は料理は上手いのだろうか、とふと考える。ずっと独身で外食ばかりのアメリカ生活だが、時に家庭の味を懐かしく思い出すことがある。そういえば、ちゃんとした日本食も久しく食べていない。まあ、俺が彼女のために料理を作ってもいいのだが。料理の本でも買いこんで勉強するか。

いやいや、こんな状態ではとても穂花とは暮らせない。ゼネラルマネージャーといっても、立場は不安定なのだ。これが日本のプロ野球なら、球団代表や社長といっても、親会社から派遣されてきたサラリーマンに過ぎない。多少の失敗があっても馘《くび》になることはないだろうし、期限が来れば、ほとんどの場合、親会社に戻って一段上のポジションに就く。一方、俺には何の保証もない。オーナーの考え一つで、明日は路頭に迷っているかもしれないのだ。生き残る方法は一つ、勝つことしかない。今はまだフィリーズの先を走っているが、シーズンもまだ先は長い。追い上げる立場にすれば勇気づけられる事実だが、追われる立場にはこれからの数か月が永遠にも感じられる。

クソ、俺は何を弱気になってるんだ。むきになって食事を詰めこみ、コーヒーをもう一杯頼む。二杯目はクリームと砂糖を加え、ゆっくりと飲んだ。結局、ニューヨーク・タイムズを広げて読み始める。思わず手の動きが止まった。何が想像力の乏しさ、だ。ニューヨーク・タイムズはずっと、高岡の方針に好意的な報道を続けていたが、今日は一気に掌を返して、豊かな語彙《ごい》で攻撃を仕掛けてきた。ライトの不満を大きく取り上げ、さらには先日のウィーバーの挑発的な言葉までも再録して、高岡に鉄槌《てっつい》を振り下ろしている。

『これは終わりの始まりなのか。メッツが内部崩壊の兆しを見せ始めている。盗塁数でリーグトップを走るライトが首脳陣に対する不満をぶちまけ、チーム内外に、ゼネラルマネージャーのタカオカに対する批判が静かに広がり始めている。

ライトの不満は二点に集約される。自分はショートのポジションに誇りと愛着を感じているのに、無理に外野にコンバートされたこと。それで調子が狂ってしまったのに、チームが何も対処してくれないこと、である。昨日、レッズにサヨナラ負けした後、ライトは自分の不満をついにぶちまけた。トレードに出してもらえるならそれでもいい、とまで言い切ったほどである。

この件について、監督のハワードはノーコメントを貫き通している。

ライトの不満の矛先《ほこさき》は、ゼネラルマネージャーのタカオカにも向いた。監督のハワードはタカオカの言いなりであり、自分を不当に扱っているのはタカオカなのだ、と。

タカオカの方法論は、シーズン前半には高い評価を受けていた。年俸が安くても、スピードがあり、出塁率の高い選手を集めるやり方は新鮮であり、フリーエージェントとトレードに振り回されて年俸の高騰《こうとう》に悩まされる各チームに衝撃を与えた。若いチームは、積極的な走塁でナ・リーグ東地区をかき回し、現在も首位の座を守っている。

これに噛みついたのが、ブレーブスのゼネラルマネージャー、アーノルド・ウィーバーである。メジャーの世界に身を投じて半世紀、表も裏も知り尽くしたウィーバーは、かつてカブスで自分の部下だったタカオカを「つまらん野球をする男だ」と切り捨てた。「選手の気持ちを分かっていない。チームはファミリーなのに、これでは家庭崩壊だ」「いずれは選手にも愛想をつかされる」と批判は続いた。

今のところ、ウィーバーの予言は当たりつつある。ここのところのメッツの急激な失速を見る限り、きつくチームを縛りつけていたタカオカの神通力が衰えつつあるのは間違いないようだ。

タカオカはチーム編成のエキスパートである。だが、メジャーでの野球経験がないこと、日本出身であることなど、壁は低くはなかったようだ。今メッツは、例年と同じようにニューヨーカーの期待を裏切って沈没するか、このまま何とか逃げ切るか、瀬戸際に立たされている。オーナーのモルガンも、タカオカを抜擢した自分の判断を後悔し始めているかもしれない』

勝手なことを。書くだけなら誰でも書ける。実際にチームを動かしてみろ――だがそれが開き直り、あるいは、ほとんど断末魔の叫びであることに気づいて、高岡は静かに新聞を閉じた。

そうか、そんなに嫌か。

メジャーにおいて、首脳陣批判はさほど珍しいことではない。七〇年代、弱かった時期のヤンキースなどは特にひどかったようだ。ただ、ファンもそれを楽しんでいる節《ふし》があるし、好き勝手なことを言うのは一種のガス抜きになる。この記事だって、読者はただ面白がって読んでいるだけのはずだ。

だが俺は、アメリカ人じゃない。日本的な規律が理想とは思わないが、俺がこのチームを仕切っている間は、勝手は許さない。そんなに他のチームでプレーしたいなら、手を打ってやろう。

だいたい、この時点でライトは絶対必要な選手というわけでもないのだ。高岡がハワードを通じて繰り返し訴えてきた走塁の重要性も、今は完全に浸透している。問題は投手陣なのだ。もう一度新聞を広げて、成績を確認する。チーム防御率、4・21。一月前までは3点台を保っていたのだから、まさに急落である。手をつけるべきは、信頼できる先発投手の確保だ。

よし。今日は思い切って動く一日にしよう。ある程度の目処《めど》はつけてある。場合によっては、球場に寄らずに空港に直行してもいい。トレード期限の七月三十一日が迫っているから、時間は無駄にできない。

そそくさとコーヒーを飲み干し、金をテーブルに置いた。話したい相手はもう起きているだろうか。時差を考え、あと三時間は待たないと失礼に当たるだろう、と判断する。三時間。長い。とりあえず球場に行こうか。自分の部屋から電話をかければいい。

シーズンは長い。四月からレギュラーシーズンが終わる九月まで、何事もなく同じ戦力で戦えることはほとんどない。今まで何度も、シーズン途中での戦力補強を経験してきたが、今度は全てが自分の責任になる。かすかな恐怖と迷いすら感じた。人は恐れを覚えて初めて一人前になる、ともいう。だが、恐れを知らずに済むならその方がいいのだ。恐れを知らないということはすなわち、勝ち続けていることなのだから。

「やあ、はるばるどうも」

「結構遠かったな」

握手を交わしてから、高岡は硬い革の椅子に腰を下ろした。少しは自分の部屋も整理しないといけない、と思う。ゼネラルマネージャーである自分の部屋よりも、「補佐」の肩書きがついた彼の部屋の方がよほど小綺麗で落ち着いた雰囲気なのだ。調度類にも金をかけているのがはっきりと分かる。球場が新しいせいもあるだろうが。

デンバーのダウンタウン北部にあるクアーズ・フィールドは、過去にメジャーリーグでの一試合最多観客動員数を記録した球場である。標高千六百メートルの高地にあるため、空気が薄く、ボールがよく飛ぶことでも知られている。別名、マイルハイ・

スタジアム。もっとも選手たちは、より的確な「ピッチャーの墓場」という表現を使う。

結局、ラ・ガーディア空港を飛び立ったのは午後五時過ぎ。四時間を超えるフライトでデンバーの空港に到着したのは、現地時間の七時半だった。球場に着いた時には、既に試合は七回裏まで進んでいた。ロッキーズが3点のリード。

ゼネラルマネージャー補佐のJ・J・ブレットは、アースカラーのポロシャツにグレーのコットンパンツ、素足にデッキシューズというカリフォルニアの人間のような格好だった。さっそく高岡にビールを勧め、乾杯する。缶ビールを一息に半分ほど呑むと、高岡は賞賛の声を上げた。

「クアーズ・エクストラ・ゴールド。素晴らしい」

「その通り。これがアメリカ一のビールだよ」同意して、ブレットが自分のデスクに缶を置く。頬杖をつき、高岡の言葉を待った。

「電話で話した通りなんだ」早速切り出す。

「基本的に、うちは問題ないよ。ライトみたいに生きのいい若手は大歓迎だ」

「そうか」高岡は安堵の吐息を漏らした。数時間前、電話で話し合った時には、ブレットは「時間をくれ」と渋った。それは事実上、トレードには応じないという意思表示だったはずである。とにかく話をしようと、強引に押し切ってデンバーまで飛んできたのだが、その甲斐があったというものだ。この数時間のうちに、チーム内で何らかの話し合いがもたれたのだろう。

「基本的にオーケイなんだな？」

「ああ」ブレットがビールを取り上げる。デスクに丸い輪ができているのに気づき、掌のつけ根で拭い去った。どこか不安そうな表情が浮かんでいる。

「何か問題でも？」

「タカサン、俺とあんたの関係だからはっきり言うが、ピルジンスキーの状態は完璧じゃないぞ」

俺とあんたの関係。言葉の意味を素早く斟酌《しんしゃく》した。ブレットとは、五年ほど前にクリーブランドで一緒に仕事をした仲である。二人でチーム編成に頭を絞ったものだが、そこでの経験が、高岡に現在の方針を決めさせたと言ってもいい。当時のインディアンズは大砲ばかりを揃えた機動力ゼロのチームで、ホームランを叩きこんでもランナーがいないケースがほとんどだった。得点効率ということから言えば、最低である。その頃、ブレットは主に投手陣の面倒を見ていた。自身、大学野球で活躍してドラフトにも引っかかったのだが、ヤンキースの五十四巡目という低い評価に納得せず、選手として入団することを拒否して、大学院で経営学を学び直してフロント入りした男である。それだけに、選手を見る目は確かだ。同志としての意識も強い。

その彼が「完璧じゃない」と言うということは、ピルジンスキーは使い物にならないということか。

ピルジンスキーは、メジャー十二年目のベテラン左腕である。バッターの腰を引かせるような剛速球を持っているわけではないが、とにかくコントロール抜群で、駆け引きが上手い。しかも無類のスタミナを誇り、彼が投げる大抵の試合では、リリーフ陣がつかの間の休憩を取ることができた。しかし昨年肩を故障し、シーズンオフには手術、今年はずっとロッキーズ傘下のマイナーでリハビリを続けている。

「まだ治ってないのか？　トリプルAでは結果を出してるじゃないか」

「トリプルAとメジャーのレベルの違いは、あんたにはよく分かってるだろう」ブレットが首を振った。「ピルジンスキーほどのピッチャーなら、トリプルAレベルだったら、顔で抑えられる部分もあるんだぜ」

「駄目なのか？」

「いや、もちろん順調に回復しているのは間違いない」ブレットが即座に否定した。

「手術は完全に成功したし、必ずメジャーに復帰できるはずだ。だけど、本人が慎重になってるんだよ。今まで大きな怪我を一度もしてない選手だからな。少し腰が引けるのは分かるだろう」

「精神的な問題なのか？」

「そうかもしれんが、別にトラウマになってるわけじゃないぞ。あいつは何をするにも慎重な男なんだ。それにプライドも高いから、自分の仕事に自信も持っている。あいつ自身が中途半端な状態だと思ったら、投げないだろうな」

「しかし、トリプルAで投げるところまでは回復してるわけだろう」

「それは、事実としてはそうなんだ……まあ、ライトと交換なら、こっちとしてはありがたい話だけどね。ただ、年俸分の釣り合いが取れないぞ。実績を比べても、一対一のトレードは無理があるんじゃないかな」

「マイナーから誰か出そう」

「そんなに簡単に決めていいのか」

「俺には全権がある」

「さすが、『補佐』のつかないゼネラルマネージャーは違うな」ブレットの顔に寂しそうな表情が浮かんだ。日本からやってきた男に先を越されたのがそんなに悔しいのか？　悔しいだろう。

「俺からは、これ以上言うことはない」ブレットが缶の底でテーブルを二度叩いた。「そっちもデータは集めてるんだろう？　それについては、俺が口出しすることじゃないからな。ライト相手のトレードならうちは応じる、俺に言えるのはそれだけだ」

「保証はないのか」

「ない」ブレットが言い切った。「俺たちは商品の取り引きをしてるわけじゃないからな。自分の目を信じることだ……ただし」

「ただし？」

「逆の立場だったら、俺はライトを出さない。彼はチームに必要な人間だと思う」

「何も言わないでプレーしてくればね」高岡は肩をすぼめた。「能力の高さは認める。これからの伸び代《しろ》も期待できるだろう。ただ、感情を抑えられない人間は、いつかチームの中で火種になるからね」

「それを上手く抑えるのは俺たちの仕事じゃないのか？」

「そういう考えもあるかもしれないけど、選手はいくらでもいるんだぜ。その時々のチーム事情によって交代させるのは、自然なことだろう」

「チーム事情ね」ブレットが腕組みをし、高岡の顔をまじまじと見つめた。「そんなに問題児なのか、ライトは？　俺は新聞で読んでるだけだが」

そんなことはないだろう。実際はもっと詳しい情報を収集しているはずだ。この男も全米各地のチームを転々としているから、あちこちに知り合いがいる。メジャーの関係者、新聞記者……情報源には事欠かないはずだ。

「彼はショートのポジションに執着してるだけだ」

「本当にそれだけか？」ブレットが疑わしげに目を細める。

「お前に嘘ついてどうする。共存共栄がメジャーの基本じゃないか」

不自然とも言える公平性がメジャーにはある。これほど活発に選手やフロントスタッフが移動するのは、通常のビジネスでは考えられない。高岡は最近、メジャーリーグそのものが一つの大きな会社だという考えを持つようになった。チームが違うのは、所属部署が違うという程度の意味しか持たない。そうでなければ、選手の総年俸によって決まる「贅沢税」や、弱いチームに優先的に指名権を与えるドラフトなど、何の意味もないではないか。

「それはそうだ」納得したようにうなずき、ブレットがビールを干す。この男が、喉から手が出るほどライトを欲しがっている気持ちは、透けて見えるほどだ。クアーズ・フィールドはバッターにとっては天国だがピッチャーには地獄であり、打ち勝つチーム作りをしないとどうしようもない。補強は常に攻撃陣優先であり、ライトは打線に火を点ける導火線としてどうしても必要な選手なのだ。多少の守備の難には目を瞑る、というのがブレットの本音だろう。

「じゃあ、基本的にこの線でいいな？　契約の細かい点はすぐに詰めさせるよ」

「そうしよう」

「明日の午後には何とかしよう。今夜はこっちに泊まるよな？」

「そのつもりだ」

「よし。試合が終わったら一杯行こうか。デンバーには大した店はないけど、今日は俺が奢《おご》るよ」

「それは、今回のトレードではお前の方が儲かるという自信があるからか？」

「まさか」苦笑を浮かべながらブレットが首を振った。「ここは俺のホームグラウンドだぜ。俺が奢るのは当然だろう。今度ニューヨークに行った時には、お前の奢りだ」

「分かった」言いながら、何故か胸の奥に重い澱《おり》が沈みこむのを感じた。

　ニューヨークに帰って来ても、決してほっとすることはない。人が多過ぎるし、歩いていても流れが速過ぎる。ひっきりなしに響くサイレンとクラクションの音は心臓をどやしつける。ここを自分の街と感じられる日が来るのだろうか。

ラ・ガーディア空港から真っ直ぐ球場に戻り――ほとんど隣のようなものだ――すぐにスタッフを集めてトレードの成立を報告する。コメントはなかった。全員がうつむき、自分の爪先と会話を交わしている。反応がないのに苛立ちを覚え、強い声で宣言した。

「メディア向けのリリースは今日の試合前に行う。入団会見は明日だ」

依然として声がない。

「八月から九月にかけてのラストスパートには、ピルジンスキーのようなベテランがどうしても必要になる」

チャーリー・バックマンが顔を上げた。背筋を伸ばすと、二メートル近い長身であることをどうしても意識させられる。威圧感が狭い部屋を支配した。

「ミスタ・タカオカ、少し残念だ。事前に相談してほしかったな」

「今回は緊急だった。それに、隠密で動く必要もあった」バックマンの抗議を一蹴する。だがそれを契機に、スタッフの中で最初にライトの弱点を指摘したアンディ・ケーンも声を上げた。

「ライトの今までの査定は、プラスマイナスで言えばまだわずかにプラスだよ」

「今までに限定すれば、の話だ。俺はこの先のことを考えてる。彼の成績は明らかに下降線をたどっているだろう。それに、あんな形でチームの和を乱す選手は、将来的に火種になる可能性があるからな。一人不満を持つ選手がいると、それはあっという間に広がる。俺は、爆弾を抱えたままチームを運営するつもりはない」

「戦力以外のことも心配なんだけどね」ケーンは引き下がらない。

「何？」

「自分の目で確認した方が間違いないんじゃないかな。それにこれは、チームの問題というよりあなた個人の問題だ——こんなことは言いたくないんだが」

「どういうことだ」

「だから、自分の目で確認してほしい。要するに、ニューヨーク流の歓迎だよ」

冷え冷えとした雰囲気のまま、ミーティングは解散した。一人取り残された高岡は、かすかな胃の痛みを感じながらデスクに拳を叩きつけた。


メッツファンには独特の気質がある。弱いからこそ愛するというひねくれた気持ち。そして、時々劇的にシーズンを勝ち抜いて勝つことがあるために、どうしても離れられない。そんなファン気質のせいだろうか、シェイ・スタジアムには独特の文化とでも言うべきものが生まれた。

ボードである。

今は全米どこの球場でも見られるようになったボードを掲げての応援だが、発祥の地はシェイ・スタジアムと言われている。ドワイト・グッデンが活躍した八〇年代半ば、「三振」を意味する「K」ボードを掲げる光景がテレビで中継されて全米で有名になった。時に気の利いた文句を、時にテレビではモザイクをかけざるを得ない罵詈《ばり》雑言《ぞうごん》がボードに躍るが、これを楽しみにしているファンは少なくない。

試合前、メッツの打撃練習中のフィールドに足を踏み入れた高岡は、いきなり後頭部を殴られたような衝撃を覚えた。

「ライトを取り返せ」

「ピルジンスキーは故障車」

「タカオカをトレードしろ」

場内をぐるりと見回した。目がいいから、どうしてもボードの文字が目に入ってしまう。特に多いのはレフトポール際の三階席で、洗濯物を干すように大きな白いボードがぶら下がっていた。高岡に反発するファンは、一塁側にあるメッツのダグアウトからよく見えるようにと、この場所を選んだのだろう。

予想されたことである。ライトは今や、チーム一の人気を誇る選手なのだ。グッズの売り上げは常に一、二位を争っているし、打席での歓声も一際大きい。結局、ファンというのは短絡的な考えしかできないのだ。俺たちのヒーローを守れ。

「こいつがメジャー流の洗礼ってやつだな。タカサンもこれで一人前だ」

背後から近づいて来たハワードの声に、びくりとして振り返る。

「悪口の一つも言われないと、メジャーでは認められないよ。味方がいれば、その分敵も多い」

味方、か。俺の味方は一体何人いるのだろう。敵の数は、今日の入場者数を数えれば分かるかもしれない。

「それだけですか？」

「ああ？」

「侮辱されているのは俺だ。チームの最高責任者なんだ。あんな風に書かれているのを見て、あなたは何とも思わないんですか」

「そこまで責任は負えないね」ハワードが肩をすぼめる。「とにかくこっちは、与えられた戦力でやるだけなんだから。チームのことはあんたが仕切っている。ということは、何があっても全責任を負うのが当然じゃないかな。今回の件についても、俺は後から知ったんだから」

　クソ、反論できない。これは俺のチーム。ハワードの言うことはもっともなのだ。独断専行で隠密裏に動いたのは事実だが、責任を負うのは俺だ。

「明日、ピルジンスキーの入団会見がある。あなたにも出席してほしい」

「分かってる。仕事だからね。今から愛想笑いの練習をしておくよ。練習しておかないと笑えそうもないから」つまらなそうに言って、ハワードがゲージの方に去っていった。

　一足す一は二にしかならない。数字に縛られるスポーツの世界で、戦力を計算するのは案外簡単だ。心を完全に摑むことはできないが、自分の手をすり抜けた選手は無視して、新しい選手を見つけてくればいい。寄せ集め社会のアメリカで、全ての人間に共通する言葉は金しかないのだ。

　スタンドのファンが高岡を見つけたようだ。試合も始まっていないのに、あちこちに散らばったファンが声を揃え、四文字言葉を連呼する。引っこむなよ、と自分に言い聞かせた。ハワードが言う通りで、これはメジャー流の洗礼なのだ。文句を言われて一人前、ブーイングは賞賛と紙一重《かみひとえ》ということは分かっている。

　何とかその場に踏みとどまったが――いや、耐えていたわけではない。降り注ぐ罵声が体を突き抜け、高岡をその場に釘づけにしてしまったのだ。

Chapter 6

Summer Song

ピルジンスキーは勝ち方を知っている投手です。メジャーで十年も投げてきた事実がそれを証明しているでしょう。私はそれに賭けました——いや、これは賭けじゃない。冷静に分析した結果ですね。

怪我ですか？ それはもう、まったく問題ないと思います。十分なリハビリをしてきたし、調整も済んでいる。そんなことは織り込み済みですよ。損をしないトレードは、基本中の基本じゃないですか。

ライトの件ですか？ あくまで彼の希望に沿ったトレードです。私はかねがね、選手には自己主張する権利があると思っている。他のチームでプレーしたいというなら、それを叶えてあげるのもゼネラルマネージャーの仕事なんですよ。

いや、まさか。報復なんてことをするわけがない。いいですか、今後、私と彼がまた同じチームで仕事をする可能性だってあるんですよ。だから、懲《こ》らしめてやろうなんて考えるわけがない。他人を苦しめれば、結局自分の首を絞めることになるわけですからね。もちろん私は、彼の健闘を祈ってます。うちと当たる時は少しは遠慮してほしいですけどね。

ライトの件はこれぐらいでいいでしょう。今日の主役はミスタ・ピルジンスキーなんですよ。ええ、当然、先発の柱として期待しています。投手陣も少し疲れてますからね。彼にはどんどん投げてもらって、核になってもらわないと。もちろん、それは可能だと思っています。彼はピッチングというものをよく知ってますからね。他のピッチャーにもいい影響を与えてくれると確信していますよ。

——七月三十一日、ピルジンスキーの入団会見で（ニューヨーク）

は、ピルジンスキー？　ガラクタだろうね。少なくとも、私の耳に入ってる情報では、彼はもう使い物にならない。

いやいや、今のはオフレコで頼むよ。ピルジンスキーだって、年金を貰えるだけ活躍してきた選手なんだ。今までの実績に対しては、私も敬意を抱いている。ただし、戦力として考えた場合は別だよ。それをわざわざ獲得しようとするタカサンの考えは理解できないな。彼の情報網も、大したことはないんじゃないかね。おっと、これもオフレコにした方がいいかな？

それよりうちのチームの話をしよう。私は今、わくわくしてるんだよ。彼がプレーするのはほぼ四か月ぶりだが、実際、涙が出そうになっている。彼は勇気を体現する選手なんだ。怪我を恐れず、チームのために体を犠牲にした選手。今時、スポーツの世界以外で、こういう献身的な態度を見ることができるかね？

もちろん、彼は貴重な戦力だ。これで打線に芯ができるし、外野の守備だって安定する。うちは、一段上のレベルに上がることになるんだよ。

怪我の影響？　ないだろうね。練習を見てもらえば分かるでしょう。彼は、飯を食うよりフライをキャッチするのが好きな選手なんだ。精神的なことだって心配する必要はない。いいかい、フェンスは急に動いたりしないんだ。ちゃんと見てれば事故は避けられるわけで、彼だってそれは学んだはずだよ。馬鹿にしてるわけじゃない。怪我なく、無事にプレーしてもらうことが私の望みだ。今までたっぷり休んだんだから、これから張り切ってもらうつもりだけどね。年俸分はしっかり仕事してもらわないと。

――八月一日、試合前の記者団との立ち話で（アトランタ）

藤本が市川準《いちかわじゅん》に話しかけるのを見ながら、ウィーバーは目を細めた。市川は顔を引き攣《つ》らせて直立不動。藤本は終始柔らかい笑みを浮かべたまま、時折、市川の肩を叩いて緊張を解《ほぐ》そうとしている。市川が緊張するのも当たり前だ。彼がまだ十代の頃から、藤本はメジャーで投げていたのだから。ピッチャーと外野手と立場は違うが、市川にしてみれば雲の上の存在だろう。

他の選手たちも集まって、バッティングケージの前に小さな輪ができた。長い治療とリハビリの間に、市川は髪を剃り落としていた。というよりも、これは治療の名残《なごり》かもしれない。

開幕直後の事故だった。レフトを守っていた市川は、ライナー性の当たりを追って背走し、ボールをキャッチした瞬間、頭からフェンスに激突した。彼は死んでもボールを離しませんでした——ファインプレーに送られる賛辞だが、その時ウィーバーは、市川は本当に死んだ、と思った。フェンスの前で崩れ落ち、ぴくりとも動かない。駆け寄ったセンターのベケットの慌てようがさらに不安をかきたてた。観客席にざわめきが走り、試合は中断した。頭蓋骨《ずがいこつ》骨折。緊急手術と長いリハビリの四か月。ウィーバーは何度も市川を見舞い、無事に回復しているのを見る度に胸を撫で下ろしたものだ。その後、フェンスを覆うラバー部分を厚くしたのは言うまでもない。

市川は、叩き上げの男である。ブレーブスが極東地区で展開したスカウティング活動の賜物《たまもの》で、十九歳でルーキーリーグからキャリアをスタートさせている。アマチュアからアメリカに渡る日本人選手も少なくはないが、実際にメジャーまで這い上がったケースはほとんどない。市川は毎年階段を一歩ずつ上がり、昨年九月、登録選手枠が広がるタイミングでついにメジャーのダグアウトに足を踏み入れた。そして今年は開幕のラインナップに名前を連ねた——五試合だけ。選手生命を脅かしかねない怪我は彼を戦列から遠ざけ、ファンも小柄で俊足の外野手の名前を忘れかけていた。

その市川が、ほぼ四か月ぶりに帰ってきた。仲間たちに囲まれる姿を見てうなずきながら、ウィーバーはシーズン終盤に向けてドラマが第三コーナーにさしかかりつつあるのを意識した。藤本が鬘《かつら》を取り出して市川の頭に載せる。派手な金髪のアフロ。爆笑が選手たちの輪に広がる。ウィーバーは唇の両端を持ち上げながら、その様子を見守った。こいつは美味しいところだぞ。記者連中は見てるのか？　写真は撮っただろうか。見てない奴がいたら、後で教えてやらないと。

突貫小僧《とっかんこぞう》の帰還だ。

練習が終わり、ウィーバーは汗の臭いが漂うロッカールームに足を踏み入れた。すぐに市川を見つける。まだ金髪の鬘を被ったままで、仲間たちにからかわれていた。が、ウィーバーが近づいて来るのを見ると、帽子を脱ぐように鬘をむしり取り、直立不動の姿勢を作る。

「ミスタ・イチカワ」ウィーバーは彼の名前を呼んで握手を求めた。力強い手で市川が握り返してくると、そのまま引き寄せて肩を抱く。リハビリ中に、集中して上半身の筋力トレーニングをしていたことはすぐに分かった。春先とは体の厚みが違う。

「ご心配おかけしました」体を離すと、淀《よど》みない英語が飛び出してくる。この男が力を傾注してきたのは野球だけではないことを、ウィーバーは知っている。右も左も分からない異国の地に放りこまれ、必死でここまで這い上がってきたのだ。六年。入団を伝える新聞記事をスクラップで読んだことがあるが、写真の顔はまだほんの子どもだった。それが今、逞《たくま》しさを身にまとっている。しかし、目に宿る光は依然として少年のそれだった。

「髪はどうしたんだ」叱責《しっせき》されると思ったのか、市川の表情が一瞬強張る。ウィーバーは柔らかな笑みを浮かべてその緊張を解いてやった。「なかなか似合ってるじゃないか」

「ええ」小さく溜息を漏らしながら、市川が頭をつるりと撫でた。「手術で剃ってから、案外いいかもしれないと思って」

「鬘を被れよ」

「は？」市川が手にした金髪のアフロヘアを見下ろした。

「違う、違う。そんなアフロヘアじゃ帽子が入らないだろう。私が言ってるのはクッションの意味だよ」

「ああ」真顔になってうなずく。「考えてもいませんでした」

「あのな、お前さんが怪我してから、外野フェンスのクッションは厚くした。だけど、それだけで怪我を防げるものじゃないし、何か頭を守るものがいるだろう」

「プレー中に鬘はまずいんじゃないでしょうか」

「そうか」ウィーバーは残り少なくなった自分の髪を撫でつけた。「いや、まあ、審判に怒られるまではやってみたらどうだ。怪我防止のためだって言えば何とかなるかもしれない。それに今日はデーゲームだ。このクソ暑いのに帽子だけじゃ、日射病になるぞ」

「マイナーではもっと暑いところでやってましたよ」市川がにやりと笑う。「慣れてますから」

「よし」ウィーバーは彼の肩を一つ叩いた——ごく軽く、壊れ物でも扱うように。

「私から二つのアドバイスがある。一つは恐れないこと。もう一つは用心することだ」

「優先順位はどっちが高いんですか」

「一つ、恐れないこと。二番目が用心することだ」真顔で繰り返してから、もう一度市川の肩を叩く。鍛え上げた筋肉の盛り上がりに満足してから、ロッカールームを後にした。このアドバイスは順番を逆にした方が良かったかもしれない。市川の目に恐れはなかった。だったら、逸《はや》る気持ちを引き締めるべきではなかったか。無理させず、普通にプレーしていても、市川は戦力になる。だがそれだけでは、彼はどこにでもいる、取り替え可能な選手に過ぎない。市川の本領は別のところにある。たとえそれが危険と背中合わせであっても、市川も自分の持ち味を発揮することを望むだろう。いいさ。別に誰に聞かれたわけではないし、自殺するよう勧めたわけではないのだから。安心しろ、市川。思い切って突っこめ。骨は俺が拾ってやる。

グラウンド内の体感気温は四十度にもなるのではないか。今日二つ目のコーラの大カップを飲み干し、砂のように小さくなった氷を噛み砕きながら、ウィーバーは首の後ろに流れる汗を拭った。八月のアトランタ、日曜のデーゲーム。ウィーバーは、基本的に「野球は太陽の下でやるものだ」という考えに賛同しているが、何事にも例外はある。八月はアトランタで試合をしないか、プレーボールを午後九時にすべきだ。沸騰しそうな頭でそんなことを考えながら、グラウンドを見回す。八回裏、ブレーブスの攻撃は0点で終わり、選手たちが最終回の守備に散っていくところだった。復帰してセンターを守っている市川が気になる。ここまでは無難にこなしていたが……手元のスコアシートに目を落とす。彼のところには四回打球が飛んでいた。簡単なフライが二つ。ヒットをさばいたのが二回。ひやひやさせられたのは初回のプレーだった。

左中間を綺麗に割るラインドライブ。市川はまったく躊躇《ちゅうちょ》せずにボールに突っこみ、三メートルほども横っ飛びしてグラブの先にボールを引っかけたのだ。復帰緒戦のファインプレーに球場は沸いたが、ウィーバーは密かに冷や汗を流していた。無理しなくていいんだって。アウトを一つ増やしてくれたのはありがたいが、怪我したら何にもならない。優先順位の一番に「恐れないこと」を挙げたのも忘れ、ウィーバーは一人悪態をついた。だがそんな思いは観客にも市川にも伝わらなかったようで、ファインプレーと復帰を讃《たた》えるスタンディング・オベーションは、およそ一分間にわたって続いたのだった。

1点のリードを守り切るために、監督のアンダーソンは藤本をマウンドに送った。スコアシートにその名前を書きこみながら、ウィーバーはほくそ笑んだ。クリス・アンダーソンめ。最初は疑ってかかっていたくせに、今は藤本に頼り切っている。終盤、リードした展開でこのナックルボーラーがマウンドに上がるのは、お馴染みの光景になりつつあった。復帰してからの試合の、半分以上は投げているはずである。それでも疲れをまったく見せない。ナックルボーラーの肩は不滅なのか——一人満足の笑みを浮かべた途端、藤本が摑まった。フィリーズの一番打者の打球は当たり損ねのサードゴロになったが、ボールの勢いが緩過ぎて一塁はセーフになる。二番がライト前のヒットで一、二塁。一呼吸おいた藤本は三番打者を三振に切って取ったが、調子が今一つなのはウィーバーの目にも明らかだった。ナックルボールは、ピッチャーにとって最高の友であると同時に、いつでも悪魔になり得る。体得するのに何年もかかるものだし、完全に自分のものにできたと思っても、ちょっとしたことで裏切られる。汗。湿気。わずかなバランスの狂い。

ウィーバーよりも間近で見ていたフィリーズの四番打者は、藤本の苦悩をもっとはっきりと感じ取ったようだ。自信たっぷりの顔つきで打席に入り、初球を待つ。藤本の手からボールが離れた瞬間、ウィーバーは喉の奥で短く悲鳴を漏らした。離れた場所から見ても、失投だということは分かる。いかん。あれはただの棒球《ぼうだま》だ。まったく変化せずにハーフスピードでホームプレートの真ん中を通過し、その瞬間、火を噴くようなスイングでバットに叩き潰される——案の定、激しい打撃音を残して打球はセンターに一直線に飛んだ。抜かれる。一気に逆転される。球場にいる誰もがそう直感した瞬間、一人だけ諦めていない男がいた。市川。

やめろ、と叫んでウィーバーは立ち上がった。無理しないで、フェンスからの跳ね返りを待て。二塁走者がホームインするのは仕方ない。それでもまだ同点だ。しかしウィーバーの思惑が届くわけもなく、市川はフェンス目指して一直線にダッシュし続けた。野球というよりも戦争、それも自滅覚悟の最後の攻撃ではないか。あれは何だ、日本で言う「玉砕《ぎょくさい》」か。そんな昔のことまで真似しなくていいのに。ウィーバーは反射的に目を閉じた。

悲鳴が交錯する。やっちまったか。恐る恐る目を開けると、悲劇が再現されているのが分かった。センター最深部で市川が倒れこんでいる。クソ、あの馬鹿が。腰から椅子に崩れ落ちようとした瞬間、市川が左手を大きく差し上げた。グラブの中に……ボールだ。死んでないよ……あそこのボールをもぎ取りやがった……悲鳴が歓声に変わると、市川はそれに後押しされるように跳ね起きた。踏ん張って二塁へボールを返す。既にホームプレートの手前まで達していた二塁走者は啞然《あぜん》とするばかりで、あっさりダブルプレーが成立した。ゲームセット。

怪我もないようだ。全力疾走でダグアウトまで戻って来ると、市川は仲間たちの手荒い祝福を笑みを浮かべて受け入れた。スコアボードの大画面に先ほどのプレーが映し出される。背走に背走を続けた市川は、最後はフェンスの方を向いたままボールに向かってダイビングを試みた。砂埃の中、動きが消える。横方向からのリプレイ。体を真っ直ぐ伸ばしたままグラブの先にボールを引っかけた市川は、空中で猫のように体を丸め、肉の厚い背中でフェンスにぶつかったのだ。あれなら大丈夫。一瞬息が詰まる衝撃を味わうはずだが、怪我はしていないだろう。リハビリしているうちに、あいつも少しは賢くなったもんじゃないか。

へたりこむように腰を下ろしながら、ウィーバーは体の底から力が湧き上がってくるのを感じていた。市川。大馬鹿者か、そうでなければ底知れぬ勇気を持った男。何というタイミングで戻って来てくれたものか。八月は体力的にも精神的にも消耗戦が続く一月である。熱波の中でのプレーで選手たちは磨り減っていくし、プレーオフに向けた日々は首脳陣の神経をぴりぴりと刺激する。

だが市川は、今のワンプレーでチームに活を入れてしまったようだ。勇気ある生き様は人を奮い立たせる。今のブレーブスに必要なのは、まさにこれだったのだ。逆転負けの芽を摘み取ったことも大事だが、それ以上の影響が選手たちに広がっていくであろうことをウィーバーは確信していた。

余韻ほど大事なものはない。

ウィーバーは球場の自室に籠《こも》ってブランデーをちびちびと啜《すす》りながら、ゆっくりと葉巻を吸った。頭の中で、何度も市川のプレーを再現する。あの野郎、曲芸みたいな真似をしやがって。思い出す度に口元が緩み、ブランデーの味が一層甘く感じられた。

試合終了から一時間ほどして、ようやく重い腰を上げる。こんな勝ち方をした日には特別美味いものが食べたいな。冷蔵庫には何が入っているだろう。そうそう、フレッシュなモッツァレラチーズがある。あれとトマトを合わせてソースを作り、リングイネに絡めようか。フレッシュバジルがあれば言うことはないが……まあ、それは我慢しよう。冷たい白ワインも欲しいところだが、これは家の近くにあるマーケットで調達できるはずだ。

その前に、球場内を一回りすることにした。時々こうやって、試合が終わったスタジアムをぐるりと回る。野球の余韻がゆっくり抜けていくこの時間帯が、ウィーバーは特に好きだった。選手たちはほとんどが引き揚げ、残っているのは明日の朝刊用に記事を書いている記者たちぐらいだろう。グラウンドは既に綺麗に整備され、火曜日からのカージナルス戦を前に短い休息に入っている。

ふと、鈍い打球音に気づいた。グラウンドには人気がない。とすると、屋内練習場か。バッティングケージとマシンが一台あるだけだが、気の向いた選手はいつでも打ちこみの練習ができるようになっている。このクソ暑さだ。試合の後にまであまり無理をしてほしくないんだが……そう思いながら、ウィーバーの足は自然とそちらの方に向く。ドアに切られた銃眼《じゅうがん》のように細い窓から中を覗きこむと、ケージの中に市川がいるのが見えた。アンダーシャツ一枚という格好で、額に流れる汗を手首で拭ってバットを構え直す。踏みこんだ瞬間、思い切りのけぞって打席を外した。ボールは、一瞬前まで彼の顎があった辺りを通過した。二球目、三球目とも同じようなコース。何とかバットを出したが、当てにいっただけでボールは前に飛ばない。

おいおい、誰があんな危ないことをしてるんだ？ あれは、内角打ちの練習なんてものじゃない。慌ててドアを開けると、市川がすぐに気づいて直立不動の姿勢を取った。体のすぐ横をボールが通過していく。

「何してるんだ、イチカワサン」腰に両手を当てて精一杯険しい表情を作る。バッティングマシーンを操作しているのは藤本ではないか。スイッチを切ると、ゆっくりとウィーバーに近づいて来る。

「ただの練習ですよ、ボス」藤本が涼しい表情で言った。

「内角のボールを倒れながら打つなんて練習は見たことがないよ。あれじゃフォームも崩れちまうじゃないか」

「崩れないように打ちたいんです」市川が真顔で答える。

「滅茶苦茶だぞ、あんたの理屈は」渋い顔をしてみせたが、市川はまだ真剣な表情を崩さない。「何があったんだ」

市川が汗の浮いた唇を舐めた。助けを求めるように藤本の顔を見たが、彼は何も言わない。結局、意を決したように低い声で打ち明けた。

「怖いんです」

「ああ？」

「ボールが怖いんです」

「馬鹿言っちゃいかんよ」豪快に笑い飛ばそうとしたが、市川が真剣な様子なので封印した。「今日もちゃんとプレーできてたじゃないか」

「守備はいいんです。バッティングが……」

確かに今日の市川は、四回打席に立ってヒットが出なかった。バットを持つと元気がなさそうに見えたのも事実である。

「まだ勘が戻ってないだけだろう」

「それが問題なんですよ」体の前に構えたバットで左肩を一度叩いた。濡れた頭が照明を受けて鈍く光る。「自分でも気づかなかったんですけど……守備は問題ないんです。頭から突っこんでも怖くない。でも、内角のボールが……」

「おい、このことは他の連中には絶対に言うなよ」ウィーバーは即座に釘を刺した。「弱点を知られるわけにはいかん。味方にも、だぞ」

「それは変ですね」黙って話を聞いていた藤本が割って入った。「あなたが知ってるということは、チームの中では秘密じゃなくなるってことですよ」

「おっと、ミスタ・フジモト」ウィーバーはおどけて両手を広げてみせた。「あんた、私とは長いつき合いじゃないか。まだ私のことを分かっていないみたいだな。私は秘密厳守の男だぞ」

吹き出しそうになりながら、藤本が肩をすくめた。この野郎。もちろん、お喋りウィーバーは健在だ。ただ、喋ってはいけないタイミングぐらいは弁《わきま》えてるぞ。

「ところでミスタ・フジモトはどうしてここにいるのかな？　あんたがバッティング練習につき合うのも変な話だ」

「恩返し、ですかね。今日は彼に助けてもらったから」

「おお、若い選手に助けられるベテランピッチャーか。私は、そういう話が大好きなんだよ。だったら、せいぜい手助けしてやるといい。ただし、あんたがバッティングピッチャーをしてやる必要はないぞ。あんたのナックルボールは、手で叩き落とせるぐらいだからな」

藤本がむっとした表情を浮かべたが、それも一瞬のことで、すぐに相好《そうごう》を崩した。

「それでも、あなたが投げるよりはましでしょうけどね」

「何を言う」ウィーバーは右手を曲げて力瘤《ちからこぶ》を作るポーズをした。二の腕の筋肉など、はるか昔に脂肪に変わってしまっているのだが。「私が投げたら、それこそミスタ・イチカワが自信をなくすよ」

「ボスはあなたです」にやにやしながら藤本が言った。「投げるも投げないも、お好きなように」

「よしよし。だったら、バッティングマシーンの操作ぐらいはさせてもらおうか」二人の渋い顔に気づいて、つけ加える。「たまにはいいじゃないか。なあ、私が若い頃にはこんな便利なものはなかったんだよ。ちょっと楽しませてくれてもいいじゃないか。そうだ、気が済むまで打ったら、夕飯でもご一緒しないかね。イチカワサンが無事に戻って来てくれたお祝いをしよう。もちろん、チームの奢りでね」

ナ・リーグの中地区首位を走るカージナルスを迎えての三連戦。緒戦が始まる前に、ウィーバーは選手たちを集めた。これは計算なんてもんじゃないな、と思う。体に入りこんだ熱い想いを伝えなければ爆発してしまいそうだった。

ロッカールームに集まった選手たちは、怪訝そうな顔つきでウィーバーを見た。それはそうだろう、と思う。今年は今まで、全員を前に演説をぶつことはなかった。シーズン最終盤の大一番とか、プレーオフ第一戦の前とかなら分かるが、まだまだシーズンは続くのだ。チームは上げ潮に乗っており、ゼネラルマネージャーが自ら気合を入れるような状況でもない。

しばらく無言で、戸惑う選手たちの顔を眺め渡した。よしよし、たっぷり考えたか？　一つ咳払いをしてから、ウィーバーは口を開いた。

「日曜日、私は泣いた」

今にも「はあ？」と言い出しそうな表情が並ぶ。それを無視して続けた。

「何のことかは、言うまでもないと思う。諸君らも、目の前でそのプレーを見ていたんだからな。あんなプレーは、シーズンに一度見られるか見られないかだ。まさに百万ドルの価値があるな。まあ、ご本人も少しは賢くなったようで、今度は頭から突っこまなかったことも評価できるよ」苦笑が一回りするのを待ってから口を開く。「勇気、だな。何よりも大事なのは勇気だと思う。もちろん、野球は複雑な要素が絡み合うスポーツだよ。騙《だま》し合いもあるし、ユーモアだって大事だ。ただ、人の心を本当に奮い立たせるのは勇気ではないだろうか。諦めない気持ちではないだろうか」

じっと市川に視線を注ぐ。怪我する前の彼なら、照れてうつむいていたかもしれない。だが今は、真っ直ぐ見つめ返していた。試練は——ひたすら我慢するだけの時間は、人を強くする。

「諸君らは、よく頑張ってくれていると思う。春先のことを考えれば、ここまで上がってこられたのは奇跡だ」

ナ・リーグ東地区二位。一時は十二試合も負け越していたのだが、今は勝率五割を超え、首位のメッツまで四ゲーム差に迫っている。完全に射程圏内だ。

「だが、シーズンはこれで終わるわけじゃない。ここからが正念場なんだ。メッツを追いかけ、追い落とすことが当面の目標だ。そのために何が足りないか」言葉を切り、芝居っ気たっぷりに選手たちの顔を見渡す。「勇気だ。もちろん、諸君らがおどおどして、腰が引けた状態でプレーしているとは言わない。常にプロフェッショナルな野球を見せてくれていると思う。だが胸を張る前に、ちょっとだけこれまでのプレーを振り返ってもらいたいんだ。ぎりぎりの戦いになった時に勝負を分けるのは、球際《たまぎわ》に懸ける執念だと思う。取れそうもないボールを取りにいく。仮に失敗しても、その勇気は仲間に伝わるし、ファンも喜んでくれる。考えてくれ。この球場に押しかける何万人もの人たちは、何を求めていると思う？　非日常だ。これぞメジャーというプレーを見るために、スタジアムに足を運んでくれる。もちろん、毎試合歴史に残るようなプレーをすることは不可能だが、そういう気持ちを持ち続けていくことで、プレーの質が変わる。気持ちの問題なんだ。だから――」

「分かってますよ、ボス」突然、藤本が声を上げた。にやにや笑っているが、目だけは真剣である。「俺たちがそんなことに気づいてないわけがないでしょう。みんな、一昨日のイチカワのプレーに勇気を貰ったんだ。そうだな、野郎ども？」

野太い声が一斉に「おう」と答える。結構、結構。演説の最後を邪魔されたのは不満だが、選手たちがその気になっているのは素晴らしいことだ。自分の代わりに話を締めくくってくれたのが藤本だったのもありがたい。完全復帰したこのベテランは、存在感を発揮してチームの軸になりつつある。ウィーバーは何人も日本人選手を見てきたが、言葉の壁もあり、チームの軸になる選手は一人もいなかった。ブレーブスは違う。新たなロッカールームの王様の誕生だ。酸《す》いも甘いも知り尽くしたベテランの存在は、自分が世界で一番偉いと思っている男たちの気持ちを一つにまとめる軸になる。

どうやら余計な演説だったようだな、と思いながら、ウィーバーはロッカールームを後にした。その顔には、たわしで擦《こす》っても落ちそうにない笑みが張りついている。

「ミスタ・ウィーバー」手を差し出され、ウィーバーは反射的に握手に応じた。見たことのある顔だ。ジョージア工科大《テック》のTシャツを着た、ひょろりとした体型の男。手に持った煙草を弄《もてあそ》びながら、満面の笑みを浮かべている。

「今日もいいゲームですね」

「その通り」誰だったか……話をした記憶はあるのだが、名前が思い出せない。

「イチカワの一昨日のプレーは凄かった。今日出てないのは、怪我のせいですか？」

「いやいや、そんなことはないよ。今日はカージナルスの先発が左ピッチャーだからね。彼は、左ピッチャーに対する経験がまだ少ないんだ。成長途中ということで、今日はベンチスタートなんですよ」

「そうですか、それを聞いて安心しました」青年が胸を撫で下ろす。「この前のゲームでまたフェンスにぶつかったから、ひやひやしましたよ」

「君、新聞をちゃんと読みたまえ。夜のスポーツニュースもチェックするべきだ。選手の怪我については、そりゃあはっきり言えないこともあるけど、ニュースは案外正確なことを伝えてるよ。ところでライターはないのかな、ジャック？」

ようやく思い出した。ジャックだ。ジャック・ライバー。しばらく前にも、球場の喫煙場所で一緒に煙草を吸った。

「ええ」

「どれ、私の火をお貸ししよう」火を点けてライターを差し出すと、ライバーが炎を両手で包みこんだ。煙草に火が移ると目を細め、軽く頭を下げる。

「面白いチームになりましたね、ミスタ・ウィーバー」

「しかも強い。いや、これじゃ逆か」ウィーバーは声を上げて笑った。すぐに真顔になって、自分の葉巻に火を点けた。闇の中に煙が立ち上り、混じり合う。

「イチカワのプレーが今シーズンのキーポイントになるかもしれません」

「ほう、あんたもそう思うかね」

「ええ。またはっきり言いますけど、いいですか」

「あんたはいつもはっきり言うじゃないか」この前ここで顔を合わせた時も、この男は挑むように話しかけてきた。

「まあ、そうですね」ライバーが苦笑を浮かべる。「調子も上向きになってきたし、最近は少しだけ安心してるんですよ。でも、まだゆったり座って試合を楽しむわけにはいかない。何と言うか……このチームにはガッツが足りない」

「残念ながらそれは認めざるを得ないな」

「ずいぶん簡単に言いますね」

「ジャック、私は球界一の正直者として知られてるんだよ。人に指摘されれば、必ず耳を傾けるし、それが正しければ過ちを認めるのもやぶさかでない」

「いやいや」あまりにもあっさり認められたせいか、ライバーの言葉は一歩後退していた。「ガッツがあるかないかなんて、データで証明できるものじゃないでしょう」

「あんたの勘は正しいと思うよ」ウィーバーは手すりに肘を預けた。昼の暑さが残る中、金属製の手すりのひんやりとした感触が心地良い。「何しろ私も、同じことを感じてたんだから」

「そうなんですか」

「その通り。だからこそ、一昨日のイチカワのプレーには心を打たれたんだよ。四月に怪我した時と同じような状況だったじゃないか。本人の頭の中にも、あの時の記憶は残ってると思うよ。だけどあいつは突っこんだ。しかも同じ失敗を二度と繰り返さなかった。素晴らしいことだと思う。休んでる間に、あいつは一皮剝けたな」

「他の選手にもああいうプレーが出るようになれば……」

「出るさ」ウィーバーはライバーの言葉を断ち切って断言した。「それは約束する。一つのプレーがシーズンの流れを変えることだってあるからね」

「イチカワのプレーのことですね」

「その通り」葉巻を顔の前で振り立てる。「一人の選手の勇気がチームにもたらすものは、計り知れない。もっともイチカワは、春先に怪我をしてチームの勢いを止めてしまったからね。それを考えたら、彼の貢献度は今のところ、プラスマイナスゼロじゃないかな。シーズン後の査定に関しては、今のところプラスポイントはない」

「私だったら、一昨日のプレーだけで十万ドルは年俸を上げてやりますけど」

「ジャック」ウィーバーは非難するように目を細めた。「あんたね、言うのは簡単だけど、金を出す立場になったら、そんなことは口が裂けても言えなくなるよ」


ガッツは伝染するものなのか。そう問われれば、ウィーバーは即座に「イエス」と答える。腹の中ではそんなに簡単には考えていないにしても。

 観客席に陣取って――いつも同じ場所なので、そこは「ウィーバーズ・シート」と呼ばれるようになっていた――七回表のカージナルスの攻撃を見ている時、ウィーバーはブレーブスナインの間に言いようのない雰囲気が漂っているのを感じた。帯電、という感じだろうか。触れれば感電しそうな、ぴりぴりとした雰囲気。それは怒りや緊張によって生み出されたものではなかった。

1点リードのカージナルスは、この回、追加点のチャンスを得た。連続ヒットで、ワンアウトながら一、三塁。ここでアンダーソンは、早くも藤本をマウンドに送った。

前の試合、市川のファインプレーで辛うじて危機を脱したことなど忘れて、期待の歓声が駆け巡る。ブレーブスは、終盤にかけてピンチを迎えることが多い。そこでマウンドに上がって見事な火消しを見せるのだから、藤本はファンにとって神に等しい存在だ。

今日の藤本は安定していた。一昨日より少しだけ気温が低いせいもあって、投げやすいのだろう。打席に入ったカージナルスの二番打者は、初球、内角に揺れ落ちたナックルボールに窮屈そうに手を出した。打球がふらふらと三塁側ダグアウトの上空に上がる。サードのウィリスが一直線に落下点に向かった。落下点は……カメラ席。まったくスピードを緩めず、フェンスにぶつかって前のめりになりながらグラブを差し出す。カメラマンたちが慌てて避けた。ウィリスは腹をフェンスの上に載せてバランスを取った格好で、上半身をカメラ席に突っこんでボールをもぎ取る。カージナルスの三塁走者が抜け目なくタッチアップした。悲鳴のような歓声で状況を察知したのか、ウィリスがバックホームの体勢に入る。腕だけを使った送球は正確にホームプレートに飛んだが、勢いがなくワンバウンドになった。難しいハーフバウンドをキャッチャーのキーリーが押さえ、低く構えて三塁走者の突入を待つ。衝突。砂埃。一瞬の静寂。ホームプレートの横で転がったキーリーが、倒れたままミットを突き上げる。アンパイアが大袈裟な動きでアウトを宣告した。

ダブルプレー。ウィーバーは両手を突き上げ、声にならない叫びを上げた。周りの人と次々にハイタッチを交わし、二人のファインプレーを祝福する。

その裏、走者二人を置いてウィリスが逆転ホームランを打つことは、ウィーバーには分かっていた。いや、彼だけでなく、観客全員が確信していたに違いない。


「やってくれたな」

「そうですね」

隣のロッカールームの騒ぎも消えた頃、監督室で、ウィーバーはアンダーソンと缶ビールで乾杯した。

「ウィリスは大丈夫だったのか？」

「問題ないでしょう。フェンスに腹が当たっただけですよ」

「あの後は、打つと思ってたよ」

「野球ってのは、いろいろとバランスが取れてるものですね」

「その通り。長い目で見れば、得点と失点のプラスマイナスもゼロになるんじゃないかね」

「そうかもしれません。だけど、ああいうのはどうですか」

「ああいうのって」ウィーバーは惚《とぼ》けた。

「試合前ですよ。あんな活の入れ方はいかがなものかと思いますね」アンダーソンがやんわりと非難する。「あれじゃ、怪我しても構わないから無茶なプレーをしろって言ってるようなもんでしょう」

「怪我しても構わん、じゃなくて怪我を恐れずに、だ」ウィーバーは即座に訂正した。

「今日も客と話しててな、ガッツがないって言われたよ」

「まだやってるんですか」アンダーソンが顔をしかめた。「スタンドで騒動を起こすのはいい加減にやめて下さいよ」

「何を言ってるんだね。誰が騒ぎを起こした？　私はファンの生の声を聞きたいだけなんだよ。部屋に籠ってばかりじゃ、そういうことは分からないだろう。まあ、それはいい。私も話を合わせておいたが、うちのチームにないのはガッツじゃない。思い切りってやつだ」

「その二つ、何が違うんですか」

「ガッツの方が深いところにあるというかね……ガッツがあって、それで初めて思い切りのいいプレーが生まれる。うちの連中には、ガッツがないわけじゃないよ。ところが思い切りのいいプレーができなかったんだ。その理由が、イチカワの怪我だったんじゃないかと思う。あれは、ひどかった。私も彼は死んだと思ったからね。目の前であんな事故があると、選手たちの気持ちが萎縮《いしゅく》するのは分かるだろう」

「まあ、そうかもしれない」

「だけど、野球で死ぬことはないんだ」

「レイ・チャップマンの事故を忘れてますよ」アンダーソンが指摘した。インディアンズのチャップマンは、ヤンキースのカール・メイズの死球を顔に受け、試合翌日に死亡した。百数十年に及ぶメジャーの歴史の中で、試合での唯一の死亡例である。

「おいおい、あれは一九二〇年の話だぞ。あんたも私も生まれてないだろうが。とにかく、怪我を恐れてちゃ何もできない。イチカワは一人芝居をやったようなもんだな。怪我は怖い、だけどその恐怖は乗り越えられるっていうテーマだったわけだ。実に重いが、いいテーマだったよ」

「ま、選手にとってはいい刺激になったでしょう」

「その通り。時には、私の手の及ばないところで事態が進むこともあるな。で、どうかね。今のところ、私にはこれ以上できることはない。トレード期限も過ぎたし、あとは下から上げられる選手がいるかどうかだけど、これは期待薄だ。あんたは、今いる戦力で最後まで戦い抜くことを考えた方がいいよ」

「そこはお任せを」アンダーソンがうなずくが、力がない。疲れが溜まっているようだった。「今まで十分お気遣いいただきましたからね」

「いや、まだまだだ」ウィーバーはビールで喉を湿らせた。「本番はこれからだよ」

「まだ何か考えてるんですか」

「考えてないよ」ウィーバーはウィンクをした。「祈ってるだけさ、野球の神様に。もう少しだけこのシーズンを盛り上げさせてくれってね」


現実はウィーバーの思惑を超えて回りだした。マスコミが、鬱陶《うっとう》しいぐらいしつこく、チームの動向を伝え始める。生のニュースで流すだけではなく、レギュラーシーズン後に放送する特別番組のための取材も始まっていた。観客動員数も右肩上がりで、ホームゲームは八月に入ってからほぼ満員の状態が続いていた。

ウィーバーは意図的に口数を減らした。いや、喋らないと死んでしまうので無言を貫き通したわけではないのだが、記者たちに摑まっても一言二言話すだけで、余計なコメントは一切差し控えるようにした。特にテレビの取材に対しては、つまらない、優等生的な発言を繰り返す。言葉尻を捉えられたくはなかった。

「あなた、よくストレスが溜まりませんね」アトランタを訪ねてきた妻のアンジーが、思わず疑念を漏らすほどだった。

「おいおい、私だって、のべつ幕なしに喋ってるわけじゃないよ」

「本当に？」

「頼むよ、ハニー。君と何年一緒にいると思ってるんだ」

「もうすぐ五十年ですよ。でも、一緒にいたのはそのうち半分ぐらいですけどね」

「おお、可哀想なベースボール・ウィドウ《未亡人》だね」

「そう思ってるなら、そろそろあの話を真面目に考えていただけます？」

「そうねえ」

ウィーバーはフォークを静かにテーブルに置いた。まったく、この店のパスタは最悪だ。せっかく妻が訪ねて来たので、アトランタ一と評判のイタリア料理店に誘ったのに。シーズンオフにはしばしばイタリアを訪れて本場のパスタを愛《め》でるウィーバーにすれば、アメリカのパスタは別種の食べ物である。どの料理本を見ても「アル・デンテ」という大事な一言が抜けているに違いない。こんなことなら、アンジーにはアトランタらしい南部料理を食べさせれば良かった。フライドチキン、ブラック・アイド・ピー、ペカンパイ。自分が作るパスタの味には及ばないにしても、この店の料理に比べればはるかにましである。

「ねえ、あなた、どうなんですか」

「死ぬまで現役もいいんじゃないかな」

「また、そんなこと言って」

「ちょっと待てよ」何種類かのチーズで作ったソースを絡めたパスタに塩を加える。

多少は食べられる味になったが、それを見てアンジーがまた顔をしかめた。

「塩分の摂り過ぎは良くないですよ」

「分かってる。だけど、このままだと食べられたもんじゃないよ。だいたい、アメリカ人はチーズの使い方を知らないな」

「そういうあなたもアメリカ人じゃないですか」

「分かってる。だが私は、百万人に一人の鋭敏な味覚を持ったアメリカ人なんだ」

「はいはい」溜息をつき、アンジーがパスタを口に運んだ。首を傾げ、ウィーバーの顔を見やる。どうしてこれが不味《まず》いんだ、とでも言いたげだった。

「さっきの話だがね」

「ええ」

「私だって、何も考えてないわけじゃないよ。いつかは引退しなくちゃいけない。だいたいこの商売は、いつ馘《くび》になるかも分からないしね」

「そう言いながら五十年よ」

「五十年か……お互いに年を取るわけだ」

「それは言わないでちょうだい」

アンジーが頰を膨らませた。結婚した頃に比べると、ふっくらしたという程度の表現では済まないほど太ってしまったが、すねるような表情を浮かべると、娘時代の面《おも》影《かげ》がかすかに蘇《よみがえ》る。五十年。そう、ハイスクールを出て、メジャーの世界に身を投じて二年後に結婚した時、俺は二十歳、彼女はまだ十九歳だった。それからどれだけ苦労をかけたことか。五十年のうち一緒にいたのが半分という彼女の言い分は大袈裟だとしても、確かに二人で過ごした時間は長くはなかった。シーズン中の半分は遠征だし、オフシーズンも何だかんだで駆け回らなくてはならなかった。よく我慢してくれたものだ。二人の子どもが素直に育ったのは奇跡とも言える。娘は離婚して幸せな家庭は築けなかったが、今は自分の仕事と子育てに追い回され、溜息をついている暇もない。息子はカリフォルニアでコンピューター関係の会社を興し、こちらも一日十八時間働いているようだ。体が心配になることもあるが、電話で聞く限りは元気である。ま、男には何もかも放り出して仕事に懸ける時期があるもんさ。もっとも俺のように、それを何十年も続けている人間もいるわけだが。それでも文句一つ言わず一緒にいてくれたアンジーには、いくら感謝してもし足りないぐらいだ。アメリカ一幸運な男だ、と思うこともある。

「あなただって、無理できない年なのよ」

「お互い様だな」

「私は大丈夫だけど……本当に、真面目に考えてるの?」

「もちろん。何も、グラウンドで前のめりになって死にたいわけじゃないからね。引き際ってのは大事だと思う。ただ、その引き際を自分では決められないんだよ。野球は毎年繰り返される。同じように見えるかもしれないが、これが全然違うんだ。去年のチームと今年のチームは別物だし、いつも厄介ごとを片づけたり、負けて泣いたり勝って喜んだり……同じシーズンは一つとないね。その刺激を捨てて、フロリダでのんびりはできないよ」

「そうねえ」身を乗り出し、アンジーがウィーバーの頰を撫でた。「急にあなたから野球を取り上げたら、暇過ぎて死んじゃうかもしれないわね」

「ああ、それは否定できないね。ま、この年になると死ぬのは怖くもないが、最後まで野球と係わりたいのは本音なんだ。野球から身を引いて何年も経って、空っぽの状態で死にたくはないね」

「こういう話でずいぶん喧嘩もしたわね」アンジーが柔らかい笑みを浮かべる。「あなたは野球ばかりで、家のことはみんな私に押しつけて。子どもたちが素直だったから助かったけど、そうじゃなければ、私はノイローゼになってたかもしれない」

「ずっと私を支えてくれたことには感謝している。何をしても、君にはこの恩を返せそうもないな」

「私は、あなたが元気でいてくれるだけで十分ですよ」

「でき過ぎた女房ってのは君のことだ」

「でしょうね。でも今のは、私の嘘偽《うそいつわ》らざる気持ちなのよ」

「感謝しますよ」おどけて頭を下げたが、鼻の奥につんと来るものがあった。「ところで、この街はどうかな」

「暑いわね」アンジーが顔の前で右手をひらひらさせた。「フロリダとはまた違う暑さだわ。何だか、熱いゼリーの中にいるみたい。あなた、平気なの？」

「私は旅から旅への生活を続けてきたからね。どんな街にもすぐに慣れるんだ。で、どうかな。君はこの街で暮らす気にはなれないか」

「私が？」アンジーが、豊かな胸に両手を当てた。「でも、フロリダの家はどうなるの?」

「我らが娘さんに任せてもいいんじゃないかな」

「これからってこと?」

「いや、来年」

アンジーが目を見開いた。両手を組み合わせてテーブルに置く。見上げるようにウィーバーの顔を舐め回した。

「それはつまり、来年もアトランタでゼネラルマネージャーをするってことよね」

「馘にならなければの話だけどね」ウィーバーは肩をすくめた。「私はこの街を結構気に入ってる。チームも好きだ。ほとんどゼロの状態から始めて、自分の思うようになり始めてるからね。今年それなりの成績を残して来年の契約を取れれば、もう少し金も使えるようになるだろう。このチームにはまだ可能性があるんだ。それを見ていきたい」

「はいはい」アンジーが溜息をついた。

「そう言わず聞いてくれよ。来年が終わったら、身を引いてもいいと思ってるんだ」

「本当に?」

「君と一緒にいる時間を増やしたいからね。どうだろう」

「それは素敵なことですね」アンジーの目からようやく疑念が消えた。

「よし、それじゃ出ようか」

「まだ食事が終わってませんよ。どこへ行くんですか」

「我が家に決まってるじゃないか。私の特製パスタを君にご馳走しよう。こんなものを食べてたんじゃ、舌が腐っちまうよ」

Chapter 7

Right Next Door To Hell

分かってます。分かってますから、そう慌てないで。私は逃げも隠れもしません。こうやってちゃんと皆さんの前でお話ししてるでしょう。責任は果たしているつもりです。ですから、質問は順番にどうぞ。

はい。ピルジンスキーのことですね。ええ、彼がまだ勝ち星に恵まれていないのは事実です。ただ、一年近くもゲームから遠ざかっていたことを考えて下さい。あなたたちだって、一年間記事を書かなかったら、やっぱり勘が狂うでしょう。どんなベテランでも、調子を取り戻すには時間がかかるものじゃないでしょうか。

いや、彼を獲得したことを失敗だとは思ってません。いいですか、野球はずっと続くんです。一度や二度の失敗で簡単に選手を切り捨てるわけにはいかない。そうです。結果をどうこう言うにはまだ早いんですよ。

あなたたちは、結論を急ぎ過ぎるんじゃないですか。チームが一つにまとまってカラーが出るには、何年もかかるものなんです。選手たちが互いに影響を及ぼし合って成熟する……それを待つのもファンの楽しみだと思いませんか。眼先の勝利だけにこだわるのは、短絡的な楽しみでしょう。シーズンを諦めた？　まさか。これからが本番ですよ。考えて下さい。うちはまだ首位に立ってるんです。開幕から一度もこのポジションを譲っていない。もちろん、このままゴールインするつもりですし、私はそのためにここにいる。とにかく皆さんには、もう少し静かに見守ってほしいだけなんです。小さなことを大きく取り上げて、人の揚げ足を取るようなことはしてほしくない。

……ケイシー・トーマスの件ですか？　もちろん厳正に処理します。理由はどうであれ、決して許されないことですから。

——八月二十五日、記者団の質問に答えて（ニューヨーク）

最近静かだって？　何だね、諸君らは私のお喋りを聞くために給料を貰ってるのかね。私の話なんか聞いても仕方ないだろう。それより選手たちにインタビューして、大きな記事を書いてやってくれよ。主役は彼らなんだ。もちろん、クリスのことも忘れずにな。このチームを引っ張ってるのは、監督のミスタ・クリス・アンダーソンなんだから。私なんぞ、大人しく試合を見てるだけだよ。

そんなに聞きたい？　いいでしょう。結論は簡単だよ。

優勝の行方は分からない、だ。

ご不満のようだが、そりゃあ、仕方ない。シーズンはまだ一か月あるんだ。これから先はどこのチームも必死になってくる。うちは追い上げる立場だけど、上ではメッツが頑張ってるからね。連中も苦しいだろうが、うちだって簡単に勝たせてもらってるわけじゃない。何だかんだ言って、いいチームなんだよ、メッツは。四月のスタートダッシュが今でも効いてるな。もっとも、最初にあれだけ離されていたのを追いついたんだから、我々も捨てたもんじゃないと思うがね。

一つだけはっきりしてるのは、このナ・リーグ東地区で優勝を勝ち取るしかないということだ。中地区でも西地区でも、二位のチームが頑張ってるからね。勝率はメッツより高いんだよ。もちろん、数字の上ではワイルドカードの可能性は消えてない。だけどそれは、あくまで数字としての話だ。メッツの尻を追いかけて、東地区で一位の座を勝ち取る方がよほど現実味があるね。というより、それしかないだろう。ワイルドカードを獲得するには、これから二十五連勝ぐらいしないと駄目なはずだよ。野球で「絶対」はないけど、二十五連勝は、そうね、まずあり得ない。百年に一回ぐらいしか。だいたい、そうなったら楽々と地区優勝が決まってるでしょう。

――八月三十日、遠征先での記者団との懇談で（シンシナティ）

クソ、冗談じゃない。こんなことは野球の本質に何の関係もないことだ。時間の無駄使いじゃないか。

高岡は、ひんやりと湿った空気が流れるモルガンの部屋で、背筋を冷や汗が流れるのを感じていた。オーナーがニューヨークに持っている会社の一室で、ふだんは使われていないらしい。かすかに黴《かび》臭いのも不満だった。どうして俺が、こんな穴倉のような部屋に閉じこめられなければならないんだ。しかもモルガンの到着は遅れている。手首の時計を見ると、彼はもう十五分も遅刻していた。

ノックもなしにドアが開く。モルガン一人ではなく、黒いスーツ姿の屈強な体格の男が一人、つき従っていた。男は、モルガンが椅子に座るのに手を貸すと、壁に背中を押しつけて表情を消した。腰を下ろすなり溜息をついたモルガンは、一月ほど前に会った時に比べて、一回り小さくなったように見える。

「お呼びたてして申し訳なかったね」痰《たん》が絡まるような声でモルガンが言った。楕円形の巨大な会議用テーブルを間に挟んでいるせいで、声が聞き取りにくい。

「いえ」身を乗り出して、無難な返答をした。何故ここに呼ばれたのか、未だに見当がつかない。チームのことなら、球場で話せばいいのに。実際モルガンは、足しげくシェイ・スタジアムに通っている。ニューヨークにチームがいる時は、ほとんど毎試合と言っていいだろう。話をする機会ならいくらでもあるのだ。

「あー、難しい問題がある」

「そうですか。それは……」言葉を濁す。いつもの禅問答か。モルガンは常に、こちらが先に何か言うように仕向ける。自分では問題を持ち出さないことが、話を有利に進める方策だとでも思っているのかもしれない。後で話がもつれた時、先に言い出したのはあんたじゃないか、と責任を押しつけることができる。

「例の、ケイシー・トーマスという若者の件なんだがね」

「はい」

沈黙。モルガンは何が言いたいのだろう。この件についてはきちんと報告を上げている。文書ではあるが、微《び》に入り細《さい》を穿《うが》った内容だ。読めば一目瞭然、疑問を差し挟む余地はない。それは二週間ほど前にモルガンの手に渡っているはずで、高岡にとってはもう終わった話だった。

「どうしても契約破棄しなければならないのかね」

「もう破棄しました。彼は既にメッツの傘下を離れています」

「非常に才能溢れる若者だと聞いているが、それでいいのかね」

才能溢れる——それは事実だ。三年前のドラフト二位、全米でも三十五番目の指名である。強豪のテキサス工科大《テック》で史上最高の打者と言われ、大学時代の通算打率は四割五分。マイナーの階段を着実に上がり、来季にはメジャー昇格確実と評されていた。

元々アベレージヒッターだったのが、プロ入りしてから急激にパワーを身につけている。去年はダブルAで百三十試合に出場し、三十五本塁打、打点百十。今年もトリプルAで、ここまで二十本塁打を放っていた。百九十二センチの長身に筋肉の鎧《よろい》をまとい、二の腕の周囲は六十センチ近くある。しかしその肉体は、ウェイトトレーニングだけの賜物ではなかった。

「彼は、自分で可能性を潰したんですよ。自業自得です」

「話し合ったのか」

「代理人と話し合いました。情状酌量の余地はない」

「もう一度話し合ってみる気はないかね。直接会ってみたらどうだ。彼にチャンスを与えてもいいだろう。メッツにとっても重要な戦力なんだぞ。近い将来にはクリーンナップも打てる選手らしいじゃないか」

「冗談じゃない」高岡は憤然とテーブルを両手で叩いた。「それは確かに、トーマスは順調に育ってきました。来年にはメジャーに上がれたかもしれない。だけど、ドーピングは許されないんです。彼の実力も疑問視されるし、何よりチームのイメージが悪くなる。我々は、あくまでクリーンでいなくちゃいけないんですよ」

「それは分かる。だが、もう一度考え直してもらうわけにはいかないかな」

「オーナー、チームの編成については、私に全権を委任されているはずですよね。実際、これまでは何も言わずに任せてくれた。今回の件でも、私は常識的な措置《そち》を取ったつもりです」

「しかし、だな。そうは言っても簡単にはいかないこともある……」

またか。言いたいことがあるならはっきり言えばいいのに。どうしていつも、奥歯に物が挟まったような喋り方をするのだろう。高岡は切れそうになる気持ちを何とかつなぎとめ、冷静に反論した。

「この処分はもう決定したものです。いくらオーナーのお言葉でも、覆ることはありません。それはご承知おきいただきたい」

「どうしても、かね」モルガンがかっと目を見開く。年老いた瞳の奥に炎が宿った。

「どうしてもと言うなら、私を解任していただくしかありません」

深々と頭を下げた。緊張すると日本にいた時の癖が出る。部屋を出てから、頭を下げられてもアメリカ人は何も感じないはずだということに気づいた。

ヘマをしたという意識は微塵《みじん》もない。ドーピング違反で引っかかった選手を解雇する。それに何の問題があるというのか。

タクシーを摑まえる気にも、地下鉄に乗る気にもなれなかった。今年は街全体がフライパンの上に載ったような猛暑が続いているが、うつむいて道路を歩き出す。一歩踏み出すごとに汗が噴き出した。

俺は間違ってるか？　いや、後ろ指を指されるようなことは何もしていない。理念もやり方も、何の問題もなかったはずだ。ゼネラルマネージャーとして教科書に載せるべき処置を取った自信がある。

数週間前のやり取りが脳裏に蘇った。

ケイシー・トーマスの代理人、ウェルズは、この世界に三十年近く身を置くベテランである。もう六十歳を過ぎ、心臓疾患を抱えているせいで動きが緩慢だが、眼光の鋭さは衰えていなかった。球場を避け、ホテルの一室で落ち合う。先に着いた高岡は、三十分ほど待たされた。立場はこっちが有利なんだ。どうして俺が待たされなくちゃいけない――席を立とうかと思った瞬間、蒼い顔をしたウェルズがドアをノックした。

「ちょっと、ここがね」左胸を拳で軽く叩く。それだけでウェルズは高岡の文句を封じこめてしまった。この男は自分の心臓病を取り引きの材料にしている、というもっぱらの噂《うわさ》だったが、それを確かめることは誰にもできない。交渉の席で無理を言って、発作でも起こされたら困る。

ウェルズが一人がけのソファに深々と腰を下ろし、溜息をついた。

「厄介なことになったな」

「あなたにとって厄介だというだけです。事実関係ははっきりしてるんだから、私の中では結論は出ている」

「ちょっと待ってくれ」ウェルズが肘掛を摑んで身を乗り出した。「それはあまりにも乱暴過ぎないか。彼は、自分はやってないと言ってるんだぞ」

「検査結果は間違いありませんでしたよ。しかもクロスチェックで『クロ』と出てる。私も直接確認しました」

「そんなもの、どこでどうなってるか分かったもんじゃない。ああいう検査の公平性がどこまで確かか、保証はないんだよ」

ウェルズが必死に反論する。顔色は良くないし、指先も震えている。だがこれも演技のうちではないかと疑い、高岡はさらに言葉を叩きつけた。

「メジャーのドーピング検査は、きちんとしたものですよ。ミスや恣《し》意的な材料が入りこむ余地はない。それに、うちのスタッフも独自にデータを入手しました。ミスタ・トーマスが筋肉増強剤を使っているのは間違いない事実です」

「本人は、身に覚えがないと言ってるんだぞ。それは、あんたにも説明したよな」

「ええ」

「意図的じゃないドーピングもあるだろう。間違って薬を飲んでしまうとか」

「経緯が問題じゃないんです。たとえ何も知らなかったとか、油断していたとしても、情状酌量の余地はない」高岡は立ち上がり、窓際に移動した。こうすると逆光になり、ウェルズは表情を読めなくなるはずだ。「ドーピングは世界的に問題になっているんですよ。子どもたちへの影響を考えて下さい。結果が全てなんです。疑わしきは罰せず、ということは、この問題に限っては通用しない」

「それはあまりにも性急ではないかね」

「もう、大リーグの処分が出てしまっているんですよ」出場停止五十試合。トーマスの所属するトリプルAのシーズンはもうすぐ終わりだから、来季に入ってもしばらくは試合に出られない。「それなのに、チームとして何もしないわけにはいかないでしょう。黙っていると、リーグの処分に抗議しているようにも取られかねない」

「選手を庇《かば》うのもチームも役目じゃないかね。きちんと言い分も聞かずに放り出すような真似はしてほしくないんだ」

「いや、当然の処分です」

「いいかい、昔のメジャーにはもう少し思いやりがあったよ。それにトーマスは、メッツにとって期待の星じゃないか。おそらく、来年にはメジャーに昇格できるだろう。あんたらは、彼に払った高い金をようやく回収できるんだ。その機会をみすみす逃すのかね」

「金よりも大事なことがあるんですよ。倫理観とかね」高岡は人差し指をぴんと立てた。「勝てばいいんですか？　そのためには手段を選ばないのがプロのやり方だとでも？　そんなことは、今の時代に通用しませんよ。選手は常に注目されてるんです。ルールを踏み外すようなことは許されない」

「百歩譲って、彼がドーピングしたと仮定しようか」

「譲る必要はありません。検査結果は出てるんですから」

「まあまあ、そう言わずに」

ウェルズが顔をしかめ、胸ポケットに手を突っこんで錠剤を取り出した。水なしで飲み下すと、しばらく目を閉じる。まったく、下手な演技だ。今の薬だって、ビタミン剤か何かではないのか？　が、高岡はウェルズが言葉を発するのを待った。万が一にも、こんなところで倒れられたらたまらない。ウェルズが喉を震わせるように話し始めた。

「とにかく、一回でチャンスを摘み取るのは残酷だ。彼はまだ若い。もう一度チャンスを与えてくれてもいいと思うが。三振するまでにはまだツーストライクある」

「彼は、初球でポップフライを打ち上げてしまったんですよ。チャンスは、他のチームに譲ります。彼を採る気になるチームがあれば、ですけどね」

「まさか、ブラックリストに載せたのか？」探るようにウェルズが高岡の顔色を窺う。

「馬鹿なこと言わないで下さい。そんなものは存在しませんよ」ブラックリストは、代理人の間に伝わる伝説に過ぎない。実際には、チーム間に暗黙の了解があるだけだ。あの選手は厄介者だ。面倒を起こす可能性がある。各チームのゼネラルマネージャーや編成担当者の間では、危ない選手の名前が口伝えで共有されている。今、トーマスはそのリストの一番上に名前が載っていた。

「交渉の余地はないわけだ」

「申し訳ありませんが。あなたは時間を無駄にしましたね」

「もう一度彼に会ってみる気はないか？」

「そんなことをすれば、今度は私の時間が無駄になります」

「そういうことか……」大儀そうにウェルズが立ち上がる。ドアまでよろめくように歩いていったが、出ていく直前に振り返って見せた鋭い眼光は、病人のそれではなかった。

ウェルズとのやり取りを思い出すだけで、気分が悪くなる。だが俺は、間違ったことは一つもしていない。確かにトーマスは、将来メッツの主力打者に育つ可能性を持っていたが、スキャンダルを抱えた選手を守るべきではない。そんなことをすれば、チーム全体のイメージが悪くなる。何だかんだ言っても、メジャーは夢を売る商売なのだ。シカゴ・ホワイトソックスがワールドシリーズを八百長《やおちょう》で捨てた〝ブラックソックス・スキャンダル〟の悪夢を振り切るのに、どれだけの努力が必要だっただろう。ベーブ・ルースが現れてホームラン狂想曲が奏でられなければ、客足は遠のくばかりで、プロスポーツとしては潰れていたかもしれない。それに今は、絶対的なヒーロー不在の時代だ。チームのイメージが汚された時、それを払拭するだけの力を持った――ベーブ・ルースのような――ヒーローが出てくる可能性は少ない。

歩き回り続け、いつの間にか足が棒のようになっていた。喉も渇いている。ふと目に留まったジュースの専門店に入り、オレンジジュースを頼んだ。酸味が強過ぎ、胃液が逆流するような不快感に襲われる。一口飲んだだけで脇に押しやり、携帯電話を取り出した。穂花と夕飯を食べる約束をしているのだが、こんな状態では楽しく食事はできそうもない。キャンセルしよう――だが、電話はつながらなかった。仕方ない。

ジュースをほとんど残したまま席を立つ。足取りは重く、頭の芯に鈍い頭痛が居座っていた。

穂花に言わせれば、ニューヨークの寿司は割高だがそこそこの味だそうだ。高岡にはそれが分からない。日本にいた頃は、まだ舌が出来上がっていなかったのかもしれないが、寿司の味の基準が分からないのだ。

「これ、食べてくれる?」穂花がアボカドの軍艦巻きを指差す。

「いいよ。苦手なのか?」

「サラダならいいけど、アボカドってご飯には合わない感じがするのよ」

「俺は美味いと思うけどね」箸《はし》でつまみ、醬油《しょうゆ》をたっぷりつけて口に運ぶ。ねっとりとした食感で口の中が埋まった。

「今日、どうかしたの?」

「え?」

「全然喋らないし」

「うん……まあ、この商売をしてるといろんなことがあってね」

「分かった」穂花がわざとらしい明るい声を出した。「選手が文句でも言ってるんでしょう。大変よね、アメリカ人って、いつも戦ってないと駄目だから。最近、ちょっと分かるようになってきたわ」

「そうか？」

「自分の言いたいことはきちんと言わないと、何されるか分からないもんね。そういうものかもしれないけど、疲れるわ」

「そのうち慣れるよ……でも、権利意識が強いのは間違いないね、この国の人間は。自分の間違いを絶対認めようとしないんだから」

「そうね。滅多に謝らないし。私、こっちに来てから一度も『ごめんなさい』を聞いてないかもしれない。裁判が多くなるのも当然よね」

「犬の数より弁護士が多い国だからね」

「本当に？」

「それは大袈裟だけど、何かあるとすぐに裁判沙汰《ざた》になるのは確かだ。最初に謝ると、自分に責任があるのを認めることになるから、絶対に頭を下げないんだよ。ニューヨークだと特にそうだろうな」

「田舎はそうでもないの？」

「俺が知ってる限りではね」

「ニューヨークでずっとやっていけるかどうか、自信がないわ」言って溜息をつき、巨大な湯飲み茶碗を両手で包む。「人を押しのけてまでやりたいとは思わないし……そもそもアメリカで仕事をしようなんて考えるのが無茶だったのかもしれない。私には無理なんじゃないかな。日本へ戻った方がいいかも」

「それは駄目だ」即座に否定する。

「どうして」

「だって、それは……」言葉を探して宙で指をくるくると回す。「あれだよ。俺は日本に帰る気はないから」

「そうね。あなたはもう、こっちの方が長いんだもんね」

「そういうこと。俺はそんなに器用な人間じゃないから。この仕事でやっていくしかないんだ」それができるのか？　モルガンに呼び出されたことが頭の奥にずっと引っかかっている。自分の処遇について何か言われたわけではないが、無言の圧力を感じたのは間違いない。

「じゃあ、私が日本に帰ったら、もう会えないわね」

「帰らないでくれ」自分でも驚くほど大きな声だった。「アメリカにいてくれ」

「それは……」

「俺の側にいてくれってことだ。今の俺には君が必要なんだよ」

穂花の目がきらきらと輝いた。何とまあ、いろいろなことが起きた一日だろう。喜ぶべきか落ちこむべきか、自分の中で収拾がつかない。一日の終わりに彼女がいてくれるなら、その時は素直に喜ぶべきだろう。もっとも、今日という日はまだ終わっていない。


「マジか?」

チャーリー・バックマンが甲高い声で言って背中を伸ばす。高岡は折り畳み式の梯《はし》子《ご》が伸びる様を想像しながら答えた。

「仕方ない」

「いや、しかしだな、そんなこと言われても……」いつも冷静なバックマンが熱くなっていることはすぐに分かった。ふだんは言い淀むようなことなどほとんどないのに。

「データが証明してる。この時期は、マイナス要因を取り除く最後のチャンスなんだ」

「それは分かるけど」バックマンが長い顎を撫で、言葉を呑みこんだ。

「ハンターはマイナーに落とす。これは決定事項だ」

「ちょっと待ってくれ」アンディ・ケーンが眼鏡をかけ直した。「彼を失うと、大きな柱がなくなるぞ」

「しかし、打てない選手を置いておくわけにはいかない」

「いや、いや、待ってくれ」ケーンが身を乗り出した。「打てないって言っても、彼の生涯通算打率は二割三分そこそこだぞ。元々打てないんだから、今さらそのことを問題にすべきじゃないと思う」

「ここが正念場なんだ。トリプルAのタイズからバニスターを昇格させる」

「おいおい、奴の守備は滅茶苦茶だぞ」ケーンが首を振った。「まだまだこっちでやれるレベルじゃない。あと一年……いや、二年はかかる」

「彼は今年、三割二分打ってるんだ。今のうちに必要なのは攻撃力だよ」

「バニスターは、足は遅いよな」バックマンが指摘した。「うちのチーム編成には合ってないじゃないか」

「スピードは問題じゃない。出塁率はいいんだ。それは評価できる」

「だけど、それだけじゃ……」バックマンが言葉を濁す。明確な反対の理由はないのだと確信し、高岡は続けた。

「うちのチームの編成方針は、何よりも出塁率を重視することだ。この件については、去年から何度も話し合ったよな。我々の意識は一致しているはずだ。それは今でも変わらない。あと一か月だからこそ、基本に立ち返るべきだと思う」

「確かにそれは重要なことだな」冷静な口調でケーンが言った。「急に方針を変えようとしても上手くいかない。みんなに『ホームランを狙え』なんて指示したら、大振りになり過ぎてヒットも出なくなる」

「だろう？」同意を得たと思って、高岡は大きくうなずいた。「慌てて何か新しいことをやろうとするのは、素人だよ。我々はプロなんだから――」

「怪我でもしてるんじゃない限り、ハンターは外すべきじゃない」バックマンがはっきりと言い切った。その顔は赤くなり、眼鏡の奥の目は怒りで濡れている。「いいかい、問題なのは打線じゃない。投手陣だ。防御率も失点も、月を追うごとに悪くなってる。それを何とか持ちこたえさせているのは、ハンターのリードなんだぜ。補強するんだったら、打線じゃなくて投手陣だ。だいたい、ピルジンスキーが……」

「計算外のこともある」期限ぎりぎりのトレードで獲得したピルジンスキーは、三試合続けて先発でノックアウトされた後、肘の違和感を訴えて故障者リスト入りした。高岡の胃薬の服用量はうなぎのぼりになっている。

「そう、ピルジンスキーは計算外だった。だけど、怪我までは誰も予想できない」

「いや、予想できたことだ」ケーンが反論する。「彼の怪我がどの程度深刻なものだったのか、リハビリがどこまで進んでいるか、それを見極めるのが俺たちの仕事じゃないのかな」

「俺が見誤ったって言いたいのか」

否《いな》、の返事を期待していたが、ケーンは黙って首を振るだけだった。

「みんなもそう思ってるのか」

返事はなかった。また胃に鈍い痛みを覚える。デスクの引き出しを乱暴に開けて制酸剤の瓶《びん》を取り出し、二粒を口に押しこんだ。喉に違和感を感じながら水なしで飲み下し、レポート用紙を揃える。室内に重い沈黙が訪れた。

「では、そういうことで進める」

「ボスはあなただ」バックマンが皮肉っぽく言った。「あなたが決めることは原則になる」

「その通り」

「もう一度考えてくれないか」ケーンが最後の抵抗を試みる。「ハンターは、打てなくても、リードでチームを引っ張ってる。あいつほどピッチャーを乗せるのが上手いキャッチャーは、今の大リーグにはいない。打てない分は、失点を防ぐことでチームに貢献してるじゃないか」

「データを見てくれ。彼がいくら頑張っても、失点が増えてるのは事実だ」指摘しておいてから、立ち上がった。「しかも、リードに気を遣い過ぎて打つ方まで手が回らなくなっている。悪循環に陥ってるんだよ、彼は」

「ハンターは、うちのチームで唯一の生え抜きだ。ファンの人気も高い」ケーンが繰り返した。「その点を考えてもらえないか」

「おいおい、今は二十一世紀だよ」高岡は硬い笑みを浮かべた。「どこのチームも寄せ集めじゃないか。フランチャイズ・プレーヤーなんて、どこを捜してもいないよ。それは議論の対象にならないね」

不気味な沈黙が部屋を覆った。それを払拭するように、高岡はコーヒーを一口啜《すす》った。水にしておくべきだったと後悔しながら、カップを持ったまま全員の顔を見渡す。

俺たちはファミリーだ。そう言ってその場の雰囲気を引き締めようとしたが、その台詞に効果があるとは思えなかった。

メディアは変わりつつある。新聞もテレビも、かつてのような影響力は持たない。代わりにネットが大きな力を持つようになってきてはいるが、情報は玉石混淆《ぎょくせきこんこう》であり、絶対的な支配力を持ってはいない。しかもネットに流れる情報の多くは、既存メディアのニュースの引用だ。信頼性という点では、まだ新聞やテレビに及ばない。

だから球界関係者は、依然として新聞記事を気にする。メッツでも、ニューヨーク地区で読める全ての新聞の見出しを毎日チェックする係がいるぐらいだ。

その日、高岡は自宅でニューヨーク・タイムズの見出しを確認し、喉に苦いコーヒーを直に流しこまれるような衝撃を味わった。

『サヨナラ、クイーンズの英雄』

何がサヨナラだ。引退するわけでも死ぬわけでもあるまいし。鼻を鳴らしながら記事を読み始めると、自分が知らなかった事実が次々に現れた。

『クイーンズで生まれ、クイーンズで十五年にわたってプレーし続けた男が、今故郷に別れを告げようとしている。マイナー落ちを受け、メッツのハンターは今季限りでの引退を示唆《しさ》した。

今やフランチャイズ・プレーヤーという言葉は死語に近いが、ハンターは数少ない例外だ。地元で生まれ育ち、地元の球団で生涯を全うする。少年の頃の夢をそのまま叶えそうになった幸運な男でもある。だがその夢は、今まさに終わろうとしている。

先日マイナー落ちを通告されたハンターは、本紙の取材に対し、「必要とされなくなったら身を引く覚悟はできている」と語った。「十分長くプレーした。自分ではまだやれるつもりだが、評価する人間とのずれがあるのは仕方ない」と続けた。

今季のハンターは苦しんできた。打率は二割一分台と低迷しているが、これは確かにリードに気を遣い過ぎたせいだろう。だらしない投手陣の尻を叩き、おだて、何とか終盤までゲームを組み立てる。こんなことが毎試合続いていたら、自分のバッティングを考える余裕などなくなるのも当然だ。

気持ちの問題は大事だ、とハンターは指摘する。「まだやれる、若い奴には負けないという気持ちがある限りは、体は言うことを聞いてくれる。ただ、自分の意志とは関係なくプレーできる場を奪われると、気持ちが折れてしまうのは間違いない。今はただ、長い間私を受け入れてくれたクイーンズの街にありがとう、と言いたい」

これは惜別《せきべつ》の辞だ。九月一日を前に登録選手名簿から外れたハンターの姿を、我々はシーズン終盤の大事な試合で、世界一を目指すプレーオフで見ることはできない。そしておそらく、来季のメッツのホームプレートを守るのは別の選手になるだろう。ハンターよりも出塁率が高く、地元の人間が顔も知らない若手に。私たちがその選手を心から声援するには長い時間がかかるだろうし、そうなった頃にはまた別の選手が入ってくるだろう』

何だ、このふざけた記事は。新聞をソファに投げつけると、高岡は冷蔵庫からミネラルウォーターのボトルを取り出して一気に半分ほど呷《あお》った。それで少し冷静になって、もう一度記事を読み返す。どうにも意味が分からない。記者は俺のことを揶揄《やゆ》しているのか、ハンターのマイナー落ちを心底残念がっているのか。いずれにせよ主観だらけで、何かの意味があるとも思えない。

電話が鳴った。

「ボス、今日はどうやって球場まで来る予定ですか」ケーンだった。

「どうって、タクシーでも拾うつもりだけど」

「やめた方がいい。こっちから車を出しますよ」

「どうして」

「今朝のニューヨーク・タイムズを読みましたか」

「今読んだ。何が言いたいのか、さっぱり分からないな」

「フランチャイズ・プレーヤーの意味を考えるといい。ニューヨークはアメリカ中から——世界中から人が集まってくる街だけど、昔からのコミュニティは今もあるんですよ。そして、あの新聞もニューヨークの新聞だからね。メッツがクイーンズのチームであるのと同じように」

「馬鹿らしい。俺たちはビジネスをやってるんだぞ」

「そうじゃないんです……とにかく、迎えが行くまでは大人しくしていた方がいい。それと、私から話があります」

「電話では話せないことなのか」

「会って話した方がいいでしょう。では」

電話を切ると、高岡は背筋に薄《うっす》らと寒気を感じた。何だ？　暴動でも起きるというのか？　ケーンは少し大袈裟に騒いでいるだけではないか。

だが、何故かチーム差し回しの車をキャンセルする気にはなれなかった。

いったい何事なんだ。後部座席で、高岡は腕組みをしたままずっと目を細めていた。訳が分からない。

だが、球場へ着くとすぐに、異変を感じ取った。試合開始まではまだずいぶん時間がある。駐車場でのバーベキューパーティーにも早過ぎる時間なのに、もうかなりの人が集まっていた。襲いかかってくる様子ではないが、スモークガラスを通しても険悪な視線が突き刺さってくるのを感じる。

車は駐車場の隅を通って関係者入り口へゆっくりと走った。その辺りに、数十人の人が集まって手持ち無沙汰にしている。全員がメッツの帽子とTシャツという格好だが、性別、人種、年齢ともばらばらだ。何事だろう。不審に思って窓を開けると、途端に気づかれた。

「奴だ！」

待っていた連中が、一斉にプラカードを掲げた。メッツ独自の文化は、抗議の際にも健在である。「ハンターを戻せ」「GMは責任を取れ」「メッツは選手とファンのものだ」。おやおや、独創性のないことで。苦笑いを浮かべた瞬間、耳の横で何かが鈍い音を立てた。クソ、連中、生卵をぶつけやがった。髪の中を伝い落ちる、ぐしゃぐしゃに崩れた黄身の中に、殻の破片が混じっていた。ふざけやがって。貴様らが怒るのは勝手だけど、物事には限度がある。大声で怒鳴りつけてやろうと思った瞬間、眉《み》間《けん》で生卵が炸裂《さくれつ》した。鋭い痛みとともに、視界が奪われる。慌てて掌で拭うと、黄身に血が混じって斑《まだら》になっていた。

「早く行け！」窓を閉めるのも忘れ、運転手に命じて身を伏せる。そこにまた卵が飛びこんで、今度は背中の上で爆発した。割れた卵がポロシャツに染みこみ、不快な冷たさが背筋を襲う。それでもなお、憤然として顔を上げた瞬間、この場面を狙っていたテレビカメラの存在に気づいた。

「ふざけるな！」高岡はスタッフの前で怒鳴り散らした。人前で取り乱すことはほとんどないが、今は怒りが冷静さを破壊してしまった。汚れたポロシャツを脱ぎ、眉間の傷にはタオルを押し当てたままである。当惑した様子の警備員が二人、彼の前で直立不動の姿勢を保っていた。

「とにかく、あの辺にいた奴を捕まえて来い」

「捕まえてどうするんですか」二メートル近い巨軀《きょく》のアフリカ系アメリカ人の警備員が、恐る恐る訊ねた。

「もちろん、何のつもりか問い詰めてやるんだ。俺は怪我してるんだぞ。場合によっては訴えてやる……いいから、さっさと行け！」

二人が慌てて飛び出していく。トレーナー室に残された高岡は、鏡を覗きこんだ。卵の殻で切れただけの小さな傷である。手当てを断り、マッサージ用の台に腰かけた。

誰かが裏切った。

ふだんはタクシーで球場入りする。知らん顔をして関係者入り口から入るが、その時間はまちまちだ。あの連中が何時間も前から待っていたとも思えない。それにテレビカメラがいたのは何故だ。誰かが、俺の球場入りの予定を連中に漏らしたに違いない。それで抗議が始まり、テレビカメラがその一部始終を撮影する。

俺を呼び出したのはあいつじゃないか。わざわざ、目印になる球団の車を迎えに出して。あの野郎、いったい何のつもりでこんなことをしたんだ。

ケーンだ。

「怪我は大丈夫か」

ケーンがドアを押し開けて入ってきた。心臓が飛び出しそうになるのを感じながら無理に笑みを浮かべる。直に怒りをぶつけると、こちらの立場が不利になりかねない。ここはじわじわと追いこんで白状させるべきだ。

「大したことはないよ。しかし、生卵とは驚いたね。あんなことをする連中が本当にいるとは思わなかった」

「生卵をぶつけられるのは最大の屈辱だって言う人もいるけどね」

「そうかな」肩をすくめる。「俺は何でもないよ。所詮、卵は卵だから」

「あなたは強い人だ」ケーンが溜息をつく。「強過ぎるのかもしれない。強い人は、往々にして他人の痛みや苦しみを理解できないんじゃないかな」

「何が言いたい」一瞬で言葉が尖り、目つきが鋭くなった。

「今言った通りのことだよ」ケーンが肩をすくめた。「あなたには、アメリカという国のコミュニティの仕組みが分かっていないのかもしれないな。こんな大都会だけど、ニューヨークにだってきめ細やかな人間関係は残ってるんだ。ハンターはクイーンズの英雄だし、この街を一つにつなぎとめておく象徴のような存在なんだよ。あなたはそれを壊したことになるんです」

「大袈裟だ。たかが野球じゃないか」

「そうは思わない人もたくさんいるからね。アメリカは、人種から何からばらばらの国だ。それが一つにまとまるには、何か接着剤が必要なんだよ。それは分かるでしょう? だいたいあなたにも、子どもの頃にヒーローはいたはずだ。ハンターは、クイーンズの子どもたちにとっては手本になる存在だし、同年輩の人間にとってはこの街で一緒に育ってきた仲間だ。年長の人にとっては親孝行な息子でもある。私は何度も忠告したけど、あなたは無視しましたよね。自分の判断だけで突っ走ったんだ。今朝のニューヨーク・タイムズじゃないけど、ハンターが引退する気になったのも分かりますよ」

「だからあの連中を集めたのか」

ケーンは肩をすくめるだけで返事をしなかった。

「テレビ局も呼んで。俺が卵まみれになるのを撮影させたんだな? だとしたら、これは重大な裏切り行為だ。あんたは、チームを裏切ったんだぞ……どうした、何も反論しないのか」

「あなたに反論するのは、もう無駄だ。分かったんだよ。あなたは、深いところでアメリカの野球を理解していない」

「何だと」マッサージ用の台から飛び降りようとすると、ケーンが両手を前に掲げてそれを制した。

「無理はしない方がいい。もう一つ、悪いニュースを伝えなくちゃいけませんから」

「どういうことだ」

無言。ケーンが眼鏡を外し、ハンカチでことさらゆっくり拭った。目を細めて照明に翳《かざ》してから、かけ直す。

「辞めることにした。もう、あなたの下では働けません」

これは崩壊の序曲なのか。

高岡は自室の椅子にぐったりと腰かけ、腹の上で手を組んでいた。大したことはないと思っていた額の傷が、しつこく痛む。ケーンは薄い笑みを浮かべたまま去っていった。言い訳も説明もなし。

彼の言葉が脳裏に浮かんでは消える。

ハンターは生え抜きだ。

彼を失うことは、大きな柱が一本なくなることだ。

もう、あなたの下では働けません。

クソ、ガキみたいな理屈じゃないか。もっと理性的に、理詰めで話をしないとチームの運営はできない。余計な感情を排除して、怜悧《れいり》な数字だけを見るのが正しいやり方なのだ。余計な情が絡むと、道は曲がりくねり、行き先が見えなくなる。

意思は統一されているはずだった。何が悪かったのか……いや、これは単なる通り雨だ。フロリダ辺りで言うサンダーストームに過ぎない。激しいが、あっという間に降り止んで晴れ間が覗く。

ノックの音に、力なく「どうぞ」と答える。遠慮がちにドアが開き、バックマンが顔を見せた。長身を折り曲げるように部屋に入ってくると、音もなくドアを閉める。椅子を勧めたが、静かに首を振るだけだった。まさか、こいつまで辞めるなんて言い出すんじゃないだろうな。背筋が冷たく、同時に頭がかっと熱くなった。落ち着け。ここでパニックを起こしたら行き詰まりになる。

「ケーンが辞めるそうだね」

「いつから知ってた」

冗談じゃない、とでも言いたげに、バックマンが激しく首を振った。

「僕も五分前に知ったばかりだ。彼はもう、荷物を片づけてるよ」

「機密保持はしっかり頼む」ケーンはチームのデータを握っている。たとえ辞めても、そういうことは他チームに漏らさないのが礼儀だが、こういう状況では彼も自棄《やけ》になりかねない。

「そういうことを僕に押しつけないで欲しいな……いや、あなたに逆らってるわけじゃない。さっきまで仲間だった男の荷物を改めるようなことはしたくないだけだ」

「だったら、他の人間にやらせる。適当に指示しておいてくれ」

「ああ」

「で、俺に文句を言いに来たのか」

「そういう言い方はあなたらしくない」

高岡はゆっくりと座り直した。俺にお説教をするつもりなのか？　冗談じゃない。追い出す口実を考え始めた瞬間、バックマンが口を開いた。

「ケーンはクイーンズの生まれなんだ。知ってるか？」

「それは知ってる。それと、今回のことが何か関係あるのか」

「ああ。友だちが切られそうになった時に、自分がある程度人事に関する権限を持つ立場にいるとしたらどうだろう。あなたならどうする？　上の決定に従って、一言も口を挟まないか」

「ちょっと待て。ハンターとケーンは知り合いなのか？　初耳だ」

「高校の同級生なんだ。ケーンは、運動神経ゼロでね。そういう彼にとって、ハンターはヒーローだったんだよ。だから、同じチームで働けるようになった時は、天にも昇る気持ちだったんじゃないかな」

そうか。今考えると思い当たる節がある。ケーンは選手たちとよく話していた。グラウンドで、あるいはロッカールームで。さり気なく選手の調子を見抜き、それを「感触」として高岡に伝えてきたものである。高岡は、数字にならない感触など当てにならないと聞き流していたが、彼がハンターとよく一緒にいたのは間違いない。バッティングケージの裏で笑いながら話をしたり、ダグアウトに並んで腰かけているところを高岡も何度か見ている。あれは、球団スタッフと選手というより、昔馴染みが談笑しているようだったではないか。

「ハンターを庇い切れなかった。それがケーンにとって大変な苦痛になったことは分かるだろう」

高岡は固めた拳をテーブルに打ちつけた。衝撃が額の痛みを増幅させる。

「奴は、プライベートと仕事を混同したわけだな」

「よしてくれ」珍しく強い声でバックマンが抗議した。「ケーンの気持ちは自然なものだし、僕にも理解できる。それに彼は、自分の立場を利用して何かしたわけじゃないぞ。ただ、かつてのヒーローの近くで手助けができることが嬉しかったんだ。それは、人として当然の気持ちじゃないかな」

「くだらない」

「くだらない？」バックマンの顎がかすかに震えた。「どういうことだ」

「変な思い入れがあると、仕事は公平にできなくなる。今回のハンターの一件は、どう考えても仕方ないことじゃないか。調子が悪い選手を置いておく余裕は、うちのチームにはないんだよ。それより、ケーンがやったことは絶対に許されない。あいつはデモ隊を扇動《せんどう》して、俺に生卵をぶつけさせた。しかもその様子を撮影するように、テレビ局にも根回ししてたんだからな」ケーンが認めたわけではない。根拠のない妄想だ。だが高岡の中では、そのシナリオは事実になって根づいていた。「もしかしたら、ニューヨーク・タイムズに書かせたのもあいつかもしれない。つまり、あの男はチームに損害を与えたんだ」

「少し冷静になってくれないか、ボス」

「俺は冷静だ」

「いいかい、あなたが生卵をぶつけられたのは災難だったと思う。怪我までしてるしな……でも、考えてくれよ。ケーンが本当にそんなことをやらせたと思うか？　溜飲《りゅういん》は下がるかもしれないけど、結果的には何にもならないだろう。ハンターが戻って来るわけじゃないんだから。無駄なんだよ。ケーンは無駄なことをする男じゃないぜ」

「あいつの処分については考える」

「辞めた男を処分する？」バックマンが目を剝いた。「そんなこと、できるわけないだろう」

「奴が、この一連の騒動を起こしたと分かったら、然るべき措置を取るよ。誰に責任があるのか、出るところへ出てはっきりさせてもいい」

「やめてくれよ、ボス」気弱な声でバックマンが言った。「これ以上、チームを混乱させないでくれ」

「俺が？」高岡は両手を大きく広げた。「俺がチームを混乱させた？　俺は自分の仕事をしてるだけじゃないか」

「ボス、感情的になってるのはあなたの方じゃないのか」

「つまらないいちゃもんはつけないでくれ」

「あなたは何度も、我々はファミリーだと言った」バックマンが両の拳を握り締める。「家族なら、何でも好きなことを言い合えるのが本当じゃないかな。だけどあなたは、大事なことを我々に相談してくれない。ピルジンスキーを採った時もそうだし、ハンターをマイナーに落とすと決めた時もそうだ。我々のことを家族だと思っているなら、事前に一言でも相談してほしかったよ」

「おいおい、俺の仕事は何だ？　一々君たちに相談することじゃないだろうが。スタッフにお伺いを立てているようなゼネラルマネージャーなんて、何の役にも立たないだろう。君たちはデータを集めて、分析してくれる。それに基づいて決断を下すのが俺の仕事なんだよ」

「僕からは、これ以上言うことはありませんよ」バックマンが壁から背中を引き剝がす。その目がわずかに潤んでいるのが分かった。「ただ、ケーンはこのチームを大事に思っていた。僕もメッツを愛している。それだけは分かってほしい。一つ、聞いていいかな」

「――何だ」

「あなたは本当にメッツを愛しているんですか？」

高岡の答えを待たず、バックマンが部屋を出ていった。ふざけるな。メッツを愛しているかだと？　確かに俺をゼネラルマネージャーとして雇ってくれたのはこのチームだ。だが、チームは人じゃない。俺に金を稼がせ、野球というスポーツの近くにいさせてくれる存在だ。愛……そういう言葉で語るに相応しいものではない。

一つだけ、後悔した。バックマンに「お前も辞めるつもりか」と聞いておくべきだった。

Chapter 8

Top Of The World

ミスタ・ケーン？　ええ、辞職です。彼の方から申し出てきました。理由ですか？　プライベートなことだ、とだけ言っておきます。私にはそれ以上話す権利はありません。有能なスタッフが一人いなくなったのは残念ですが、残りのシーズンは、現在のスタッフで乗り切るつもりです。

長いシーズンですからね、いろいろなことがあります。時には、最初に掲げたやり方や目標を曲げなければならなくなることもある。状況は刻一刻と変わりますし、我々の場合、相手がいる話ですからね。決して諦めたわけじゃないですよ。ただ、状況に応じていろいろと手を打たなくてはいけない、というだけの話です。

そうですね。確かにブレーブスとは二ゲーム差になりました。事実は事実として、冷静に認めています。もちろん、この三連戦が大きな山場になるのは分かっています。ただ、シーズンはまだ二十試合も残っているんですよ。万が一、万が一ですよ、ここで三連敗して首位の座を明け渡したとしても、それで全てが終わるわけじゃありません。

現実的に、ワイルドカードは厳しいでしょうね。目の前の敵を叩いて、東地区で勝ち抜くのが一番です。

出塁率の話ですか？　それは、今日は遠慮しておきましょう。ここまできて、そういう基本的なことを話しても意味がないんじゃないかな。どんな形でもいい、とにかく今は最後に一位でテープを切ることだけを考えますよ。月並みな台詞しか言えないけど……まあ、頑張ります。

――九月四日、記者団との立ち話で（ニューヨーク）

いやあ、胸がわくわくするね。本当に、初めてのデートの時のような気分だよ。もちろん私の場合、その相手は女房のアンジーだったわけだが。もう五十年以上前のことだ。彼女もあの頃はスリムで、街一番の美人でね……いや、今でもマイアミ一の美人だよ。六十歳以上、という限定はつくがね。おっと、六十歳以上というのは彼女の耳に入らないように頼むよ。

そう、いよいよメッツとの三連戦です。目の前の敵に勝ちにいく。我々に残された、最後にして唯一の方法です。もちろん、三連勝を狙っていきますよ。ここで一気に首位に立てば、野球の神様も味方についてくれるはずだ。野球で一番大事なのは何か、分かるかね？　勢いだよ、勢い。これに乗り切れないのは、ヘタクソなサーファーみたいに溺《おぼ》れてしまう。いや、私はサーファーじゃないがね。二十五歳になるまで、海を見たこともなかったんだから。

ま、そういうことはともかく、これが大一番になることは間違いない。チームの調子は上向きだ。怪我人はいるけど、気力が充実してる。そう、結局最後は気持ちなんだよ。数字なんて、所詮は単なるデータに過ぎない。大事な気持ちは数字では表示できない。未だに数字がどうのこうの言ってる人もいるようだが。

ここから先、オフレコでいいかな。ああ、背景説明だけど、書かれちゃ困る。いいね？　今後の見通しなんだけど、私は最後の最後までもつれると思う。それこそ、シーズン最終週まで結果が見えないような展開だね。もちろん、そこへ行くまでに決着はつけたいけど、メッツだって簡単には降参しないでしょう。でもこういう展開は、ファンには最高だろうね。ファンと言っても、ブレーブスとメッツのファンだけじゃない。いわば純粋な野球ファンが、孫子の代まで伝えられるようなシーズンにしたいのさ。もちろん、うちがこれから二十連勝して、大差で優勝してしまうかもしれないがね。

——九月四日、記者団との立ち話で（ニューヨーク）

ウィーバーにとってのニューヨークとはすなわち、五〇年代のメトロポリスである。自分がプロの世界に身を投じた時代——あの頃、車のテールフィンは魚のヒレのように跳ね上がり、この街にはジャイアンツとドジャースがいた。未だにニューヨークのチームというと、ヤンキースの他にこの二つが思い浮かぶ。レンガ造りの、今なら「ネオ・クラシカル」と呼ばれるであろうドジャースのエベッツ・フィールド――当時はただ古ぼけた球場でしかなかった――、センターのフェンスまで四百六十フィートという法外な距離があったジャイアンツのかつての本拠地、ポロ・グラウンド。個性的と言えば個性的だったが、選手泣かせでもあった。そしてファンがそれを愛していたのは間違いない。

初めてニューヨークを訪れたのは、ウィーバーの短い選手生活の三年目だった。九月、ベンチ入りの人数が増える頃に、マイナーにいたウィーバーにも声がかかったのだ。その頃はまだ、自分は輝かしいキャリアの第一歩を踏み出したばかりなのだと、体の内側から溢れだすような自信を感じていたものだが、実際には、選手として二度と大リーグのダグアウトに入ることはなかった。

チームはニューヨークへ一週間の遠征中で、最初はエベッツ・フィールド、次いでポロ・グラウンドで試合をした。

ほぼ真四角、クッキーの缶のような形をしたエベッツ・フィールドの観客は熱狂的で、ユダヤ人の観客が多かったのが印象に残っている。小さな汚い球場だったが、それだけに観客と選手の距離が近く、野次も痛烈だった。試合が事実上決した後に、代打でメジャー初出場を果たしたのだが、その時投げかけられた野次は未だに耳の奥にこびりついている。「誰だ、お前は」。もしかしたらあの一言がきっかけで、俺はやたらと喋るようになったのかもしれない。そうすることで名前と顔を覚えてもらえるように。

ハーレム・リバーを挟んでヤンキー・スタジアムの対岸にあったポロ・グラウンドは、その異様な形状が鮮烈な記憶となって残っている。ダグアウトから外野を見た瞬間、センターのフェンスが見えなかったのだ。その数年前、ウィリー・メイズが背走に次ぐ背走で、フェンス手前で大飛球をアウトにした「ザ・キャッチ」は、まさにこの球場が舞台だったが、試合途中からセンターを守ったウィーバーは、はるか彼方《かなた》にいる二塁手を探すのに一苦労したほどである。後で航空写真で見てみると、野球場というよりは陸上のトラックのように細長い造りだった。

今は、どちらの球場もない。二つのチームがニューヨークに存在した想い出は、メッツのチームカラー――ドジャースの青、ジャイアンツのオレンジ――に残るのみである。ウィーバーはいつも、この街に来ると感傷的な気分を覚える。自分がほとんど唯一、大リーガーとして試合に出たのがこの街だし、五〇年代の金ぴかの大都会は、ウィーバーがそれまで知っていたアメリカではなかった。わずか一週間の滞在が、二度と消せない鮮烈な印象を与えたのは間違いない。

それ以来、ウィーバーは何百回もニューヨークを訪れている。最近は、来る度に若い選手を誘ってはニューヨークの野球の遺跡を見せて歩くのが常になっていた。エベッツ・フィールドやポロ・グラウンドの跡地。初めて野球のゲームが行われたと伝えられるニュージャージーのホーボーケンを訪ねるために、ハドソン川を渡ることもしばしばだった。気が乗らずに文句を言う選手もいたが、ウィーバーも譲らなかった。歴史を知ることは、今の野球を学ぶことに他ならないのだから。

今回の遠征——今季最後のニューヨークだった——では、市川を見学の友にした。アメリカでの生活は長い男だが、ニューヨークには一、二度来ただけだという。ウィーバーにしてみれば、理想のパートナーだった。何を見せても驚いてもらえる。ナイトゲームを控えて午前十時から動き始め、午後三時、ヤンキー・スタジアムを見てお開き。巨大なスタジアムを見上げる彼の瞳が輝くのを、ウィーバーは見逃さなかった。

「ここは特別だな」

「そう……ですね」市川の返事は上の空だった。先日のジャイアンツ戦で、ダブルプレーを防ぐために二塁へ派手なスライディングを試みた時に負った頬の傷がまだ赤々としている。

「どうだ、ここでプレーしたいか？」

「まさか」市川が身を震わすように首を振った。「俺はブレーブスの選手ですよ」

「メジャーの選手は、いつトレードされるか分からない。覚悟しておかないとね」

「冗談じゃないです」真顔で市川が抗議した。「俺はブレーブスが好きですからね。それともボスは、俺が必要ないんですか」

「冗談だよ、冗談」慌てて彼の肩を叩く。「イチカワサン、君はうちのチームに絶対に必要な選手だ。君は、ブレーブスに最後の一押しをくれたんだから」

市川がもたらした一押し。彼の復帰以来、ホームゲームでは全勝、アウェーゲームを合わせても勝率は八割を超えている。七連勝—二連敗—八連勝—二連敗—そして現在は再び、八連勝中だ。

「それにしても、この辺はあまり柄が良くないですね」市川がこわごわと周囲を見回した。今日は試合がないので、スタジアムの周辺は閑散としている。球場に隣接した地下鉄の駅に出入りする人もほとんどいない。

「そうだな」地獄とほぼ同義語、サウス・ブロンクス。唯一安全なのは、ヤンキースの試合がある前後の時間だけだ。窓は破れ、壁は落書きだらけになった古いコンドミニアムが建ち並び、手持ち無沙汰に、しかし眼光だけは鋭い男たちが道をうろついている。道路には紙くずが舞い、九月の太陽に熱せられてアスファルトとオイルの臭いが立ち上る。

「ニューヨークは好きになれそうもないですよ」吐き捨てるように市川が言った。

「こんな危険な街、とても住めない」

「悪い街じゃないよ。最近は安全になってるし」

実際、アトランタの方がよほど危険なのだ。犯罪発生率もニューヨークよりはるかに高い。特に市内を東西南北に貫くフリーウェイの結節点、その南西側は「ウェストエンド」と呼ばれ、絶対に車を降りてはいけない場所だと言われている。昇格してすぐに怪我で戦列を離れた市川は、まだアトランタのことをよく知らないのだ。しかし、彼にそんな忠告をする気にはなれない。ウィーバーは、今まで住んだ土地を全て愛している。石持て追われるように街を出た経験も一度や二度ではないが、そういうことも半年もすれば忘れてしまう。後に残るのは、食べ歩いたレストランの自慢料理や、楽しい時をともに過ごした仲間たちとの想い出だ。

「ま、しかしここは、長居する場所じゃないな」ウィーバーは肩をすくめ、タクシーを呼び止めた。地下鉄の方が安全かもしれない、と一瞬思ったが、この時間だと乗客は少ないだろう。安全になったとは言われているが、ニューヨークで地下鉄に乗るにはまだ勇気がいる。

もっとも、タクシーに乗るにも度胸がいるのは間違いない。二人が乗り込んだタクシーの運転手は頭にターバンを巻き、英語をほとんど解さないようだった。ダッシュボードの前に留められたネームプレートを見ても、発音できそうもない名前である。ニューヨーク。何をしてもスリルを味わわせてくれる街であることだけは間違いない。


「リラックスしてるか?」

アンダーソンの言葉に、軽い失笑が漏れた。メッツのホームグラウンド、シェイ・スタジアムのロッカールーム。ブレーブスの選手たちは自分のロッカーの前に腰かけたり、床に直に座ったまま、三連戦最後の試合のミーティングに備えていた。ウィーバーも片隅に陣取り、壁に背中を預けてアンダーソンの演説を拝聴している。誰もが彼の顔を見て、あんたが一番緊張してるだろう、とからかいたそうだった。

「俺は、あまり褒めることはしない。それは、一シーズンつき合ってきて、よく分かってるよな」少しだけ大きな笑いが上がる。「だけど今日は褒めておく。本当は、手綱を引き締めてケツを蹴飛ばすべきタイミングなんだが、俺は正直者でね。嬉しい時は嬉しいと言わないとストレスが溜まるんだ……とにかく、この二試合は見事だった。素晴らしい。今シーズンのベストゲームを立て続けに見せてもらったな」

そう、確かに満足のいく試合だった。緒戦は稀《まれ》に見る投手戦になり、八回までゼロ行進が続いた。ヒットは、両チームとも仲良く二本ずつ。三振の山が築かれ、内野手は守備練習のように大忙しになった。試合を決めたのは市川の一振りである。九回表、ツーアウトでランナーなし。打席に入った市川が初球を叩くと、強烈なラインドライブがライトに飛んだ。ポールの内側にわずかに張り出したスタンドの最前列に飛びこむ一打――メジャーでの初ホームランが勝利を引き寄せた。1点を奪ったアンダーソンは藤本をマウンドに送り、藤本は最終回のメッツの攻撃をわずか五球で終わらせ、ブレーブスは首位に一ゲーム差と迫った。

二試合目は一転して激しい打ち合いになった。六回までに両チーム合わせて二十安打、15得点。ただし、そのうち9点はメッツ打線が叩き出したものだった。この試合に勝てば、とりあえず三連戦が終わった時点でのメッツの首位は確保される。その事実が、緊張感に綻びを生じさせたのかもしれない。七回、ベケットとウィリスの二本のソロホームランで1点差と迫ると、八回には三連続ヒットでついに同点に追いついた。

シェイ・スタジアムを埋めた観客の不満が爆発する。独創的なボードーー多くは高岡を非難するものだったーーの数々をウィーバーも楽しんだ。ウィットと辛辣《しんらつ》さという点では、やはりニューヨークのファンは一味違う。しかしウィーバーは、暴動の兆候を感じることはなかった。ひどい試合になったのに、観客にはどこか余裕が感じられるのだ。これがヤンキー・スタジアムだとこうはいかない。あそこに集うファンは、常に本気である。ヤンキースが勝てばそれでいい。毎試合10対0で勝てば日々の暮しは明るくなるし、いつかシーズン百六十二試合を全勝するのではないかと真剣に信じている様子さえある。要するに野球が好きなのではなく、ヤンキースが好きなだけなのだ。だがシェイに集まるファンは、そこにリビングルームの気安さを持ちこむ。選手たちを、友だちか子どものようなものだと思っているらしい。負けても、傷跡の残るような罵声《ばせい》を浴びせるようなことはしないし、そこここで笑顔も見られる。これもニューヨークの一つの顔だ。

試合はなおも動いた。八回裏、メッツが1点を勝ち越す。九回表、ブレーブスはベケットのツーランホームランが飛び出して一気に逆転。メッツはなおも粘りを見せ、九回裏に同点に追いついた。試合はそのまま延長戦に入り、両チームとも得点機を潰しながら十四回まで進んだ。

決勝点を挙げたのは、またも市川だった。この回、先頭打者として三遊間をしぶとく抜くヒットで出塁すると、次打者の初球に二盗を決める。セカンドゴロの間に三塁へ。ここでベケットがライトへ高々と犠牲フライを打ち上げ、市川は余裕で生還した。それを見た瞬間、ウィーバーはダグアウト裏の通路で、こみ上げる笑いをこらえ切れなくなった。

渋いヒットをきっかけに、盗塁と右方向への進塁打、犠牲フライでもぎ取った1点だ。こいつはまるで、シーズン前半のメッツの戦いぶりそのままじゃないか。乱打戦の中、アンダーソンはここまで温存しておいた藤本をマウンドに送り、試合はその時点で実質的に終わった。午後十一時十五分。今は、その熱っぽい勝利から十二時間も経っていない。デーゲームのプレーボールは、二時間後に迫っていた。

アンダーソンが欠伸《あくび》を嚙み殺す。途端に、ロッカールームに哄笑《こうしょう》が響いた。

「笑うな」一言文句をつけてから、アンダーソンが続ける。「だいたい、あんなきつい試合をしてたら、疲れて当たり前じゃないか。それはもちろん、俺だけじゃないよな。みんな疲れてるだろう。だがな、メッツの奴らはもっと疲れてるぞ。延長十四回までいって負けたんだから、精神的なダメージも大きい。いいか、これはチャンスだぞ。今日勝てば首位に立てる。そうなったらあとは、メッツは転落していくだけだ。気持ちを挫《くじ》いてやれ。魂をへし折ってやれ。そうすれば、このシーズンは俺たちのものになる」

おう、と野太い声が響いた。目線でそれを制してから、アンダーソンが締めの一言を口にする。

「今日も勝ちにいく。メッツを叩き潰す」大きくうなずいてから、ウィーバーに視線を振った。

うなずき、こちらから言うことは何もないよ、と教えてやる。あの男も、相変わらずやるもんだ。こういう場で選手を乗せるのは抜群に上手い。陳腐な決まり文句を感動の一言に変える技術は、実は演劇仕込みである。オハイオの高校時代、アンダーソンはグラウンドを駆け回る傍《かたわ》ら、シェークスピア劇で舞台にも立っていたという。野球に持ちこんだ演劇の要素——朗々とした声、芝居がかった言い回しは、根が単純な選手たちをその気にさせるにはうってつけなのだ。

魂をへし折ってやれ、か。この二日間、メッツは袋叩きにされた。ウィーバーから見れば、連中の心はとっくに折れている。今日勝てば、水に落ちた犬をさらに叩くようなものだ。もはや立て直す術《すべ》もあるまい。あのチームが空中分解寸前だという情報は、ウィーバーの耳にも入っていた。タカサン、結局チームをまとめ切れなかったんだな。若い。あんたはまだ若いよ。

かすかな同情を覚えながら、ウィーバーはロッカールームを出た。あんたはまだ第一歩を踏み出したに過ぎない。この程度で潰れてしまうかどうか、息を潜めて見ている人間が大勢いるんだぞ。あんたはそれに気づいているか？

選手たちがロッカールームを出ていくのを見送ってから、ウィーバーはアンダーソンに声をかけた。

「今日も名演説だったな」

アンダーソンは微笑を浮かべて肩をすくめるだけだった。ウィーバーの大仰な褒め言葉に反応しないのはこの男ぐらいのものである。つき合いは長い。ウィーバーの褒め言葉がほとんど反射神経の賜物であることをよく分かっているのだ。

「ヤンキーを主役に、シェークスピアが書いた戯曲の一幕みたいだった」

「アーノルド、あなた、シェークスピアを読んだことがあるんですか」

「名前を知ってるだけでも褒めてほしいね。私は無学な男だから」

二人はベンチに並んで腰を下ろした。足元に転がった二つの消炎剤の缶を、アンダーソンが神経質そうに並べる。それを終えると腕組みをし、小さく貧乏揺すりを始めた。

「お前さんでも緊張することがあるのかね」鼻で笑ってやった。

「当たり前じゃないですか。私はあなたほど図々しくなれない」

「おやおや」ウィーバーは胸に両手を当てた。「私の心臓も破裂しそうだがね。だいたい、お前さんの方がずっと度胸があると思うぞ。少なくとも私は、観客の前で台詞を喋るなんてことはできん」

「古い話はやめて下さいよ」アンダーソンが顔をしかめた。ウィーバーは頬が緩むのを感じた。この男を最初に発掘したのは自分なのだ。それもグラウンドではなく、高校の体育館の舞台上で。

早々と選手生活に見切りをつけたウィーバーは、野球に関する様々な仕事を貪欲《どんよく》にこなしてきた。スカウト稼業に就いていたこともある。あれは三十歳ぐらいの時だっただろうか、オハイオの高校に有望な外野手がいると聞いて駆けつけると、その男はグラウンドにはいなかった。体育館で上演されていたシェークスピアの芝居に出演していたのである——間抜けな白タイツ姿で。

「とにかく、選手を上手く乗せてくれた」

「私はそれで給料を貰ってますからね」

「私は俳優に給料を払ってるわけか？」

「何とでも」アンダーソンが肩をすぼめる。

「それにしても、いよいよだな」

「ええ、いよいよです」

「勝てるかな」

「勝負は時の運ですよ、アーノルド」

「まったくその通りだな。人間の力が及ばないところで勝負が決まることもある。じたばたしたらいかんよ。もっとも、それが分かってない奴もいるが」

「それは、メッツのゼネラルマネージャーのことですか」少しばかり同情をこめた声でアンダーソンが訊ねる。

「ああ」短く言ってウィーバーは視線を落とし、爪をいじった。

「気になりますか」

「なるさ」両肘を膝に載せ、前かがみになって壁を見つめる。「短い間だったけど、一緒に仕事をした男だからね。それに彼は、メジャーにとっての財産だ」

「そうですか？　あなたとは考え方がずいぶん違うようだけど」

「哲学の違いは誰の間にもあるさ。私とお前さんの間にだってな。しかし、彼が優秀な男なのは間違いない。むざむざ潰すわけにはいかないよ」

「だけど、シーズン中にはずいぶん挑発してたじゃないですか。彼は、あれで頭の中を引っ掻き回されたんじゃないかな」

「チームは違うけど、私は彼を鍛えてるつもりだったんだよ。タフになってほしいんだ。この世界でタフになるには、攻撃に耐え抜かなくちゃいかん。罵詈雑言《ばりぞうごん》を浴びせかけられて、新聞やテレビで散々なことを言われて、トン単位で胃薬を飲んでな……ブラシで心を擦られながら強くなっていくんだよ」

「何も彼は、メジャーの共同財産ってわけじゃありませんよ」

「さあ、どうかな」ウィーバーは首を振った。「お前さんも監督をやってるんだから分かるだろう。この世界は椅子取りゲームなんだ。座る場所が入れ替わるだけで、顔ぶれはそれほど変わらない。来年、彼が私のポジションにいる可能性だってある」

「まさか」アンダーソンが笑い飛ばした。が、ウィーバーの顔に真剣な表情が浮かんでいるのを見て、顎に力を入れる。「何を考えてるんですか、アーノルド?」

「いや、何も」薄くなった髪を気取った仕草で掻き上げる。「お前さんが優勝というゴールテープを切らせてくれなければ、私は解雇されるかもしれないぞ」

「それはないでしょう。勝ち負けはともかく、今年は間違いなく観客動員数の記録を更新しますよ。それはあなたの手柄だ」

「おお、お褒めいただくと胸がときめくね。お前さんみたいないい年をした男が相手でも、だ」

「いい年で悪かったですね」

「まあまあ」ウィーバーはアンダーソンの肩を軽く叩いた。「本当のところは、女房もそろそろ私に落ち着いてほしいと思ってるんだよ。アンジーの言うことは真面目に聞かないとな。それが夫婦生活を長く円満に続けるコツなんだ」

「ごもっともですね。でも、そう簡単には引かせてもらえないでしょう。彼女があなたを必要としているぐらい、野球もあなたを必要としているんだ」

「もちろん、私はまだこの世界と縁を切る気はない」少なくともあと一年は。だが、そこから先は白紙だった。こんな風に考えたことは一度もない。シーズンは――夏は続く。五十年間、ウィーバーの中では当たり前のことだった。それが突然、再来年七十二歳になった時の自分の姿が見えなくなったのだ。七十二歳。いい年である。椅子取りゲームも時にはメンバーが変わるものだ。新顔が入ってこないと、ゲームは停滞する。

「ま、残りの試合を頑張っていこうじゃないか。それで、最高のエンディングにしよう。少なくとも私は、来年もゼネラルマネージャーの座にしがみついてやるつもりだ。そのためにはどうしても必要なものがあるのさ。もちろん、お前さんには分かってると思うが」

「当然ですよ」溜息をついてアンダーソンが立ち上がる。「だけど、あなたは本当に変わった人だ。普通のゼネラルマネージャーは考えもしないことを考えますからね」

「五十年の経験だね」耳の上をこつこつと叩く。「こんなに長くやってると、どうすればシーズンを盛り上げていけるか、分かるようになる。なかなか計画通りにいかないけど、今年は上手くやれそうな気がするよ。おっと、そんな顔をするな。お前さんは監督としての仕事を果たしてるだけなんだから。他のことはこっちに任せておけ」

試合は、三連戦の緒戦に次いで投手戦になった。五回まで、両チームともヒット一本ずつ。

先手を取ったのはブレーブスだった。六回表、一番のホフナーがレフトの隅に落ちる二塁打を放つ。二番のモーラーが九球粘ってフォアボールを選び、ノーアウトで一、二塁。三番のベケットが初球をライト線へ運んで、ホフナーが生還した。ツーアウト後、六番に入った市川が渋くライト前へ落としてモーラーをホームへ迎え入れ、ブレーブスはこの回2点を奪った。シェイ・スタジアムを包みこむのは、やけっぱちのブーイング。

メッツは八回裏、反撃に転じた。カブレラ、カーンズが連続ツーベースヒットで1点。さらにロペスが三遊間をゴロで抜いて、ワンアウトで一、三塁となった。ここでアンダーソンは藤本をマウンドに送る。だが、この日は誤算が生じた。藤本のナックルが変化し過ぎたのだ。ゴメスへの初球、鋭く揺れ落ちたナックルボールがホームプレートの上で跳ねて、キャッチャーのキーリーのミットを弾く。三塁走者のカーンズは躊躇せずにホームへ突っこんだ。キーリーがボールに追いつく。体を反転させ、倒れこむようにホームのカバーに入った藤本に送球。藤本は地面すれすれでボールをキャッチし、足から滑りこんで来たカーンズにタッチを試みた。カーンズのスパイクが藤本のグラブを蹴り上げる。だが藤本は、倒れこみながらもボールを離さなかった。

アウトの宣告の後、藤本はすぐにタイムをかけた。そのまま左手首を押さえながらうずくまってしまう。異変に気づいた観客の間を、ざわざわとした空気が流れた。トレーナーが飛び出し、アンダーソンも後に続いた。ウィーバーは、ダグアウトの奥の通路から一部始終を見ながら、拳を握り締めていた。

あの馬鹿野郎。無理することはなかったんだ。怪我を恐れずにプレーする意識がチームに浸透しているのは素晴らしいが、お前の代わりはいない。今や藤本は絶対的なクローザーなのだ。ここで戦列を離れるようなことになったら、俺たちは舵《かじ》を失って漂流し始めることになる。

藤本が、トレーナーに肩を抱きかかえられてダグアウトに戻って来る。その手首が血で赤く染まっているのを見て、ウィーバーは卒倒しそうになった。ダグアウトを抜けてロッカールームに向かう藤本の後を慌てて追いかける。

「大丈夫なのか！」

藤本が振り返り、驚いて目を見開いた。

「何を大声出してるんですか、ボス？」

「お前、手は……」

「大丈夫ですよ」グラブをはめたままの手を振ってみせようとして、痛みに顔をしかめる。

「いかん、動かしちゃいかん」慌てて駆け寄り、血塗《まみ》れの左手を見下ろす。軽い吐き気がこみ上げてきたが、何とか傷の具合を見極めようとした。ちょうどグラブの端、手の甲がむき出しになる辺りをスパイクされたようだ。一瞬だけきつく目を閉じてから、トレーナーに命じた。

「すぐに医者を呼べ」

「様子を見てからにします」

「俺に逆らうな！」顎にストレートを一発見舞いたいという気持ちを何とか抑えながら怒鳴りつけると、トレーナーが慌てて走り出した。とぼとぼとロッカールームに向かう藤本の肩を抱く。

「ミスタ・フジモト、頼むから無理はしないでくれ」

「何言ってるんですか」少し痛みが引いたのか、藤本が怪訝そうな顔でウィーバーを見つめる。「体を張ってプレーしろって言ったのはボスでしょう」

「あんたは例外だ」

「選手はみんな同じですよ」

「頼むよ、フジモトサン」ウィーバーは肩を抱く手に力をこめた。「何事にも例外はあるんだ。いいか、あんたは私にとって特別な選手なんだからな。やっとメジャーに戻れたんだぞ。それに今は、試合を締めくくるためにどうしてもあんたの力が必要なんだ。あんたが戦列を離れるようなことになったら……」

藤本の体がすっと引くのを感じた。霞《かす》んだ景色の中、藤本が呆れて目を見開いているのが見える。

「ちょっと待って下さいよ、ボス。泣くほどのことじゃないでしょう」

「泣くほどのことなんだ！　私はあんたを失いたくない！」

　ウィーバーは拳を廊下の壁に叩きつけた。

　一時間後、包帯を手に巻いて球場に戻って来たのはウィーバーだった。


　試合は、藤本の後を継いだ投手たちが踏ん張り、何とか2対1でメッツを振り切った。ブレーブス、今季初めての首位。

　ウィーバーはロッカールームに顔を出さなかった。いくら何でも、包帯姿はみっともない。計算ずくの人生も、時には狂うことがある。ウィーバーのパンチが年齢による衰えを見せなかった、あるいは壁が予想よりも硬かったということだ。廊下から監督室に忍びこみ、アンダーソンが戻って来るのを待つ。アンダーシャツ姿の監督が上気した顔で入って来た頃には、薬が切れて痛みが戻ってきていた。

「どうしたんですか、アーノルド」すぐに包帯に気づいて、アンダーソンがその場に凍りつく。

「私もまだまだ血の気が多いということだよ」

「それは……」

「説明は拒否だ。以上」言葉を切って、右手で左手の包帯を撫で回す。アンダーソンは何かを悟ったようで、口元を両手で覆って笑いを隠した。が、肩は小刻みに震えている。

「笑うな。業務命令だ」

「それは無理ですよ」

「見事な勝利だった」いかめしい表情を作ってうなずいたものの、一瞬の沈黙が笑いを引き起こした。結局、二人で腹を抱えて笑いを交換する。

「まあ、無理しないで下さいよ」アンダーソンが目尻から涙の粒を拭い取った。「骨だってもろくなってるんだから。カルシウムをたくさん摂って下さい」

「馬鹿にするなよ。だいたい、お前さんだったら拳で壁をぶち破ろうなんて考えもしないだろうが」

「そんなこと考えてたんですか」

「シェイの壁は、ターナー・フィールドよりも厚いようだな」また忍び笑い。

「少しは大人しくしていて下さいよ」

「十分大人しいじゃないか。これでもコメントは控えてるんだ」

「今日は特にそうした方がいいですね。記者連中、あなたの怪我を面白おかしく書き立てますよ」

「書かれても構わんがね。連中に餌を投げてやるのは大事だよ」

急にアンダーソンが真顔になった。

「フジモトの怪我はどうですか」

「大したことはない。スパイクされただけだ」言いながら、ウィーバーは閃《ひらめ》きを感じた。「しばらく、フジモトなしでやれるか」

アンダーソンの顔が曇った。

「それならそれで何とかするのが私の仕事ですが」

「結構。じゃあ、その脳みそを振り絞って何か考えてくれ」

「……何を企んでるんですか」

「それは秘密です」唇の前で人差し指を立てる。「言ってしまったら秘密にならないからね」

「脅かしっこなしですよ」

「何を言う。身内を驚かせられないようで、ファンを喜ばせることができると思うかね。お前さんもまだまだ修業が足りないな」

メジャーの遠征は、試合が終わるとどんなに遅くてもそのまま次の街へ移動するのが普通だ。だがこの夜、ブレーブスはニューヨークに一泊することになっていた。メッツとの三連戦の後は、フィラデルフィアに移動してフィリーズとの三連戦が待っているが、ニューヨークからはほんの五十マイルほどである。バスに揺られて一眠りもしないうちに着ける距離だ。

ウィーバーは、宿舎になっているタイムズ・スクエアのホテルの近くのバアでバーボンを舐めていた。入り口から奥へ一直線に伸びるマホガニーのカウンター。すっかり金色がはげた足置きに、座りにくい小さなスツール。昔なら、アイルランド系の人間ばかりが集まりそうな場所である。

最後の仕掛け。頭の中を整理しようとした。いつも、結末の場面が最初に頭に浮かぶ。大抵は感動的な、陳腐とも言えるものだ。だがファンは、そういう分かりやすい結末こそを望んでいるし、ウィーバーはそこに向かって細部を詰めていくのに慣れていた。そういう場合は、ふだんあまり呑まないバーボンを友にすることが多い。酒は控えるようにと医者に言われているのだが、なに、構うものか。

ふと、生暖かい風が吹きこむのを感じる。店は入り口から奥に向かって細長い廊下のような造りで、ドアが開け閉めされる度にカウンターを風が一直線に吹き抜けるのだ。そちらに顔を向けると、藤本がにやにや笑いながら入って来るのが見えた。連れはいないようである。

「ミスタ・フジモト」

声をかけると、藤本がぎょっとしてウィーバーの方を向く。そのまま回れ右をして立ち去るべきか、何か言い訳して酒にありつくべきか迷っている様子だったので、手招きして呼び寄せる。藤本はウィーバーの隣に腰を下ろすと、「えー」と短く言ったきり言葉に詰まった。

ウィーバーはバーテンを呼びつけ「こちらの紳士にダイエットコークをさしあげてくれ」と注文する。「アトランタにおける神の飲み物だよ」とつけ加えてウィンクするが、それは無視された。

「ミスタ・フジモト、アルコールは怪我に良くないぞ」

「大したことないんですよ」藤本が左手を掲げて見せた。軽く包帯を巻いてあるだけで、確かに重傷には見えない。

「何針縫った?」

「五針。これぐらい、怪我のうちに入りませんよ。俺がスパイクしたら、間違いなく相手に十針縫う怪我を負わせてましたけどね」

「そんなこと自慢してどうする」

「それよりボスこそ、酒なんか呑んで大丈夫なんですか」彼の目が、ウィーバーの左手の包帯に留まった。

「あのな、私は自分でプレーするわけじゃない。怪我の回復が遅れたって誰も困らんさ。それに、ここは怪我してないからな」唇を人差し指で叩く。「口さえ平気なら、体のほかのところはどうなったって構わんよ。私は文字通りこれで飯を食ってるんだ」

「確かに」藤本がにやにや笑った。コースターに載せられたグラスにコーラを注ぎ、舐めるように飲んだ。

「で、怪我の具合はどうなんだ。まだ痛むのか」

「そりゃあ、縫ったばかりですからね。でもすぐに治りますよ」

「治ると困るんだ」

藤本が目を見開いた。左手を顔の前に掲げてまじまじと見つめる。

「どういうことですか」

「まあ、聞いてくれ」ウィーバーはまず、結末から話し始めた。藤本の顔に戸惑いが広がったが、言葉は止まらない。話しているうちにとめどなく溢れ出す。

「それは、八百長じゃないんですか」ウィーバーに顔を寄せ、バーテンを気にしながら声を潜めて言う。

「冗談じゃない」拳をカウンターに叩きつけようとして、ウィーバーは慌てて腕を引っこめた。「これは演出と言うんだ。しかも、みんながハッピーになれる。メッツとメッツファン以外はね」

「メッツ」という言葉にバーテンが反応した。ウィーバーは一つ咳払いし、柔らかな笑みを向けた。藤本が神経質そうに貧乏揺すりをする。

「だけど……いいんですか」

「ミスタ・フジモト」柔らかい声で言い、ウィーバーは藤本の肩に手を置いた。「君は今までよく頑張ってくれた。私が期待していた以上にね。どうかね、この辺で少し一休みして、一番いい場面に備えておいたら。ナックルボールはいくら投げても疲れないと言っても、少しは肩を休ませないといかん」

一瞬間《ま》が空いた後、藤本は「仰せの通りに」とだけ言って肩をすくめた。コーラを半分ほど飲んで席を立つ。言葉と裏腹に、まだ得心していない様子だ。店を出る背中からは疑念が立ち上っているようだが、その時が来れば彼も納得するだろう。最大多数の最大幸福というやつだ。

風が吹く。一瞬収まった後、また別の風。ブロードウェイの喧騒《けんそう》も一緒に入って来たが、その風はウィーバーの顔に驚愕の表情を与えた。

無意識のうちにドアの方を向いたウィーバーは、絶望の淵に立たされ、暗い沼を覗きこんでいる男を見つけた。高岡。

高岡は凍りついたようにドアのところに立ち尽くしていた。表情は硬く、肩がかすかに震えている。さて、どうしたものか。一瞬考えた末、ウィーバーはスツールを降りた。

「タカサン」大きく両手を広げながら近づく。高岡は強張った笑みを浮かべたが、向こうから近づいては来なかった。

「まあまあ、そんな顔するなよ、タカサン」ウィーバーは無理に彼の手を取り、激しく上下させた。高岡の視線が、包帯を巻いた左手に注がれる。

「どうしたんですか」

「お恥ずかしい限りでね」ウィーバーは額をぴしゃりと叩いた。「今日の試合で、うちのミスタ・フジモトが怪我しただろう。あれで頭に血が昇っちまってね。おたくの球場の廊下の壁に左ストレートをくれてやった。あそこには、何か詰め物をしてもらわないと困るよ。私みたいに八つ当たりする人間もいるからね」

「そうしておきます」ぼんやりとした声の反応だった。

「まあ、座んなさいよ」肩を抱くようにして、高岡を自分の席に誘う。並んで座ると、指を鳴らしてバーテンを呼んだ。「タカサン、何を呑むかね？　きついやつがいいか？」

「何を呑んでるんですか、ミスタ・ウィーバー」

「よせよ」顔の前で手を振った。「アーノルドでいい。私とあんたの仲じゃないか」

ウィーバーは醒《さ》めた目線を感じた。それはそうだろう。シーズンを通して、散々挑発して来たのだから。さて、この男の度量の程を見てやるか。

「何を呑んでるんですか」放心したように高岡が同じ質問を繰り返す。

「バーボンだ。獣《けもの》の酒だよ」

「私もそれをいただきます」

「よし」バーテンに向かってうなずきかける。「バーボンだ。テネシーの、特別のやつをな」

「ジャック・ダニエルズですね」アフリカ系アメリカ人のバーテンが無愛想に言った。

「そうとも言う。ダブルで、氷はなしでな」

酒が出てくると、ウィーバーは自分のグラスを顔の高さに上げた。高岡が無表情にグラスを掲げる。

「我々の栄光に」

「あなただけでしょう」高岡は力なく言った。「私には関係ありませんよ」

「ヘイ、タカサン」グラスを置いて肩を叩く。「諦めるのは早いぞ」

「諦めてませんよ」

諦めている。ウィーバーは今まで、こういう顔をした人間を、オフシーズンの酒場で何百人も見てきた。贔屓《ひいき》のチームが優勝を逃して、「あの時、奴を代打に出すから悪いんだ」と愚痴を零《こぼ》し続ける男たち。

「なら、いい。そいつをぐっと呑んで元気を出せよ」

ウィーバーの言葉に逆らうように高岡がバーボンを舐め、そっとグラスを置いた。ずいぶん年を取ったようだ。実際に会うのは十年ぶりだろうか。あの頃はまだ少年の面影を残していたのに。東洋人は年より若く見えるというが、それを差し引いても、当時はティーンエイジャーのように見えたものである。それが今は、疲れ切っていた。顔には皺が目立ち、髪にもところどころ白いものが混じっている。組み合わせた両手の甲にも染みが浮いていた。

先制攻撃だ。

「なあ、君のことをあれこれ言ったのは全部演技だからな」

「演技?」

「私がサービス過剰なのは知ってるだろう? この世界が長いから、マスコミ関係者に知り合いも多い。何を喋れば連中が喜ぶかも分かってる。あれやこれやで、つい喋ってしまうんだよ」

「私がどれだけ傷ついたか、分かってるんですか」

「だとしたら申し訳ない」ウィーバーは深く頭を下げた。「子どもみたいなことを言うつもりはないが、悪気はなかった。こういうのは、ルールのある喧嘩みたいなもんじゃないか。君も乗ってくれれば良かったのに。あんなに素っ気ないことばかり言われたら、私が一人で空回りしてるみたいだった」

「あんな風に言われて、正面から受けて立つわけにはいかないでしょう」

「だから、それは全部演出だって分かってくれないと。我々はスポーツビジネスに係わっているのと同時に、アメリカ最大のエンタテインメントの役者でもあるんだよ」

「ええ……そんなことはどうでもいいんですけどね」

「だったら何が問題なんだ？」

　高岡が狭い店の中を見回した。

「こんなところで、ライバルチームのゼネラルマネージャー同士が喋ってるのを見られたら、何を言われるか分かりませんよ」

「構うものかね。ヘイ！」バーテンに声をかける。無言で、迷惑そうな表情を顔一杯に広げて近づいてくる。「私はアトランタ・ブレーブスのゼネラルマネージャーだ。こちらの紳士は君たちの街のチーム、ニューヨーク・メッツのゼネラルマネージャーのミスタ・タカオカだ」

　バーテンの目が少しだけ大きく見開かれた。うなずき、先を続ける。

「我々は古い友人同士でね。ここで偶然出会って旧交を温めている。八百長の計画を話し合ってるわけじゃない。誰かがいちゃもんをつけてきたら、君が証人になってくれるか？」

「忙しいんで」呆れたように言って、バーテンは別の客の方へ行ってしまった。

「な？」ウィーバーは肩をすくめる。「周りは案外気にしてないものだよ。差し支えなかったら、悩みを話してみないか？　君よりちょっとは長く生きてるから、何か役に立つことが言えるかもしれないよ」

口を開きかけ、高岡が唇を引き結ぶ。グラスの縁を指先で撫で、あらぬ方を向いた。グラスの側面に指を滑らせ、そのままカウンターに掌を置く。

悩んでいるな。恥を晒《さら》すのは怖い。だが、言うべきなのだ。今君の前にいる男は、ライバルチームのゼネラルマネージャーじゃない。同じ世界で働く、広い意味での仲間だ。

「チームを摑み損ねたと思います」

一言漏らしてしまうと、高岡の口からは後から後から言葉が零れ落ちた。些細なミスが大きな失敗を呼ぶ。選手たちの心は離れ、スタッフとも距離が開き始めている。シェイ・スタジアムで試合がある時は、ファンの野次で胃が痛い。自分のやってきたことに自信がなくなっている。

ウィーバーは乾いた笑い声を上げた。高岡がじろりと睨みつけたが、無視してバーボンを一口呑んだ。

「そういうのは、誰でも通る道だ」

「私は失敗したんです」

「私なんぞ、君の百倍は失敗しとるよ。お陰で今は、鉄の胃袋が友だちだ」

「私は……いろいろなことを試したかった。上手くいったこともありました。だけど、最終的には受け入れられなかった。何が間違っていたのか、自分でも分かりません」

「君は間違っちゃいないさ、何一つ」

ウィーバーの言葉に、高岡が驚いたように目を見開いた。うなずきかけ、低い声で話しかける。ここは賢い村の長老でいこう。

「君のやり方は斬新だったな。ああいうチーム編成の方法もあるんだね。実際、シーズンの前半はそれで飛ばしたじゃないか。まあ、私が君のようなチーム作りをしたいかどうかは別として、出塁率を重視して選手を揃えて、スモール・ベースボールをやるのは一つの立派な哲学だ。実際、それを評価した人も多かっただろう。たった一つ君に問題があるとすれば」言葉を切り、高岡の顔を見やる。飢えた犬が餌を求めるように、ウィーバーの言葉を待っていた。「それをやり通せなかったことじゃないかな。中途半端になってしまったんじゃないかね。いいかい、どんなことでもいい、言い出したことを最後まで曲げなければ、それは信念になるんだよ。自分を信じなさい。ゼネラルマネージャーは孤独な存在だ。誰もアドバイスしてくれないし、責任も自分で負わなくちゃいけない。だとしたら、悩んでる暇なんてないだろう。頼れるのは自分の信念だけだ。そいつに磨きをかけることだね」

高岡の目に光が宿った。ふっと口元が緩み、笑みが零れる。

「そうかもしれませんね」

「いや、実際そうなんだよ。全て私が経験してきたことだ。とにかく、君には元気でいてほしいんだ」

「敵に塩を送られるとはね」

「何だね、それは」

「日本の古い言い伝えです」

「おお、東洋の神秘か」

「そんなものじゃありません」高岡がグラスを取り上げる。琥珀《こはく》色の液体を覗きこんだが、呑まずにそのままカウンターに戻した。軽い身のこなしでスツールから滑り降りる。

「帰ります」

「おいおい、もっと話をしようじゃないか。久しぶりなんだぞ」

「いや、それは私の信念に反しますから」にやりと笑って、高岡が歩き出した。背中を見送りながら、ウィーバーは自分の顔にも笑みが浮かんでいるのを感じた。

こうでなくちゃ。これから最後の決戦が待っている。ライバルチームを率いる男には、気力充実の状態でいてほしい。美しい。自分の行為は、スポーツマンシップの理想の形じゃないか。誰かに話したくて仕方ないのに、無愛想なバーテンしか相手がいないのが恨めしかった。

Chapter 9

The Show Must Go On

大丈夫です。我々はまだ死んだわけじゃない。最後の一試合が終わるまでは、絶対に諦めません。もちろん選手たちにも覚悟があります。いや、何かが変わったわけじゃありませんよ。方針は最初からぶれていません。見る人によってはそうは見えないかもしれないけど、事実なんです。

ええ、確かに不調の時期はありました。しかし考えて下さい。野球のシーズンは長いんです。半年ずっと勝ち続けることなんか不可能なんですよ。それにここまで来れば、勝率のことなどどうでもいいじゃないですか。いいですか、現在のメジャーの三地区制では、勝率五割を下回っても地区優勝できる可能性があるんですよ。いや、もちろん我々はまだ勝率五割を保っているし、このまま勝ち続けていくつもりですけどね。

そうですね、最後はブレーブスとのマッチアップになりましたね。正直に言って、シーズン当初のあのチームがここまで上がって来るとは思ってもいませんでした。ここは素直に、ゼネラルマネージャーのミスタ・ウィーバーの手腕に拍手を送りたい気分です。はい？　ああ、確かにいろいろなことを言われましたね。でもあれは、彼流の演出だったんじゃないですか。実際、あなたたちは「師弟対決」みたいに話を盛り上げて、それで新聞も売れたし、視聴率も上がったでしょう。いわば、共存共栄のようなものですよ。いい試合をして、いいレギュラーシーズンを送って、みんながいい思いをする。それが理想の形じゃないでしょうか。

もちろん、私は私なりのハッピーエンドを信じてます。それは当然、我々が最後に勝つことです。歴史に残るシーズンの最後の一ページに名前を記すことです。

——十月一日、ブレーブスとの一ゲームプレーオフを前にした記者会見で（ニューヨーク）

いやあ、たまげた。私もこの世界は長いけど、まだ経験してないことがあったんだね。まだまだ長生きしなきゃいかんと思うよ。

そう、こいつは一九五一年のジャイアンツとドジャースのプレーオフと同じような大イベントになる。私はティーンエイジャーだったからそのプレーオフは直接見ていないが、今回は間違いなくあの時より盛り上がるね。きっと、第二のボビー・トムソンが出てくると思うよ。もちろん、我がブレーブスにだけどね。

何？　ボビー・トムソンを知らない？　冗談じゃない。プレーオフの決勝の第三戦で、ドジャースのラルフ・ブランカからサヨナラホームランを打ってペナントを分捕った、あのボビー・トムソンじゃないか。「世界に聞こえたホームラン」だよ。これは野球史じゃなくて、アメリカの歴史に残る出来事なんだ。それぐらい勉強しておきなさい。

それにしても身震いするね。一ゲームで決着をつけなくちゃいけないっていうのは残酷だけど、これも勝負の世界の醍醐味だ。勝つ者がいれば負ける者がいる。負けようと思って試合をする人間はいないけど、結果は二つに一つしかない。

もちろん、我がブレーブスが負けるわけがないよ。メッツも持ち直してきたけど、調子が上向きなのは我が方だ。そう、ミスタ・フジモトが戦列に戻っていないのは痛いけど、彼の怪我が逆に選手を奮い立たせているのは間違いない。あいつのために頑張ろう、という気持ちは純粋で美しいものだね。まあ、野球選手なんてのは基本的に子どもだから、ちょっとしたことで感動して力も出るもんだ。当然、私もそういう人間の一人だよ。基本は純真なカントリーボーイのままなんでね。ミスタ・フジモトのためにも勝ちにいく。そして今夜は、みんなで美味い酒を呑みたいね。

――十月一日、メッツとの一ゲームプレーオフを前にした記者会見で（ニューヨーク）

まさか、就任一年目でこんなことになるとは。高岡は相変わらずほとんど家具のない自宅の床に直に座りこみ、ぼんやりと窓を眺めていた。

思い描いていた予定は途中で急カーブし、想像もしていなかった方向に向かった。本当なら、自分の目指す野球が最初から最後まで続き、今頃はプレーオフに備えて情報収集をしている時期だったのに。いや、情報収集はしているが、どうにも上の空だ。数字を渡されても、いつものようにすっと頭に入ってこない。

電話が鳴る。無視した。十回鳴って切れる。十秒ほどおいて再び鳴り出した時、無視し続けることができずに出た。

「大丈夫？」穂花だった。ふっと頬が緩むのを感じる。

「ああ、何とかね」

「胃の具合は？」

「今のところは大丈夫」

「本当に？」

「大したことはないよ。十時間後には泣いても笑っても終わってるんだから。それに今日は、俺が口出しをすることは何もない。今さら慌てたって仕方ないしね。今日だけは選手と監督に任せるよ」

喋りまくって一息つくと、穂花がくすりと笑った。

「あなた、ちょっと変わった？」

「俺が？」

「何か、ぎすぎすした感じがなくなったみたい。楽しんでる感じね」

「ああ、自分を信じてるから。そう考えると嫌な気分がしなくなったよ。だいたい、野球は楽しいもんじゃないか」

「それならいいけど」

「今日は来られそうかな」

「そのつもり。でも、負けたら暴動にならないかしら」

「大丈夫。メッツファンは心優しい人が多いからね……上手くいったら、試合の後でディナーにしよう」

「チームと一緒にいなくて大丈夫なの？」

「個人の時間も必要だよ」それを気づかせてくれたのは彼女だ。礼を言うべきだろうか。一瞬迷った末、また夜に、とだけ言って電話を切った。そのうち、野球以外の話題でも思った通りのことを口に出せるようになるだろう、と自分に言い聞かせながら。

「ああ、ハニー。いやあ、こっちはまだまだ暑くてかなわんよ」

「あらあら、地球温暖化かしら」マイアミにいるアンジーが、電話の向こうで相槌《あいづち》を打った。

「そうかもしれん。ま、敵地にいるからそういう感じがしてるだけかもしれないがね」

「あなたが勝ったら暴動が起きるかもしれないわね」

「まさか。それはないだろう」出発までは一時間もないが、ウィーバーはホテルのベッドに長々と体を伸ばした。「ヤンキー・スタジアムだったらともかく、シェイの観客は大人しいもんだ。それにファンが怒るとしたら、我々が勝ったことに対してじゃない。メッツが負けたことに対してだ」

「それにしても凄いことになったわね」

「まったくだ」

　相槌を打ちながら、ジェットコースターに乗っているようだった九月を振り返る。ニューヨークでの三連戦でブレーブスが首位に立ったものの、それは三試合しか続かず、すぐにメッツに首位の座を明け渡してしまった。その後は一進一退の攻防が続き、実に五回も首位が入れ替わった。最後はとうとう同率で並び、一試合だけのプレーオフが行われることになったのだ。これが終わると、一日だけ間をおいてナ・リーグのディビジョンシリーズが始まるが、今はそこまで考えている余裕がない。目の前の一試合——これまで戦ってきた百六十二試合以上の重みを持つゲームのことで頭が一杯だった。

「それより、例の件はどうなの」

「もちろん考えてるよ、ハニー」

「来年で終わりにするのね」

「そういう選択肢もあるってことだ」

「そうね。ちょっと頭の隅に入れておいてくれればいいわ。今は、試合のことだけ考えなさいよ」

「そうだな。君はメジャーで生きる男にとって理想の妻だよ」

電話を切り、上体を起こす。このまま球場に行かず、試合が終わるまで部屋に籠っていようか。俺が顔を出さなくても、アンダーソンはきっちりやるだろう。いや、俺がいない方がやりやすいかもしれない。

まさか。この大一番を自分の目で直に見届けないのは犯罪だ。そんなことは分かっているのに、どうしてこんなことを考えてしまったのだろう。

恐れているのか？　この俺が？

そうかもしれない。半年に及ぶドラマの終点には、五十年間この世界に身を置いている俺をも畏怖《いふ》させる何かがある。

とうとう来た。シェイ・スタジアムでの今季八十二試合目。今日、全米でゲームがあるのはここだけだ。高岡は、ふだんよりもテレビカメラの数が多いことに、試合前の練習の時から気づいていた。試合開始一時間前にスタンドはほぼ満員になり、「レッツゴー・メッツ」の大歓声が鳴り響く。ボードも健在だ。ただし今日は、高岡を非難するものは見当たらない。「ブレーブスを呑め」「勝利を我らに」「栄光はニューヨークにある」。ざっと見たところ、いつもの機転が利いた警句の類は見当たらない。「そりゃそうだよな」と高岡はつぶやいた。メッツは何年かに一度、優勝戦線に絡んでくる。六九年、七三年、八六年、八八年。最近では九九年と二〇〇〇年で、今年は久々のチャンスなのだ。茶化している場合ではない。

ニューヨークの二つのチームのファンは気質が違う、とよく言われる。ヤンキースファンは、勝っても負けても騒ぐ。傲慢。実は野球を知らない。メッツファンは機知に富み、選手を友だちか家族のように応援する。今日シェイ・スタジアムに流れる雰囲気は、まさにメッツファン気質そのものだ。シーズンの終盤にはあれほど高岡を非難していたのに、今日はそんな気配は微塵もなく、選手たちに温かい声援を送るばかりである。

高岡は、球場の自分の部屋でモニターを見守ることにした。この期に及んで口を出せることはないし、自分がダグアウトの辺りをうろうろしていても何の役にも立たない。ここは一つ、監督のハワードに全てを任せよう。決して全面的に信頼しているわけではないが、素っ気ない態度を取らないだけの知恵を高岡も学んでいた。信頼――のようなもの。尊敬――らしきもの。そういう態度を見せておけば、下にいる人間はついてくるものだ。そのために少し頭を下げるぐらい、どうということはない。

どうして今まで、こんな簡単なことに気づかなかったのだろう。

小さなモニターを覗きこむ。カメラはダグアウトの中を映し出していた。忙《せわ》しなくガムを嚙むハワード。手すりにだらしなく手を預け、グラウンドを見渡している選手たち。どの顔にも緊張の色が窺える。そう硬くなるなって。椅子に背中を預け、腹の上で手を組んだ。傍らのポットには淹れたてのコーヒーがたっぷり入っている。試合が終わるまで、十分もつだろう。

カメラがスコアボードを舐めた。ハワードは今日も、苦心のラインナップを組んでいる。ここ一か月間は、毎日のように変わる打線が何とか踏ん張り、ブレーブスと激烈な首位争いを展開してきた。だが今日は、今までの知恵や工夫がまったく通用しない試合になる。長いシーズンならある程度流れは予想はできるが、たった一試合だけの勝負となると話は別だ。一吹きの風が、不用意な声援が、どちらかのチームに敗北を味わわせる。

ブレーブスのラインナップ。一番……市川。ハッスルプレーで生傷が絶えないが、今はこの男がチームの起爆剤だ。とにかく塁に出さないこと。二番……モーラー。右打ちが上手い選手だ。来年この二人で一、二番コンビが固定されれば、他チームにとっては脅威になる。

怪我人が多いにも拘らず、ブレーブスはほぼベストメンバーを送り出してきた。問題はピッチャー。ちょうどローテーションの谷間だし、できるだけ多くのピッチャーを注ぎこんでつないでいくのではないか。

先発ピッチャーの名前を見た瞬間、高岡はコーヒーを吹き出した。

藤本？

「……ピッチャー、フジモト」

スタンドにどよめきが走る。ウィーバーは笑いを嚙み殺しながらうつむいた。

「怪我してるんじゃないのか」

「奴は九月の頭からずっと投げてない」

「今年は一度も先発してないぞ」

周囲の観客の囁《ささや》き声を聞きながら、ウィーバーは背筋を真っ直ぐ伸ばした。ターナー・フィールドのようにファンに話しかけるわけにはいかないが、訊かれたら答えよう。左様、これが野球なのだ。奇襲攻撃は立派な作戦である。そしてウィーバーの頭にある野球の教科書には、根拠のない奇襲作戦はない。

ひそひそと囁き合う声は聞こえるが、誰もウィーバーに話しかけてこない。敵地ということもあるが、俺を知らないのは野球ファンとしてはもぐりじゃないか、とウィーバーは訝《いぶか》った。誰彼構わず話しかけたいという欲望を抑え、とりあえず、左隣に座ったブロンドの若い女性に声をかける。紫外線が肌に悪いという知識を持ち合わせていないようで、タンクトップにショートパンツで惜しげもなく白い肌を晒している。

「どうですかな、アトランタの先発は」

「知らないわ、あんな人。日本人？」

「そうです。絶対のクローザーですよ」

「そんな人が何で先発するわけ？」

「作戦でしょうね」

「馬鹿じゃないの?」肩をすくめて、ポップコーンの箱に手を突っこむ。

こういうのは会話とは言わない。今度は右隣の中年のアフリカ系アメリカ人の男に話しかけた。

「ブレーブスは実に思い切った作戦できましたな」

「野球が分かってないね」素っ気なく言い捨てられる。分かってないのはそっちだろうが、という台詞をウィーバーは辛うじて呑みこんだ。まあ、見てろ。これからあんたらは、球史に残る試合の目撃者になる。そして、全てを仕切る魔法使いはここにいるのだ。まったく、顔ぐらい覚えておけ。


いても立ってもいられず、高岡はダグアウトに足を運んだ。中には入らず、ハワードを出入り口のところまで呼び出す。初回、ブレーブスの攻撃はツーアウトでランナーなし。静かな立ち上がりとなった。

「どういうことだ」先に口を開いたのはハワードの方だった。

「分からない」

「フジモトは怪我してるんじゃなかったのか」

「そう聞いてる」

「しかし、故障者リスト入りはしてなかった……クソ、奴ら、隠してやがったんだよ」ハワードは壁に拳をぶつける。「投げさせない奴をダグアウトに置いておくだと？　大した余裕だよ」

「これも作戦のうちでしょう」自分の声が案外冷静なことに高岡は驚いた。ハワードが目を丸くする。

「ふざけたことをしやがる」

「まあまあ、落ち着いて。いいですか、フジモトは今季一度も先発してないんですよ。投げたのは長くて二イニングだ。ナックルボールを投げるピッチャーは肩を消耗しないっていうけど、彼はもう年だ。それに、しばらく試合で投げていないから勘が狂ってるかもしれない。休ませたつもりかもしれないけど、逆効果でしょう。とにかく、焦らないことですよ」

「そんなことは分かってる」半身の姿勢のまま、ハワードが吐き捨てた。「あんたに教えてもらわなくてもね」

ハワードがダグアウトに引っこむ。ブレーブスの三番、ベケットがレフトへの浅いフライに倒れた。

さて、どこで試合を見るか。ダグアウトの隅からこっそり覗き見るようなこの場所では、藤本のピッチングをきちんと観察できない。結局、自室の小さなモニターが一番良さそうだ。古く、狭い通路を走る。藤本のピッチングは最初から見ないと。俺が部屋に戻るまでゆっくりウォーミングアップしていてくれ、と祈った。

ナックルボールは、他に比類すべきものがない。サッカーで言えばループシュート……違う。バスケットボールで言えばスリーポイント……そんなものではない。ナックルボールは人を脅《おびや》かさない。観客の顔に薄ら笑いを浮かべさせ、対峙するバッターさえも苦笑させる。微笑《ほほえ》みの必殺技。だが、このボールが持つ独特のユーモアを支えるのは、たゆまぬ努力と研究なのだ。自分のものにするには二年から三年かかるというこの変化球を、藤本は短い間によくマスターしたものだ。感心しながら、ウィーバーはコーヒーを啜《すす》った。それもこれも、あいつが折れない気持ちを持っていたからだ。もう一度メジャーで投げる。そのために、独立リーグのように条件の悪い場所で必死に頑張ってきたのだから。独立リーグには、メジャー入りの機会を狙う才能溢れる若い選手もいるが、あいつほどのキャリアがある男なら、今まで投げ続けた球種と駆け引き、絶妙のコントロールで簡単に手玉に取ることができただろう。しかしそれに飽き足らず、必死でナックルボールをマスターしたのだ。

頭が下がる。

昨夜、藤本に先発させろと指示した時、アンダーソンが絶句したのを思い出す。奇襲作戦だと反論されたが、意に介さなかった。いわく、藤本と何度も対戦したバッターはいない。単なる目くらましではなく、奴のナックルボールならメッツ打線をきりきり舞いさせる。怪我も心配ない。それに、いざとなったらどんどんピッチャーを替えればいいじゃないか。

もちろん、アンダーソンは折れた。

あいつもまだまだだな。俺の考えていることなど、事前に分かりそうなものなのに。これぐらいは当然予知して、向こうから提案すべきだったのだ。これではとても、引退などできそうもない。アンダーソンに、野球の本質をもっと叩きこんでやらないと。

投球練習を終えた藤本が、帽子を被り直す。長いアンダーシャツを引っ張り、皺《しわ》を伸ばした。ロジンバッグを手に取り、たっぷりと時間をかけて指に馴染ませる。そうそう、慎重にいけよ。ウィーバーは心の中で声援を送った。一球一球、しっかり準備するんだ。今日はいくら時間をかけてもいい。

メッツの先頭打者はペレス。ライトを放出した後、トリプルAから抜擢した選手で、そこそこの成績を残していた。ライトのようなずば抜けたスピードはないが、高岡の指示を忠実に守っている。ピッチャーにたっぷり投げさせ、四球をもぎ取るのが上手い選手だ。

観客席から眺めると、ナックルボールは単なる棒球に見える。角度によっては急激な変化を確認できることもあるのだが、今日のウィーバーは座った位置が悪かった。斜め右側から見る藤本のナックルボールは、やはりバッティング練習でコーチが投げるボールと大差なく見える。

初球、真ん中低目へ。ボールは微妙に流れ落ちて、ぎりぎりへ決まったようだ。「ストライク」のコールに、メッツファンが突然「レッツゴー・メッツ」の大合唱を始める。早いんだよ。苦笑を噛み殺しながらウィーバーは藤本のピッチングを見守った。

二球目、今度は内角へ。膝元の緩いボールに、ペレスが手を出した。だが予想もつかない変化――おそらくストライクゾーンを外れて食いこんだ――に、窮屈なスイングを余儀なくされた。バットの根っこに当たったようで、鈍い音が響く。ボールは気の抜けたゴロになり、三塁線に転がった。ファウル。ペレスが一度打席を外す。何かに迷ったように二度、首を傾げ、ダグアウトに視線を向けた。もちろん、そんな場所に答えはない。監督のハワードがむっつりと腕組みをして立っているのがウィーバーにも見えた。

さて、三球目だ。ピッチャーにとって、あるいはバッターにとっても、ナックルボールの最大の問題はコントロールがつけられないことである。ピッチャーの場合、投げたら「行き先はボールに聞いてくれ」となる。一方バッターは、組み立てを一切読めない。無難に外角低目で入ってから、内角に二球続けて速いボールを投げこんで体を起こし、腰が引けたところで決め球は外へのスライダー――そういう教科書通りの配球で来るわけではないから、とにかくストライクゾーンに入って来たら叩くだけ、ということになる。ナックルボールに、どこか牧歌的な匂いがするのはそのためだ。子ども時代、家の裏庭で楽しんだ野球。コントロールもクソもなくて、バットが届くところにボールが来たら儲け物。

だが、ナックルボールは子どもの野球では見られない。バットが届くと思っても、そこからさらに変化して予想を裏切る。三球目は高目に来た。緩いボールだ。当然、落ちる。そう予想してバットを振り出したペレスだったが、思っていたよりも変化が小さかったようだ。バットがボールの下側を叩き、高く、高くフライが上がる。キャッチャーのキーリーがマスクを投げ捨て、マウンド近くまで飛び出してボールを押さえた。藤本がおどけて帽子を取る。「いやいや、こんなところまでカバーしていただきまして」「どういたしまして。年寄りに無理はさせられませんからね」。二人のやり取りを勝手に頭の中で組み立て、ウィーバーは微笑を浮かべた。

「何、あいつ」左隣の女性が憤然と吐き捨てた。

「彼は、二十世紀の遺物ですよ」

ウィーバーが指摘すると、怪訝そうな顔を向けた。

「何のこと?」

「いやいや」ウィーバーは首を振った。「昔は、ああいうボールを投げるピッチャーがもっとたくさんいたんですがね。今の野球はぎすぎすしていかん。のんびりと軌跡を追えるようなボールを投げるピッチャーは、もっとたくさんいていいですよ」

女性が半分口を開けたまま、首を振った。何だ、このジイサンは――彼女が何を考えているかは簡単に想像できたが、ウィーバーは口をつぐんだ。右隣を見ると、アフリカ系アメリカ人の男性は頬杖をついたまま、虚ろな目をグラウンドに向けている。早くもメッツに不利な展開を悟ったのだろうか。だとすれば、少しは野球を知っていることになる。

「おい、このクソッタレ!」突然、両手でメガフォンを作って男が怒鳴った。「もっとびしっと、速い球を投げてみろ！」

全然分かっていない。

藤本がメッツ打線を手玉に取るのを、高岡は小さなモニターで眺めていた。ずっと身を乗り出していたので、肩と首が凝っている。新しくコーヒーを注いだ。ポット一杯にあったのが、もう半分ほどに減っている。

ウィーバー。

何だかんだと批判はあるにしても、あの男の手腕を認めないわけにはいかない。奇襲だったかもしれないが、藤本はきっちり投げている。あんなピッチャーを発掘してきただけでも、ウィーバーの情報網と嗅覚の鋭さは証明されたようなものだ。

高岡も藤本の全盛期は知っている。日本人離れした……という言い方も変だが、あの速球はメジャーでも一級品だった。ほとんど速球だけで相手をねじ伏せ、マウンド上で胸を張る姿を何度見たことか。それがここまで見事に変身するとは。変わることを選んだ本人の勇気も偉大だし、それを見つけてチャンスを与えたウィーバーの才能も評価されるべきだ。やっぱりあの男は、ただのお喋りではない。

こういうのは、数字だけ見ても分からないものだ。長年の経験と人脈、それに独特の勘と思い切りがなければ、藤本のような選手を見つけることはできない。悔しいが、自分の経験がまだ浅いことを認めざるを得なかった。いや、まだ始まったばかりじゃないか。俺はこれから先もずっと、この世界で飯を食っていく。学ぶ時間はたっぷりあるのだ。

遠慮がちなノックの音が響く。モニターを眺めたまま「どうぞ」と声をかけた。振り向くと、バックマンが空のコーヒーカップをぶら下げて立っていた。しばらく気まずい沈黙が流れる。スタッフのミーティングは継続していたが、二人きりで顔を合わせるのは、ケーンが辞めて以来初めてだった。

「コーヒーでもいただけないかな、と思って」

「どうぞ」手を差し伸べる。バックマンは自分でコーヒーをカップに注ぎ、椅子を引いて高岡の後ろに座った。高岡は椅子を回し、彼と向き合った。

「何か？」

「いや、居場所がなくて」

じっと顔を見据える。表情は透明だったが、その顔には疲れが浮かび、漆黒《しっこく》の髪に白髪が筋になって浮いているのが見てとれた。

「疲れてるのか」

「こんなに疲れるものだとは思わなかった。責任ある仕事がね……」コーヒーを一口飲んで顔をしかめる。「ずいぶん苦いね」

「煮詰まったんだろう。淹れ直そうか?」

「いや、これで十分」バックマンが首を振った。「それにしても、まさかフジモトが投げてくるとは思わなかった」

「ウィーバーにはすっかり騙されたよ」苦笑を隠すようにカップを口元に持っていく。

「アンダーソンじゃなくて?」

「アンダーソンは、こんなことは思いつかないんじゃないかな。ウィーバーらしいって言えばらしい」

その男と一月前に会い、小さな傷の数々が癒《いや》されたことは誰にも話していない。相手は仮にも敵チームのゼネラルマネージャーなのだ。不用意な発言で誤解を与えるのは得策ではない。

「厳しい試合になりそうだな」バックマンの目がモニターを捉える。振り向くと、藤本がサンドバーグを三振に切って取ったところだった。すかさずスコアシートを手にし、小さな「K」を書いて丸で囲む。高岡なりの「空振り三振」の印だ。

「三回か。まだヒットが出てない」とバックマン。

「それどころか、ランナーも出てないよ」

「早打ちし過ぎだな。ハワードにちゃんと言っておいた方が良くないか？」

「今日は彼に任せる」

高岡の言葉に、バックマンが目を剝いた。小さく笑ってやると、元の大人しい表情が戻ってきたが、心の中は読めた。俺の変わりように驚いている。しかし高岡本人には、変わったという意識はなかった。学んで、一歩前へ進んだだけなのだ。

「その……」つぶやくようにバックマンが話しかける。振り返ると、大きな両手でカップをいじっていた。

「何だ？」

「ああ」

「はっきり言えよ」

「来年も、ここで働きたいと思う。もちろん、馘《くび》にならなければだけどね」言って、唇を固く結んだ。

「俺は何も変えるつもりはないよ」高岡は薄い笑みを浮かべた。「今のスタッフがベストだと思ってるから。もちろん、俺が馘にならないという前提での話だけど」

「まさか」バックマンが短く笑った。「ここまで来たんじゃないか。結果を出してるからには、誰にも何も言わせちゃいけない」

「結果？　結果はこれからだよ。何だか不思議な気分だな。今まであれこれやってきたのに、最後の最後になったら監督と選手に任せるしかない。本当に不思議な商売だと思うよ。まったく、ゼネラルマネージャーっていうのは、どういう仕事なんだろうね」


足元のコーヒーカップは三つ目になった。両隣の二人が時折、怪訝そうな顔を見せるのが分かる。それはそうだろう。十月の、まだ気温の高い午後。しかも優勝を決める試合となれば、冷たいビールでも呑まなければ熱くなった体と心を冷やすことはできない。しかしこっちは、呑気《のんき》にビールを楽しむこともできないのだ。

何とも因果《いんが》な商売だと思う。この五十年、何も考えずに野球を楽しんだことが何度あっただろう。

一度もない。

自分のチームが試合をしている時には、隅から隅まで気を配らなければならない。それこそ選手の調子から売店のホットドッグの売り上げまで。自分のチームと関係のない試合を見ていても、使える選手がいないかどうか、つい厳しい目でチェックしてしまう。メッツの選手で、来年のうちのラインナップに入れたい選手は……いかん、今は余計なことを考えないようにしよう。常に明日を見るのが仕事とはいえ、自分の邪念がチームに悪影響を与えるのではないかとウィーバーは恐れた。

頭の中を真っ白にした途端、均衡《きんこう》が崩れた。

四回表、それまでヒット一本だけに抑えられていたブレーブスの打線が点火する。三番のベケットが四球を選ぶと、四番のホープが九球粘った末にライト前にしぶとく運んで一、二塁。五番のオルドネスのセカンドゴロがダブルプレー崩れとなる間にベケットが三塁を陥れ、ワンアウトで一、三塁となった。六番のウィリスが打席に向かいかけると、ダグアウトを飛び出したアンダーソンが、肩を抱くようにして何事か囁きかける。ウィリスは無表情で聞いていたが、素早くうなずくと、その場で二度、力強い素振りをくれて打席に入った。

長いブーイングが尾を引く。ウィーバーはスタンド全体をぐるりと見回した。まあ、今日はよく入ったものだ。売店は大忙しだろう。それにしてもシェイ・スタジアムはいつの間にこんなに古くなったのか。メッツそのものが、いつまでも若い、新規加入のチームという印象があるのだが、実際にはチームもスタジアムも四十歳を超えている。何度も塗り直された塗装は厚化粧を思わせ、チームカラーのブルーとオレンジも、どことなくくすんでいる。売店が並ぶ通路も暗い感じだ。そう考えると、アトランタオリンピックの野球会場に使われ、その後ブレーブスのホームグラウンドになったターナー・フィールドは綺麗なものである。余計な仕掛けはない。ただ野球を楽しむためだけの球場だが、清潔で隅々まで手入れが行き届いている。

初球、三塁走者のベケットがするすると塁を離れた。メッツのキャッチャーが慌てて立ち上がったが、ピッチャーのバーリーが反応し切れない。外角へ大きく外したつもりだったかもしれないが、ボールは中途半端なコースへ入って来た。左打席のウィリスが、体を投げ出してボールに食らいつく。かつん、とかすかな音がした瞬間、ウィリスの体は地面と平行になっていたはずだ。ウィリスが顔面から突っこんで地面を舐め、ボールが一塁線に緩く転がる。マウンドを駆け下りたバーリーが素手でボールを摑み、前のめりに倒れながらキャッチャーにトスした。ホームプレートのやや右側で受けてタッチにいく。ベケットが左側からスライディングを試み、キャッチャーはその上に倒れこむようにタッチした。二人の体がもつれ合い、乾いた土埃が目くらましになってコールが遅れる。クソ、どうだ？　どうなんだ？

自分でも気づかぬ間に、ウィーバーは立ち上がっていた。前の観客が垣根になり、状況が摑めない。やがて、激しいブーイングで「セーフ」のコールがあったのが分かった。綺麗なパンチを入れられたボクサーのように、腰から椅子に落ちる。手にしたコーヒーが零《こぼ》れ、ズボンに小さな染みができた。体を左右に動かしながら、ホームプレート付近の様子を何とか視界に入れる。両手を握り締め、何度も雄たけびを上げるベケット。審判に突っかかるメッツのキャッチャー。腹ばいになったまま呆然とするバーリー。スコアボードに1点が刻まれ、それがメッツファンに重くのしかかる。

右隣の中年の男が、よろよろと腰を下ろした。

「アウトだぞ、あれは」

「いやいや、セーフでしたな」

つい反論が口を衝いて出る。男がじろりと睨みつけてきた。

「あんた、さっきから聞いてるとアトランタのファンなのか？」

「いかにも」

名乗ろうとして胸を張った瞬間、男の口から罵詈雑言《ばりぞうごん》が流れ出した。

「あのクソみたいな街のチームのどこがいいんだよ？　訳の分からん選手ばかり集めやがって。だいたい俺は、あのチームが大嫌いなんだ。特にあの、目立ちたがり屋のゼネラルマネージャーがな。いい年して、自分でのこのこ前に出てくることないじゃないか。みっともないんだよ。向こうじゃいつも、スタンドで見てるっていうじゃないか。そんなのおかしいだろう」

「いや、おかしくはないでしょう」

「変だ」唾《つば》を飛ばしながら男が言い張った。「ゼネラルマネージャーなんてのは、裏方なんだぜ。試合には何の関係もないんだ。それが観客と一緒に喜んでるなんて、異常だろうが。大人しく引っこんでればいいんだよ。あのジジイが……」

突然、顔が強張った。唇が震え、目が細くなる。

「あの、まさか……」

「まあまあ」ウィーバーは笑いで腹が震えるのを抑えながら、人差し指を口に当てた。

「私がジジイなのは間違いないからね。ところで、あなたもコーヒーをいかが?」

やられたか。高岡は胸に顎を埋め、コーヒーカップを握り締めた。バックマンも無言で、その緊張感が伝わってくる。

「まるで、うちみたいな野球じゃないか」椅子を回して振り返ると、バックマンが硬い笑みを浮かべている。

「確かに」

「当たってる三番打者が無理に打って出ないでフォアボールを選ぶ。四番は振り回したいのを我慢して右打ちだ。それで、犠牲フライでもいいところを、きっちりスクイズを決めて1点を取りにきた。メッツのマニュアルに載せたいような攻撃だね」バックマンが舌打ちをする。「ブレーブスがああいう野球をやるとは思わなかったよ」

「野球なんて、本質的にはあまり変わらないんだろうな」冷めたコーヒーを一口飲む。「1点を取るにはいろいろな方法があるだろう？　バリエーションの豊富さは、他のスポーツの比じゃないよな」

「そうだね。今のでも1点だし、ホームランでも1点だ。ヒットが三本続いてもいいし、押し出しの四球なんてのもある」

高岡は静かにうなずいた。

「でも、確実に1点を取りにいこうとしたら、今みたいなやり方がベストなんだろうな。型にはまった、でも成功の確率が高い攻撃。うちは、逆に警戒しておくべきだったんだよ。こっちが得意なパターンで点を取られるとはね……嫌な感じだ」

「確かに」バックマンの表情が強張る。

「うちも、ブレーブスの得意なことをやり返してやればいいんじゃないか」

「どうやって」

「フェンスに突っこむ」

突然、屈託のない笑いが腹の底からこみ上げてきた。声を上げて笑いながら、それがバックマンに伝染するのを待った。だが彼は、驚いて口を開けたままである。それはそうだろう。こんなに笑ったのはいつ以来か。最近は、ミーティングでも余計な話をする人間が一人もいない。淡々と始まって淡々と終わる。まるで、ある程度以上の大声を出すのが禁じられたゲームのようだった。

「いや、それはまずいか」目の端に溜まった涙を拭いながら言った。「俺たちにはまだ先があるからね。ここで怪我人が出たら困る」

「厳しいかもしれない」バックマンの表情が引き締まった。

「おいおい、もう諦めるのかよ」

バックマンの視線がモニターを突き刺した。振り返ってみると、グラウンドにうずくまったバーリーの元にトレーナーとハワードが駆け寄るところだった。突っこんで捕球した時に怪我をしたのか？　バーリーは両側から肩を抱かれてようやく立ち上がったが、顔面は蒼白で、左手で右手首を押さえている。利き腕ではないが……あの様子では投げられないだろう。

「クソ、まだ四回だぞ」バックマンが吐き捨てた。

「大丈夫。次のピッチャーは用意してると思うよ。ハワードはプロだ」

「ずいぶん信頼してるんだな」
「そりゃそうだ」椅子を回してバックマンに向き合う。「俺たちはファミリーだからな。家族を信頼できなくなったらおしまいじゃないか」

藤本にはこの1点で十分そうに見えた。四回裏、この試合初めてのヒットを浴びたものの、セットポジションからの投球でもバランスは崩れない。相変わらずバッターを馬鹿にしたようなボールがホームプレート周辺で踊り狂っていた。

先ほどウィーバーをジジイ呼ばわりしたアフリカ系アメリカ人の男はすっかり黙りこみ、ウィーバーが奢《おご》ってやったコーヒーをちびちびと啜るだけだった。スタンド全体に沈滞した雰囲気が流れる。ランナーが出たのに、いつもの「レッツゴー・メッツ」の声援が出ない。

その気持ちは分かる。バーリーが右手を負傷して退場したショックが、球場全体に伝染しているのだ。嘆息。諦め。絶望。観客の気分は空にも伝わったのか、先ほどまで真夏を思わせる青だったのが、急に雲に覆われ始めた。グラウンドを渡る風も冷たく湿っている。こいつは一雨来るかもしれない。

雨は藤本に降り始めた。

ショートに飛んだカーンズの打球がイレギュラーバウンドし、オルドネスの頭上を越える。一、二塁。不気味な静けさを切り裂くように、ようやくレフト側の二階席辺りから「レッツゴー・メッツ」の声がかかる。見えない指揮者にリードされるように、ささやかな合唱がすぐに巨大なうねりに変わった。打席に入ったカブレラの肩に力が入る。だが、少しばかり力み過ぎたようだ。初球に手を出すと、打球がふらふらとメッツ側ダグアウトの前に上がる。キャッチャーのキーリーが追う。サードのウィリスも飛び出してきた。キーリーが目線でウィリスを制し、ダグアウト前のフェンスに腹をぶつけながら打球を押さえる。走者は動けない。ブーイング。

一息つき、ウィーバーはマウンドの藤本に目をやった。地獄を見てきたあんたに言うまでもないが、ここは落ち着いていけよ。こういう時こそ、リラックスだ。

そんなことは藤本にも分かっているだろう。だが、分かっていてもどうにもならないのがナックルボールだ。これが意地をかけた速球なら、気持ちで一、二キロスピードを上乗せすることも可能かもしれない。だがナックルボールは、肩に力が入れば単なる棒球になってしまう。

まったく変化しない、打ちごろのボールが真ん中に入って来た。ロペスが思い切り振り抜く。ぐしゃっと何かが潰れるような音がして、ウィーバーは一瞬打球の行方を見失った。左中間、おまけのように作られた外野席の観客が一斉に立ち上がる。クソ、何てこった。ナックルボールを芯で捉えるのは難しいし、遠くへ飛ばすのはさらに難しい。それをあの男は、「CASIO」の看板の向こうへ、四百フィートも打ち返しやがった。

藤本が、がっくりと両膝に手を当てる。ウィーバーは憤然と腕組みをし、その光景を目に焼きつけた。これも野球なんだ。もっとも確率の高い方法を選んで1点を取りにいくのも野球だし、自分の力でコントロールできない魔球に裏切られるのも野球である。

三人のランナーが一直線に並んでホームインする。拍手と歓声の嵐は耐えられないほどになったが、ウィーバーは耳を塞ぎもせずにそれを浴び続けた。たっぷり騒いでくれ。あんたたちはそのためにここに来ているんだから。

ふと、アトランタでこの試合を見守っているであろうファンの姿が目に浮かんだ。打ちのめされ、絶望の味を噛み締め、それでも残る希望にすがっているだろう。あの青年、ジョージア工科大《テック》のTシャツを着たライバーは、また難しい顔をしているだろうか。そんなに懐疑的になるもんじゃない。まだまだ試合は続くんだ。あんたたちが夢を見てくれなきゃ、俺がこんなに頭を絞っている意味がないだろうが。

藤本がゆっくりと顔を上げる。帽子を取ってアンダーシャツで汗を拭うと、興奮に沸き上がるメッツのダグアウトを睨みつけた。ウィーバーは彼の姿を目に焼きつけた。こんなこと、前にもあったよな。それも一回じゃない。あんたは苦しい時期を何度も乗り切ってきた。これぐらいで潰れるわけがない。新しいボールを受け取ると、藤本はホームプレートに背を向けたまま、こね始めた。丁寧に、祈りをこめるように。その背中が大きく見える。

大丈夫だ。奴は死んでない。

安心して、硬く小さな背もたれに背中を預ける。頭に冷たいものを感じて、両の掌を上に向けた。最初の一粒が手を濡らす。いかん。立ち上がり、全速力で——七十歳の全速力で——階段を降り始めた。

バックマンとハイタッチを交わす。二人だけの祝宴だが、それで十分だった。俺たちは黒子《くろこ》なのだから。選手やファンと喜びを分かち合う必要はない。

「やってくれたな、ロペスの奴」バックマンの声は震えていた。

「ナックルが変化しなかった。あれだから怖いんだ」

「うちにナックルボールのピッチャーはいらないな」

「ああ。見ているだけで心臓に悪い」高岡は胸を押さえた。「もっと確実な方がいいよ」

「じゃあ、藤本はリストから外しておいてもいいんだな」

「最初から入ってない」

　軽い笑いを交わし合う。わだかまりやぎこちなさは、いつの間にか自然消滅していた。バックマンが椅子を動かし、高岡と並ぶようにモニターの前に座り直す。高岡はそれぞれのカップに新しいコーヒーを注ぎ、デスクの一番下の引き出しからバーボンのボトルを取り出した。バックマンのカップにたっぷり注ぎ、自分のコーヒーにも一垂らし加える。

「祝杯には早いんじゃないか」そう言いながら、バックマンが嬉しそうにカップに口をつけた。

「少しアルコールが入った方がいい。コーヒーだけじゃ、神経が尖って参っちまう」

「それをバーボンで和らげようってわけだ。理に適ってるな」

「そう。俺は理屈に合わないことはしない……おっと、雨か？」

「そうみたいだな」

　激しくはない。だが、静まり返ったブレーブスのダグアウトを映し出すカメラは、細い糸を引く雨をはっきりと捉えていた。

「今日、雨の予報だったかな」

「いや」バックマンが首を傾げた。「降水確率はゼロだったはずだけど」

「じゃあ、にわか雨か」

「でも、雲は厚そうだな。天気予報、確認しようか」

「そうだな……いや、いい」高岡は首を振った。どんなに頑張っても天気はコントロールできない。そして雨の時には雨の時の戦い方があり、俺たちはそれに口出しできないのだ。一つはっきりしているのは、偶然の要素が大きくなるということである。思いもかけないプレーが飛び出す可能性があり、それがどちらに味方してくれるかは分からない。

「おい、フジモトが替わるぞ」バックマンが身を乗り出す。

確かに。五回表、逆転されたブレーブスは、藤本のところで代打を送った。諦めたか。いや、あくまで後ろ髪を引かれるような思いで交代させたに違いない。あの一球、ロペスに投じた一球だけが失投だったのだ。全体には非常に好調だったと言っていい。ああいうタイプのピッチャーはスタミナにも問題がないだろうし……やはり雨のせいか。指先の微妙な感覚がポイントになるナックルボールにとって、雨は天敵である。

「チャンスだな」高岡は、バーボンが入って甘ったるくなったコーヒーを一口飲み、にやりと笑った。バックマンは左手の薬指をカップに打ちつけている。指輪がリズミカルにかつかつと乾いた音を立てた。

「正攻法でいける……この後、誰が投げるかな」バックマンがノートパソコンを膝の上で開いた。「普通ならウォンだけど」

「ウォンなら打ち崩せるぞ」シーズン中、メッツはウォンをカモにしてきた。「うちの連中、四割ぐらい打ってるだろう」

「四割四分三厘」バックマンが眼鏡をかけ直した。「たまげたね。二人に一人がヒットの計算だよ」

「結局ウォンも、納得してなかったんだろうな。せっかく先発に抜擢されたと思ったら、すぐに中継ぎに回された。あれじゃ、やる気をなくすよ。こんな大事な試合で、そういう弱い気持ちは命取りに……」言いかけて言葉を呑んだ。

俺は、どれだけ多くの人間を傷つけて来たのか。何人の人間が、俺の言葉に納得せずに胸の中に嫌な思いを抱き続けたか。結局俺は、何一つ、誰一人自由に動かすことができなかったのかもしれない。もちろん、「そうしろ」と命じれば相手は動かざるを得ない。だが、納得できないまま動いた結果は、常に悲惨なものになる。

人を動かすのは心だ。

今さらそんなことに気づいても。

「どうした、にやにやして」

「いや、何でもない……こっちに勝ちが近づいてるな」

「それは間違いない。知ってるか？　雨が降ってる時のうちの勝率、七割近いんだぜ」

「そんなデータ、取ってたのか」

バックマンがパソコンのモニターを指差す。

「母数は少ないけど、そういうことだ。うちの連中は雨が好きらしい」

「結構だね」

ウォンはオーソドックスな右投げのピッチャーだ。速球には威力があるが、恐れをなすほどではない。フォームが綺麗過ぎて威圧感がないのも弱点だ。しかし、ウォンの登場を待っていた二人は椅子から転げ落ちそうになった。マウンドに送りこまれたのは、今季十七勝を挙げて瞬く間にエースの座に就いたコックスだった。勝ち負けはつかなかったが、三日前にも七回まで投げている。バックマンが慌ててキーボードを叩いた。

「前の試合で百十球投げてるぞ。ここで投げさせるのはあり得ない」

「いや、あり得るよ」高岡は半ば呆然としながら言った。「ウィーバーならね」

この試合、あと何回驚かされることになるのだろう。

Chapter10

It's Not Over

これが野球なんです。
——十月一日、プレーオフ後の記者団へのコメント（ニューヨーク）
これも野球なんだよ、諸君。
——十月一日、プレーオフ後の記者団へのコメント（ニューヨーク）

「クソ、俺はまだ投げられたんだ」ロッカールームに虚ろな音が響く。藤本が平手を壁に叩きつけたのだ。利き手ではない左手を使ったのは、ベテランらしい無意識の配慮だろう。

「まだ若いな、ミスタ・フジモト」追いかけるようにロッカールームに入ったウィーバーは、息を整えながらからかった。「壁を殴るなんざ、若い者のやることだよ」

「そういうあなたはどうなんですか」まだ包帯が巻かれたウィーバーの手を見やりながら、藤本がにやりと笑った。一瞬怒りを噴き上げただけで、もう自分を取り戻している。

「おお、私の心は今も十六歳だ」心臓に右手を当てる。藤本が首を振り、ユニフォームを脱いだ。アンダーシャツも脱ぎ捨て、タオルで上半身の汗を拭いながら、巨大な洗濯籠《せんたくかご》に汚れ物をまとめて放りこんだ。

「スリー・ポイントだ、ミスタ・フジモト」

「冗談言ってる場合じゃないですよ、ボス」藤本は怒りを思い出したようだ。憤然と言い放つと、ロッカーの前に腰を下ろす。水を一口飲むと、掌で顔の汗を拭った。

「俺はまだ投げられた。何でここで降りなきゃいけないんですか。さっきの一球は失投ですよ」

「そういうことは、アンダーソンに言いたまえ。監督は彼だ。私は試合の内容についてはロ出ししないよ」

「……ああ」啞然としたようにうなずき、また水を飲む。それでようやく落ち着きを取り戻したようで、前かがみになってウィーバーと向き合う。ウィーバーは壁に背中を預け、足首を軽く組んだ。

「一つ、昔話をしようか。かつて活躍したナックルボールピッチャーの話なんだが——名前は伏せるよ——今日のような雨の日に先発してね。最初はすいすい投げてたんだが、四回に急に乱れた。あんたもピッチャーだから分かると思うが、雨が降ってると指先の感覚が狂って来るだろう。濡らさないように気をつけていても、湿気が多いから、いつもと同じというわけにはいかない。結局どうなったと思う？　爪をやられてね。それでなくてもナックルボールは指先に負担がかかる。無理して投げ続けたせいで爪を割って、一か月投げられなかったよ」

「俺は――」

「さあ、ここまでだ」藤本の反論を断ち切った。「とにかく、あんたに無理をさせることはできなかったんだよ。アンダーソンとしては当然のことをしたまでだ」

「投げたかったんですよ」藤本が両手を広げて見下ろした。「先発の感覚は……久しぶりだった。せっかくのチャンスだから、最後まで投げたかった」

「気持ちは分かる」ウィーバーは壁から背中を引き剝がし、藤本の肩を叩いた。「あんたは長い寄り道をしてきたからな。それにここまで、きつい場面でうちのピンチを何度も救ってくれた。そういう男は肝がすわってるからね。大一番に先発させるのに、これほど相応しい男はいない」

「だけど、期待に応えられなかった」

「何を言う」ウィーバーは大きく手を広げた。

「十分じゃないか。確かに、今は2点負けてる。だがね、こんな試合では2点なんか屁みたいなものなんだ。風が一吹きすれば、すぐに状況も変わるさ」

「俺にとっては、来年につなげるための試合だったんですよ。どうしたって今日は勝たなくちゃいけなかった」

「馬鹿言うな」ウィーバーは大袈裟に目を開いてみせた。「あんたも、いい年して状況が見えてないな。そんな下らんことを心配してたのか？ 私がこのチームでゼネラルマネージャーをやってる限り、あんたを手放すことは絶対にない。あんたみたいなピッチャーが敵のチームにいたら、毎日胃薬を一トン飲んでも足りんからね」

藤本の顔がようやく綻んだ――おそらく、心から。

「お互い、来年もこのチームにいたいですね。でも、そのためには今日勝たないと」

「嫌なこと言うね」顔をしかめる。「辛い立場だよな。あんたも私も、今は試合に手を出せない状態だ。黙って見てるしかないんだから。ダグアウトに戻るのか？」

「ええ」

「結構。皆によろしく伝えてくれ」

「今日はどこで見てるんですか」

「スタンドにいるよ」

藤本が顔をしかめた。

「よく今まで無事でしたね」

「どうして？ 私は、ニューヨークでも人気者なんだよ。タップダンスを踊ってやったら、大喝采《だいかっさい》を浴びたぞ」出入り口に向かって歩き出す。振り返ると、芝居っ気たっぷりにウィンクして「もちろん、冗談だがね」とつけ加えた。藤本の溜息が後を追いかける。

「やるもんだ」高岡はぼそりとつぶやいた。コックスは、三日前に投げたとは思えないほど勢いのあるピッチングで、メッツ打線を五回、六回と三者凡退に退けた。

バックマンの携帯電話が鳴る。

「はい……ああ、了解。今はちょっとまずい。ボスはそういう話をしたい気分じゃないと思うよ。分かった。僕から伝えておく」

短い会話を終えて電話を畳むと、「プレーオフの件だけど」と高岡に話しかけた。

「確かに、今聞きたい話じゃないね」

「じゃあ、後にしようか。ジャイアンツのデータの集計が終わったそうだ」ジャイアンツは、四チームが低レベルの戦いを繰り広げたナ・リーグ西地区で、三日前に優勝を決めていた。

「ああ、試合が終わってからにしよう。今夜は徹夜を覚悟しておいてくれよ」

ディビジョンシリーズ第一戦は明後日、サンフランシスコで始まる。今日の試合に勝てば、チームはそのままチャーター便で西海岸へ向かうことになっている。高岡たちは明日の朝移動することになっているが、ジャイアンツの分析には時間がかかるはずだ。穂花と食事をする約束はキャンセルしなければならないだろう。

「延長戦には慣れてるよ」バックマンが肩をすくめ、モニターに目を移した。「連中、コックスをどこまで投げさせると思う？」

「もう一回ぐらいは引っ張るんじゃないかな」あのピッチングは、ブレーブスの打線に勢いを与えるはずだ。何しろ2点差である。ちょっとしたきっかけで同点、さらには逆転というのは難しい話ではない。だいたいブレーブス打線は、この試合毎回のように塁を賑わせている。５点差で負けていてもおかしくない展開なのだ。

七回。ブレーブスの選手たちがダグアウト前に集まった。おいおい、円陣かよ。高校野球を思い出した。気合を入れれば勝てるってもんじゃないだろうが。しかし高岡は、すぐにその考えを押し潰した。気合。馬鹿にしたもんじゃない。野球の九九パーセントまでは管理し、予想することができるが、今は合理的に分析できない一パーセントがあると認める気になっている。本当に強いチームとは、その一パーセントを五パーセント、一〇パーセントに引き上げる力を持っているのではないだろうか。

「まずい」高岡は思わず、椅子の肘掛を握り締めた。手の甲に血管が浮く。

ブレーブスの四番、ホープがライトフェンスにダイレクトにぶつける一打を放った。足の速い選手ではないのだが、思い切り良く二塁を狙う。クロスプレーになったが、そぼ降る雨の中、塁審は両腕を大きく広げた。胸を泥だらけにしたホープが、ブレーブスのダグアウトに向かって右手を突き出す。ノーアウト二塁。ここから点を取りにいく方法は百通りぐらいある。送ってくるのではないか、と高岡は予想した。試合は中盤から終盤へ。ブレーブスは、ヒットを積み重ねているのに点が入らない状況に危機感を感じ始めているはずだ。とすれば、まずは確実に1点を返したいところだろう。

五番のオルドネスが送りバントの構えを見せる。見送りでストライク。二球目もバントの構え。ファーストとサード、ピッチャーが一斉にダッシュしてくるが、またも見送った。今度は低く外れてボールになる。オルドネスが打席を外してダグアウトを見やる。三球目、バントの構えから一転して強振すると、バットの根っこに当たった打球が、一塁線にふらふらと上がった。前に突っこんだファーストのロペスが急ブレーキをかけ、反転する。一塁のカバーに走っていたセカンドのサンドバーグもボールを追う。だが、打球は一塁ベースの後方でワンバウンドし、ファウルラインの外へ転がり出した。転々とするボールを二人が追う間に、ホープは楽々と三塁に達する。

「何だ、あのインチキなヒットは！」バックマンがデスクに拳を打ちつけた。

「インチキでもヒットはヒットだよ」低い声で指摘しながら、高岡はモニターを凝視した。間違いなく1点入るだろう。踏ん張りどころだが、ノーアウトで一、三塁はもっとも点が入りやすい状況なのだ。どうする？　ハワード？　続投か？　高岡が息を呑んで見守る中、ハワードがダグアウトを出て、主審に選手の交代を告げる。左のマーキスがマウンドに上がった。バーリーの後を継いで投げていたモリスが肩を落としてダグアウトに向かう。ファウルラインを跨《また》いだところで一瞬立ち止まり、天を仰いでそぼ降る雨に顔を晒した。

高岡は一人うなずきながら、「ここはマーキスで正解だな」とつぶやいた。「左殺し」と呼ばれるサウスポーで、さほどスピードがあるわけではないのだが、サイドハンドからの半円を描くようなカーブを決め球にしている。これが左打者には曲者《くせもの》だ。自分の背中側から入ってくるように見えるカーブを泳がずに打つのは難しい。そしてブレーブス打線は、ウィリス、ホフナーと左が続く。

三塁ベースに立ったホープが、サードコーチャーと何事か打ち合わせをしている。「まさかホームスチールじゃないだろうな」バックマンが自分の冗談に低く笑ったが、高岡は話に乗らなかった。何を企んでる？　一塁に生きたオルドネスが二塁を狙うのは当然だが、それ以外にどんな選択肢があるだろう。足の遅いホープを三塁に置いてのスクイズは、リスクが高い。オルドネスが二塁へ走ったタイミングを見計らってのダブルスチールも考えにくかった。

自由に打たせるはずだ。何か仕掛けてくるとすれば、アウトカウントが一つ増えてからだろう。

投球練習が終わり、マーキスがセットポジションに入った。初球からオルドネスが走る。それは予想の範囲内だ。途中まで左バッターの視界に入らないカーブが来る。ウィリスが手を出した。体勢を崩しながら、外角低目のボールに辛うじてバットを当てて流し打つ。打球は力なく上がったが、意外に距離が伸びる。しかもフェアグラウンドに飛んでいた。レフトのカブレラが全速力で突っこむ。ショートのゴメスがグラブでカブレラを指しながら、自分でも打球を追った。カブレラが走りに走り——前のめりに倒れそうになりながら、地面すれすれで打球を掴む。姿勢を立て直すのに一瞬時間がかかった。その隙を見逃さずにホープがタッチアップし、巨体を揺らしながら本塁へ突入する。浅い位置だが、姿勢が崩れた分、カブレラの返球が一塁側に逸れる。キャッチャーがタッチにいったが、ホープが思いきって体当たりを試みた。二人がもつれ合って転がり、ボールが零《こぼ》れ落ちる。

「クソ、うちの選手に怪我させるつもりか!」怒鳴って高岡は立ち上がった。が、何事もなかったかのように二人は立ち上がり、二言三言言葉を交わして無事に別れた。

「まだ1点差だよ」宥《なだ》めるようにバックマンが言った。が、その言葉に力はない。

「分かってる」

分かっているが、この1点は1点以上の意味を持つ。

「ほほう、やるもんだね」ウィーバーは思わず目を細めた。再びスタンド。足元の空のコーヒーカップは四つに増えている。

「野蛮《やばん》ね」左隣の女が肩をすくめた。

「いやいや、お嬢さん、あれこそが野球の醍醐味ですよ。野球というのは、本来野蛮な要素を含んだスポーツですからな。タイ・カップがスパイクの歯を尖らせてた話は伝説じゃないんですよ」

「誰、それ」

「話すと長くなりますが」

「じゃあ、結構よ」濡れて髪がぺったりとした頭を振る。急に寒さが忍び寄ってきて、球場全体が冬のとば口に足を踏み入れたようだった。そう、今の1点は大きい。

「ミスタ・ウィーバー、まだコックスが投げるのかな」右隣の男が聞いてきた。

「さあ、どうだろう」

「彼はそろそろ摑まるよ」

「そうかもしれない」繰り返してからうなずく。「でも、メッツはコックスから点を取れないからね」

「時間の問題じゃないかな」

「そうかもしれませんな」天を仰ぐ。強くはないが、雨はずっと降り続いている。「ま、今日はユニフォームをたくさん汚した方が勝つでしょう。今日みたいな日は、上品な野球をしてちゃ駄目ですよ」

「そんなもんかな」

「私の五十年の経験から言えばそうですね。それより、メッツはこれからどうするんですか」

「知らないよ、そんなことは。俺は監督じゃないんだから」

話している間に、ホフナーの打球が左中間を割った。オルドネスが生還し、同点。シェイ・スタジアムが凍りついた。ほどなく、あちこちでブーイングが流れ始める。そのうち、我慢が苛立ちに負けるかもしれない。その後に待っているのは暴動だ。ヤンキー・スタジアムに押しかけるファンに比べれば大人しいかもしれないが、ここが何かと荒っぽいニューヨークであることに変わりはない。だが、その中で死ねるなら本望だな、とも思う。縁起でもない想像だろうか？　いやいや、自分もそろそろ、葬式を想像してもおかしくない年になっている。アンジーには悪いが、どうしてもベッドの上で普通に死ねるとは思えないのだった。

終盤、試合は再び動かなくなった。同点のまま九回へ。高岡はコーヒーを淹れ直した。長引くかもしれない。胃はだぶだぶで、先ほど少しだけ呑んだバーボンはとっくに蒸発してしまっていたが、これ以上アルコールを体に入れるつもりはなかった。ここから先は素面《しらふ》で見守りたい。

九回表、ブレーブスは二人の走者を出したが、得点には結びつかなかった。その裏、メッツが最後の攻撃に移る前、突然バックマンが立ち上がって大きく伸びをした。手の先が天井に届きそうになる。

「どうした」

「セブン・イニング・ストレッチを忘れてた。一緒にどうだい？」

軽く笑い、首を振って誘いを断った。ダグアウトの中は、ここ以上に張り詰めた空気が流れているだろう。俺が体を伸ばしたところで何にもならないし、こういう緊張感は悪くない。

八回から、ブレーブスのマウンドにはウォンが上がっていた。先発を任されず、いろいろ不満もあったシーズンだという噂は高岡の耳にも入っていたが、最後の一戦の締めくくりが回って来たということで気合が入っている。八回は三者凡退、九回も先頭打者を三球三振で仕留めていた。

野球に関する格言は、それだけで一冊の本が書けそうなぐらい存在する。高岡が今思い出したのは、無敵を誇った五〇年代のヤンキースのキャッチャー、ヨギ・ベラの至言「終わるまで終わらない」だ。当たり前のようでいて、奥が深い。もっともこの言葉は新聞記者の創作だ、という説も根強くあるのだが。

カーンズが七球粘って歩く。雨のせいで投げにくそうで、ウォンは一球ごとにロジンバッグに手をやった。カブレラへの二球目、カーンズが走る。送球が三塁側に逸れ、セーフ。球場が再び温まり始めた。スタンドは総立ちになっている。

「クソ、ダグアウトに行かないか」バックマンが腰を浮かしかけたが、高岡はそれを制した。一発で決まってしまうかもしれない。バックマンもそれを察したようで、のろのろと椅子に腰を下ろした。

カブレラが右を狙う。一塁線を襲った打球がベースに当たり、大きく跳ね返ってフアウルグラウンドへ転がる。バックアップしたキャッチャーのキーリーが慌てて押さえたが、カーンズは既に三塁に達していた。ウォンが苛立たしげにロジンバッグをこねる。キーリーがタイムをかけ、マウンドに歩み寄った。内野手が全員集まる。ヒットはもちろん、ダブルプレー崩れでもサヨナラという場面だ。できれば三振でアウトカウントを増やしたいところだろう。

輪が解け、プレーが再開した。ロペスに対してウォンが慎重に攻める。歩かせてもいいという組み立てだ。内角に強いロペスに対して、外角一辺倒。速球を投げこみ、カーブで目先をかわし、スライダーで誘う。フルカウントまでいった。

勝負球はやはり外角だろう。ここまで来たら打ち取りたいという欲が芽生えたのかどうか、最後の一球はストライクゾーンに入って来た――そこからボールになるコースに逃げるスライダー。ロペスが手を出す。捉えた。だがバットの先だったようで、力ない飛球がふらふらとライトに上がる。ホープが巨体を揺らすようにダッシュした。追いつく。浅いフライだから、タッチアップは無理だ。

モニターの画面が白くなった。故障か、と思った瞬間、雨が突然激しくなったのだと気づく。何が起きた？　見えない。次の瞬間には、ホームプレート周辺で輪になって喜びを爆発させるメッツナインの姿が目に入ってきた。勝ったのか？　勝ったんだ。

サヨナラだ。地区優勝だ。

バックマンに肩を叩かれて初めて、自分がぽかんと口を開けていたことに気づいた。

モニターにリプレーが映る。あり得ないプレーだった。突然激しくなった雨に、ホープがボールの落下点を見失ったのだ。必死でグラブを差し伸べるが、ボールは見当違いの場所に落ちて転がっていく。リプレーが終わり、芝の上で膝をついたホープの姿をカメラが映し出した。続いてブレーブスのダグアウト。啞然とした顔が並んでいる。デスマスクの展覧会だ。

メッツナインはホームプレート付近で揉み合いながら、雨のシャワーを浴びている。天が味方することもあるのだ。高岡は立ち上がることができなかった。腰が抜けるとはこういうことか。「たまげた」とつぶやきながらバーボンの瓶を取り出し、直接呷《あお》る。喉を焼く感触を味わううちに、今の出来事はますます夢のように思えてくるのだった。

とめどなく涙が溢れる。一瞬だけ滝のように降った雨のせいで全身がずぶ濡れになってしまったが、それも気にならない。体の内側から溢れ出る思いをとどめることはできなかった。

歓声……なのだろう。お祭り騒ぎの只中にいてなお、ウィーバーは生まれて初めて感じる孤独を味わっていた。スタンドで試合を見るのは俺の流儀だ。だが、こういう状況はいかにもまずい。危害を加えられる恐れはないにしても、これ以上の屈辱はないのだから。

立ち上がる。下半身に力が入らず、思わず椅子にへたりこみそうになった。両隣に座った二人が手を差し伸べてくれる。

「申し訳ないね」弱々しい笑みを浮かべながら礼を言った。

「どういたしまして、ミスタ・ウィーバー」アフリカ系アメリカ人の男が淡い笑みを浮かべる。顔を濡らしているのが雨なのか涙なのか分からなかった。

「いいゲームでした」ずっと素っ気なくしていた女性が、底抜けの笑顔を浮かべる。

「君たちにとってはね。負けるのは悔しいもんだ。でも、今日はニューヨークを祝福しましょう」

二人と握手を交わす。濡れた階段をとぼとぼ下りて振り返り、グラウンドで繰り広げられる無秩序なセレモニーをじっと眺める。

いつの間にかその目に、温かな笑みが浮かんでいた。

チャーター便の出発は午後九時になった。試合が終わってから五時間。シャンパン・シャワーと歓喜の記者会見の興奮はまだ醒めていない。高岡は二人分のシートを占領して、ようやく手足を伸ばすことができた。特別な時間は瞬く間に去った。これからはビジネスの時間である。高岡たちスタッフは急遽《きゅうきょ》予定を変更して、選手たちと一緒に西海岸へ飛ぶことにした。機内で、そしてサンフランシスコに到着してもジャイアンツ対策の打ち合わせは続く。だがそれは苦痛にはならない。単なる仕事であり、日常だ。

携帯電話の電源を切らないと。そう思ってジャケットの内ポケットから取り出した瞬間になり出した。穂花かもしれない。まだ話しても大丈夫だろう。

「やあ、まずはおめでとう」オーナーのモルガンだった。珍しく声が明るい。

「それはさっきも聞きましたよ」シーズン途中はいつ死んでもおかしくないように見えたモルガンは、シャンパンの雨が降るロッカールームで生気を取り戻していた。宿願が叶い、この先何年か生きていくエネルギーを手に入れたのだろう。

「いい台詞は何度でも言いたい。本当におめでとう」

「こちらこそ、おめでとうございました。ご協力に感謝します」

「もう一度、おめでとうだ」

妙だ。しつこ過ぎる。訝《いぶか》っていると、モルガンが小さく咳払いをした。

「いい台詞は何度でも言いたいが、悪い言葉は一度だけにしたい……来季は、君と契約しないことにした」

「何ですって？」シートの中で高岡は飛び上がった。

「解雇ということだ」

「ちょっと待って下さい」高岡は慌てて座り直した。心臓が音を立てて鳴り、今にも喉から飛び出しそうだった。「我々は地区優勝したんですよ？　確かに、途中でもたつきはありました。でも、メッツが勝ったことに変わりはない。そういうことを評価してもらえないんですか」

「もちろん私は、君の能力は高く評価している。今、メジャーで君ほど明確なビジョンを持ってチーム作りをしているゼネラルマネージャーはいないだろう」

「だったら何故……」

「ケイシー・トーマス」ドーピング検査で引っかかり、契約を打ち切った選手だ。

「彼が何か？」

「うちを訴えると騒いでいる」

「訴える？　今頃になってですか？」

「そうだ」モルガンの声が不機嫌に沈みこむ。「あのドーピング検査は不当なものであり、解雇には正当な理由がないというのが向こうの言い分だ。損害賠償も請求するらしい。三百万ドルと聞いている」

「まさか」

「つい先ほど、向こうの弁護士と話したんだよ。君を飛ばして、直接私に連絡があった。これは夢でも何でもない」

電話を握り締める。いつの間にか、掌にべっとりと汗をかいていた。喉が渇き、言葉が出てこない。

「ただし、向こうにも考える余地があるそうだ」

「……条件は、私を解雇することですか？」

「そういうことだ。もっとひどいことを言われたがね。うちとしては、何としても訴訟沙汰は避けたい」

「アメリカじゃ、裁判は珍しくも何ともないでしょう。皆が訴え合ってるんだから」

「我々にとって、イメージは何よりも大事なんだよ。君もそう言っていただろう。スキャンダルは避けなければ」

「変な薬に手を出したトーマスの方こそ、スキャンダルの生みの親ですよ」

「彼と、もっと会話を交わすべきだったな。向こうは、君が話し合いに応じなかったと非難している。はっきり言えば、この件だけでなく、君のやり方には問題があった。選手たちは駒じゃない。生きた人間なんだ。しかもプライドが高い。もっと上手にコミュニケーションを取るべきだったな」

唾を呑む。硬いものを呑みこんだように、喉に引っかかった。

「そんなことは、俺が契約解除される理由にはならないはずだ」

「なる」

「まさか」笑い飛ばしてやろうと思ったが、声は強張るばかりだった。

「プレーオフが終わるまでは、現場で指揮を執ってもらう。だが、そこまでだ」急にモルガンの声に力がなくなった。「君はまだまだ、学ばなければならないことがある。人の心……それは一番難しいものだがね。君は、私の心も読めなかったな」

「どういうことですか」

「私はね、ケイシー・トーマスが大好きだったんだ。あの若者のファンだったんだ。これは、チームのオーナーという立場とは関係ないね」

「どうしてそれを言ってくれなかったんですか。言ってくれれば……」ふと気づいた。トーマスを切る話し合いをした時、モルガンは不自然なほどこの若者に執着していたではないか。そんな子どものような理由で……いや、毎日のように巨額の金が動くのは間違いないが、野球とは基本的に子どもっぽい世界なのだ。

「残念ですね」

「君はチームよりは大きくない。チームを守るためには、私も決断を下さなくてはならないのだよ」

「それがあなたの仕事なら、仕方ないですね」

電話を切り、深い溜息をつく。出発は少し遅れているようだ。後ろの方で、選手たちが交わす会話が小波《さざなみ》のように押し寄せてくる。それをシャットアウトし、このままチャーター機に乗っているべきかどうか、考えた。仕事を放棄し、穂花に会いにいくのは魅力的な考えに思えた。できない。まだ契約は残っているのだ。これからというところで放り出すのは、自分に対する裏切りにもなる。

席を立つ代わりに電話を取り上げ、穂花の番号をプッシュした。やや興奮した彼女の声が耳に飛びこんでくる。意を決して、事実だけを告げた。

「馘《くび》になっちゃったよ」

アンダーソンがホテルに戻ったのは夜の八時過ぎだった。しばらく無言で向き合ったが、やがてがっちりと握手を交わす。バアから届けさせたとっておきのワインを開け、静かな乾杯を交わした。ほどなく、ウィーバーの喉から低い笑い声が漏れ出す。アンダーソンが、テレビをスポーツ専門チャンネルに合わせた。先ほどの一戦が取り上げられている。ロペスがへなちょこなスイングで外角のボール球に手を出す。ホープが巨体を揺らしながら前進する。突然、画面が真っ白に染まるほどの豪雨。ボールを見失って右往左往するホープ。カーンズはホームを駆け抜け、メッツの選手たちが殺到する。

「やったな」ワイングラスをゆらゆらと揺らしながらウィーバーは言った。

「たまげた」呆《ほう》けたようにアンダーソンが応じる。

「選手たちはどうしてる?」ウィーバーは、敗戦後のロッカールームにちょっと顔を出し、何人かの選手の肩を叩いただけで一言も話さずに出てきた。

「何とか生きてますよ」

「ま、あれぐらいでショックを受けてるようじゃプロとは言えない」

「そうは言っても、今日はショックだったと思いますよ。まさか、あんな負け方が……」

「さすがに私も驚いたね。天気だけはどうしようもない」

「だけど、狙い通りになった」

「狙っとらんよ」ウィーバーが首を振る。「負けようと思って試合をする人間はいない。結果的にベストの結果になっただけだ」

「そこがまだ、釈然としないんですよね」アンダーソンが首を捻った。

「おいおい、何年私と一緒に野球をやってるんだ。私の考えてることなぞ、全部お見通しかと思ってたよ」

「私はグラウンドに立つ人間ですからね。理屈は分かっていても、勝って終わりたい」

「それは分かる。理屈じゃなくて本能だろうな。人間は基本的に、争いごとに勝ちたがる生き物なんだ。ある意味、醜《みにく》いことだな。だから戦争が起きる」

立ち上がり、窓辺に立った。カーテンをわずかに開けると、ブロードウェイの満艦《まんかん》飾《しょく》の灯りが目に飛びこんでくる。三十階下にある通りの様子までは見えなかったが、今夜、この街は文字通り不夜城になるだろう。メッツナインは西海岸へ向かうのだろうが、なに、主役がいなくたって構いはしない。騒ぐ理由は幾らでもあるのだから。

ふと、隣のホテルのある部屋が目に入った。カーテンを開け放したまま、三人の男がシャンパン・シャワーの最中だった。ああ、あれじゃ部屋代をいくら請求されるか分からんぞ。シャンパンの匂いはなかなか抜けないのだ。クリーニング代の請求書を見て顔を蒼くする三人の表情が頭に浮かぶ。

勝った側にいる人間は、勝利の喜びを得る。そして負けた人間は——それ以外の全てを手にする。特に、二位に終わった人間は。

「アトランタに帰るのが怖いですよ。ファンに合わせる顔がない」

「堂々と帰ればいいさ」振り返って、アンダーソンの愚痴に答える。「シーズン最初の頃を考えてみろよ。ここまでやると考えた人間なんか、一人もいなかっただろうな。私は今日の結果に満足してるよ」

「二位がベストってやつですか？」

ウィーバーは唇の前で人差し指を立てた。

「それは、あまり大きな声で言ってくれるなよ。聞いたら私をインチキだと思う人間もいるだろうし、この話は引退後の講演用にとっておきたいんだ」

「信じられないな」アンダーソンが力なく首を振る。先ほどからワインはまったく減っていなかった。

「信じろ。これが現実なんだから。いいかい、二位には全てがあるんだ。特にもう一歩、指先だけ足りなくて勝利に届かなかった二位のチームにはな。トップのチームを追いかけていく時の興奮は何物にも勝るだろう？　それをたっぷり味わえたんだぞ。しかも最後の仕上げが今日の試合だ。何とまあ、誰一人悪者にならないなんて、理想の展開じゃないか。シーズンオフの酒場談義にはもってこいだよ。想像できないか？『あそこであんな土砂降りになるなんて誰が想像できる』『選手たちも可哀相だ』って言って、皆がうなずき合う光景が想像できるよ。こいつは、今年のアトランタの重大ニュースのトップに来るぞ」

「だけど、本当にこれで良かったんですか」

「もちろん」グラスを持つ手に力が入る。「私だって、若い頃は勝つのがベストだと思っていた。五十年もこの世界にいて、勝ちも負けも経験してきたけど、勝った方が瞬間的な喜びが大きいのは確かだしね。勝てばファンも喜んでくれる。でもそういう喜びは、永遠には続かないんだ。今、アトランタのファンは新しいものをいくつも手に入れたんだぞ。本当に惜しかったという気持ちと、来年こそ頑張ってくれという期待だ」

「まあ、それはそうでしょうが……」

「まだ納得しないのか？　疑り深い男だな。そろそろルームサービスを頼もうと思ってたんだが、どうかね。今日は特別にお願いして、最高級のトリュフを用意してもらってるんだよ。クリームソースのパスタの上から、見えなくなるぐらいたっぷりかけて。こんな贅沢はないぞ」

「私はステーキにしますよ」アンダーソンが溜息をついた。

「馬鹿の一つ覚えみたいにステーキって言うのはよせよ。今日はあんたの首がつながった日でもあるんだぜ」

　アンダーソンが顔を上げる。この展開を意外に思っているのは明らかだった。目に戸惑いが表れている。

「今日の采配は見事だったよ。まず、フジモトを先発させたのがそうだ」

「あれはあなたが――」

「最後に決めたのはあんただろうが。あれにはメッツの連中も度胆を抜かれただろうな。アトランタのファンも喜んでいたはずだ。チームを守るために怪我を負ったフジモトが、ここ一番で先発のマウンドを踏んだんだぜ。あんな劇的なことはない。もちろん一発を浴びたことや、雨が降ってきたことは計算できなかったけどな。それだって野球のうちだ。コックスを二番手に持ってきたのは素晴らしいアイディアだよ」

「あそこは彼しかいなかったんですよ」言い訳するように言ったが、その表情は明るかった。

「そう、コックスしかいなかった。あの場面で、気持ちで抑えられるのはあの男だけだよ。ボーナスを弾んでやらないとな。ウォンもフォローしてやらないといかん。負けたのはあいつの責任じゃない。インチキみたいなヒットで負けたって、責められないよ。また考え過ぎてるかもしれないから、後で声をかけておかないとな。来季こそ、先発でやらせてやりたい」

「そうですね。力はありますよ」

「な？　皆が少しずつハッピーになったと思わないか？　今年は私の野球人生で最高の一年だったよ。とにかくこれで、またやる気が起きた」少なくとも来年は。ベストシーズンは二回はない。来年の今頃は全ての歯車が狂い、失意のうちにチームを去ることになるかもしれない。

アンダーソンがようやくワインに口をつける。満足そうにそれを見てから、ウィーバーは電話に歩み寄った。

「本当なら、チーム全員を連れてブロードウェイに繰り出したいところだ。私の奢《おご》りでね。ただ、この夜はニューヨークの人たちのものだからね。邪魔するのは野暮《やぼ》ってもんだ。さあ、ここでささやかに二人だけの反省会といこうじゃないか」

が、受話器を取り上げるより先に携帯電話が鳴り出した。今頃誰だろうと訝りながら電話に出る。古馴染みの、ある男だった。黙って耳を傾け、三十秒ほどで電話を切る。その間発した言葉は「本当か？」と「何とかしよう」だけだった。

「どうかしましたか」アンダーソンが心配そうに訊ねる。

「いや、我がチームには何の関係もない話だよ……私には関係があるかもしれないが」

ルームサービスのメニューを眺める。特注のパスタ以外に何を食べようか。だが、美味そうな料理の名前はすぐに、単なる文字の羅列に変わった。

「夕食、ちょっと待ってもらっていいかな。ワイン以外に呑みたいものがあるなら、リカーキャビネットにたっぷり入ってるぞ。タイムズ・スクエアでバアを開店できるぐらいあるから、自由に呑んでくれ」

「ワインでいいですけど……本当に大丈夫なんですか」

「ああ。実はな、メッツのゼネラルマネージャーが馘になるそうだ」

「勝ったのに？」アンダーソンが椅子から身を乗り出した。

「何時間か前に急に決まったらしい」

「冗談じゃない。これからポストシーズンですよ。一番大事なところじゃないですか。切るにしても早過ぎる」

「どうやら、あそこのオーナーを怒らせたらしい。このタイミングで解雇を言い渡すとは、ミスタ・モルガンもよほど腹にすえかねたんだろうな。シーズン中に、メッツのマイナーの選手がドーピング検査で引っかかって解雇されたのを覚えてないか？」

「そんなことがあったような気もしますけど……」アンダーソンが首を捻る。

「あれが、今になって問題になってきたらしい。馘になった選手が裁判を起こそうとしているそうだ」

「そりゃまた、面倒なことになりましたね」

「まったくだ……さて、私はここで、球界全体のために一肌脱ごうと思ってる。あんたは、我々二人のために祝福のメニューの組み立てを考えておいてくれないか」アンダーソンにメニューを放っておいてから、携帯電話に手を伸ばす。俺は伊達《だて》に五十年もこの世界にいるわけじゃない。それに、これはと見込んだ人間を見捨てたこともない。あんたにはまだまだ運が残ってるんだぞ、タカサン。


ニューヨークに秋はない。夏が終わると、一瞬だけ肌に心地良い数日間があるが、それはすぐに冬に模様替えする。風は身を切るように冷たくなり、雪も襲う季節だ。南に行きたいな、と高岡はつくづく思った。

メッツはディビジョンシリーズを勝ち上がってリーグチャンピオンシップまで進み、最終戦でカージナルスに敗れた。世間はヤンキースとカージナルスというクラシカルな組み合わせで行われるワールドシリーズの話題一色に染まっているが、高岡は一人その波に乗り遅れていた。今は野球から距離を置きたかった。リーグチャンピオンシップでの敗戦が決まってから一時間後、正式に解任が発表され、無職になって三日目である。体の底で熾火《おきび》のように燻《くすぶ》るものがあったが、それは大きな噴火には至らない。

足元を乾いた冷たい風が吹き抜ける。今夜のヤンキー・スタジアムでは、ビールではなくホットチョコレートが売れるだろう。そう言えば四月の寒い夜、シェイ・スタジアムであっという間にホットチョコレートが売り切れて、苦情が殺到したことがあった。ああいう細かいところを大事にしていかないと、ファンの気持ちは離れていくものなんだな……と、今そんなことを考えても仕方ない。だが、考える必要がないと思うと、かえって寂しくなった。毎日数字に追われ、チームの状態に一喜一憂していた日々。胃が痛くなる毎日だったが、あれは勝利の喜びと引き換えだ。痛みなくして歓喜はない。

今ならもっと上手にやれるはずだ。俺は多くのことを学んだ。人の心の摑み方。動かし方。何よりも大事なことを理解したのに、それを試すことができない。初めて誠になったショックも尾を引いていた。今までは毎年毎年が上へのステップになっていたのに、初めて階段を一段下りたようなものである。いや、無職ということは、階段のずっと下まで転がり落ちたということじゃないか。

気づくと、一時間近くもマンハッタンのダウンタウンを歩き回っていた。まずい。ちょっと買い物をするために出てきただけなのに。穂花の携帯に電話を入れて遅くなったことを詫び、慌てて近くのデリに飛びこむ。食事の準備に必要なものを買い揃えてから、意外に遠くまで歩いてしまったことに気づき、タクシーを摑まえた。

部屋に戻ると、温かな匂いに迎えられた。穂花が料理を用意してくれている。

「どうしたの？」デリの袋を受け取りながら、穂花が怪訝そうな顔つきになった。

「ちょっと、ぼうっとして歩き回ってたんだ」

「まだ元に戻らないわね」

「何だかね」肩をすくめる。「初めての経験だから」

「そうね……とにかく、ご飯にしましょう」

「そうだな」ぐるりと部屋の中を見回した。相変わらず家具が少ない、素っ気ない部屋だが、何となく愛着を感じるようになっている。しかし、ここも近いうちに引き払わなくてはいけないだろう。とにかく家賃が高過ぎる。次の仕事が決まるまでは、少しでも出費を抑えないと。金がないわけではないのだが、「無職」という言葉が背中に重くのしかかっている。

「大丈夫よ」ことさら明るい声で穂花が言った。「いざとなったら私が働けばいいし、一人より二人の方がお金もかからないのよ」

「そんなものかな」

「そうよ。だから、そんなに落ちこまないで、テーブルの準備をしてくれる？」

「ああ」

テーブルクロスを広げ、グラスを二つ、それにフォークとナイフを揃える。動き回っていると、少しは余計な考えが頭から抜けていった。

携帯電話が鳴り出す。出ると、聞き覚えのない声だった。

「ミスタ・タカオカ？」

「そうですが」

「初めまして。ワシントン・ナショナルズの編成担当副社長のアレックス・ジョーンズです」

「初めてじゃないでしょう。去年のウインターミーティングでお会いしてますよ」モントリオール時代からの叩き上げ。髪がすっかり白くなったアフリカ系アメリカ人で、ぴしりと着こなした黒いスーツがよく似合っていたのを思い出す。

「光栄ですね。たった一度会ったきりなのに覚えておいていただけるとは」

「記憶力はいい方なんです」

「それは美点の一つですね。あなたの美点は一つだけではないけど」

話がどこに転がっていくのか分からないまま、高岡はソファに腰を下ろした。キッチンで忙しく立ち働いている穂花が振り返り、怪訝そうな表情を浮かべた。手を振って「何でもない」と合図してやる。

「どうですか、初めて解雇されたご気分は」ずばりと切り出してきた。率直な男のようだ。

「嫌なものですね」本当に嫌なことを思い出させてくれる。もっとも俺も、何人もの首を切ってきたわけだが。

「幸いに、と言うべきでしょうか、私にはそういう経験はありません」

「それは、あなたが優秀だからでしょう」あるいは、混乱していたせいかもしれない。長年経営難に陥っていたモントリオール・エクスポズは、チームの買い手さえ見つからない状態で、数年間大リーグの管理下に置かれていたのだ。その後フランチャイズをカナダからアメリカに移し、チーム名も変わって新しいオーナーが就任した。再建途上のチームで、成績はなかなか上向きにならなかった。

「いやいや、責任ある地位に就いたのが最近だからですよ」ジョーンズが含み笑いをした。「下っ端でちょろちょろしているうちは、責任を押しつけられることもありませんからね」

「なるほど」俺は人より少し先に階段を上った。馘になったのもそのせいかもしれない。

「で、私に何の用でしょうか」

「うちのオーナーと球団社長がぜひお会いしたいと」

「ほう」どきりとした。本当に最近は、初めての経験ばかりで気の休まる暇がない。

「あなたがメッツを立て直した手腕を、二人とも高く評価しています。急な話ですが、来季はうちでゼネラルマネージャーとして指揮を執ってもらいたい。そういうことです」

「なるほど」

「今すぐに答えを、というわけじゃありません。でも、それほど時間がないのも事実です。どうでしょう、とりあえずワシントンまで来ていただくことは可能ですか？まずは話を聞いていただけるとありがたいのですが」

「そうですね」少しだけ答えを先延ばしにした。本当は今すぐ契約書にサインしたいところだが、足元を見られてはいけない。もう、ビジネスは始まっているのだ。「明後日、ではどうでしょうか。明日は別件が入ってましてね」

「なるほど」ジョーンズが探りを入れるように言った。「あなたのように有能な人を、どのチームも放っておくわけがない、ということですね。ちなみにどのチームですか？　リーグか地区か、ヒントだけでも……」

「いや、それを言うことは信義に反しますから」

「ごもっとも」ジョーンズがすぐに引いた。「では、とりあえず明後日、お会いしましょう。チケットはこちらで手配しますから。いい話になるといいんですけどね。期待していますよ」

「もちろん、私も前向きに話し合いたいと思っています」

「それにしても、あなたはいい人脈をお持ちだ」感心したようにジョーンズが言った。

「どういうことですか」

「それは、まあ」ジョーンズが言葉を濁す。「私の方にも信義の問題がありますからね。ある人の推薦があった、とだけ言っておきましょうか。それにしても、いい話です。豊かな人脈はそれだけで財産だし、メジャーの世界におけるあなたの価値もそれだけ上がるんですよ……では、お会いするのを楽しみにしてます。このチームでは、あなたにやってもらいたいことがたくさんあるんですよ。ご存じの通り、ナショナルズはまだまだ落ち着いていません。これからのチームです。一から作り直す必要がありますからね、時間はいくらあっても足りないでしょう」

「そうですね。しかし、それだけ力の振るい甲斐のあるチームです」

電話を切り、キッチンに立って後ろから穂花を抱きしめた。

「どうしたの？　危ないわよ」

「仕事が見つかりそうだ」

「本当に？」

「ワシントンだけどね。一緒に来てくれるか？」

「もちろん」高岡の腕を逃れて振り返った穂花が満面の笑みを浮かべる。「どこでも一緒に行くわよ」

「あまりいい街じゃないよ。治安も悪いし、物価も高い」

「そんなこと、どうでもいいじゃない。二人一緒なんだから」

「そうだな」

食事の最中も上の空だった。俺は、椅子取りゲームの一員に迎えられたのだろう。

椅子が空けば、そこに素早く滑りこむ。ナショナルズ……悪くない。ジョーンズが指摘していた通り、まだ落ち着いていないチームだから、手を入れるべきところはたくさんあるだろう。それだけやり甲斐があるというものだ。

それにしても、誰が推薦してくれたのだろう。ふと、一人の人間の名前と顔が浮かんだ。アーノルド・ウィーバー。確かめることはできないが、何故かあの男に間違いないという確信があった。

メジャーへようこそ。赤ら顔で笑う彼の顔さえ脳裏に浮かぶ。はるか南、アトランタの方へ向けて、高岡はグラスを掲げた。

解説

戸塚　啓
（スポーツライター）

本書『BOSS』を、ワンフレーズで紹介するとしたら。

組織を束ねるリーダーの在り方を問いかける一冊です、と僕は答える。実業之日本社さんの営業を担当していたら、書店をまわってビジネス書のコーナーにも置いてもらうようにお願いしたい。

僕はサッカーをメインフィールドとするスポーツライターなのだが、成功を収めているチームには国内外を問わず共通項がある。現場のトップに立つ監督が、人心掌握に優れているのだ。

アーセン・ベンゲルというサッカーの指導者がいる。1990年代にJリーグの名古屋グランパスを下位から上位へ押し上げ、日本での実績を買われてイングランド・プレミアリーグのアーセナルに迎えられたフランス人だ。監督の入れ代わりが激しいヨーロッパのサッカー界で、彼は17年にわたってアーセナルを率いている。

ロンドン郊外にあるアーセナルの練習場を訪れたときのことだ。フォーメーション練習の途中で、ベンゲルが短い笛を吹いた。全体の動きが止まり、ベンゲルはひとりの選手のもとへ近づいていく。ジルベルト・シウバというブラジル人選手に短いアドバイスを与え、トレーニングは再開された。

トレーニング後のランチタイムに、「あのとき、何を話していたんですか？」と聞いた。ベンゲルは「ジルベルトのことかい？　ごく普通の指示だよ」と答え、白いナプキンで口もとをぬぐう。

「彼はブラジル代表選手だ。ワールドカップで優勝したこともある。けれど、あの場面では私の考えるプレーができていなかった。だからと言って、『ダメじゃないか！』と大声で叱責《しっせき》したら、プライドを傷つけられたと受け止めるかもしれない。チームメイトの前で怒鳴られてもまったく気にしない選手はいるが、ジルベルトは少しシャイなところがあるからね。ああやって二人きりで話すほうが効果的なんだ」

ビッグネームが集まるクラブにありがちな不協和音が、ベンゲルの指揮するチームからはまったくと言っていいほど聞こえてこない。リスペクトを持って選手に接し、ともに勝利を目ざす監督の姿勢が、チームに連帯感をもたらしていると僕は考える。

なでしこジャパンの佐々木則夫監督は、「選手が僕に意見をしてくれるのが嬉しい」と話す。諧謔《かいぎゃく》のセンスに長《た》けた指揮官は、「だって、そうでしょう」と言って真剣な表情を浮かべる。

「選手が監督に何かを言いに来るには、相当な勇気が必要です。監督に嫌われたら使ってもらえないかもしれないと考えるのが、プレーヤー心理ですから。ましてや僕らは代表チームで、ワールドカップに出たい、オリンピックに出たいと彼女たちは思っている。それでも来るってことは、どうしても伝えたいことがあるからでしょう。その勇気に感謝して、良く来てくれたねと最初に伝えます」

トレーニングが思いどおりにいかない場合も、佐々木監督は自分に原因を探す。「どうしてできないんだ」と選手を責める前に、「トレーニングの条件設定が良くなかったのでは」と自問自答するのだ。

間違いに気づいたらどうするのか。佐々木監督は「選手に謝ります」と即答する。「監督だって人間ですから、間違いを犯すことはある。そこできちんと謝らなかったら、『監督なら何をしてもいいの』と思われかねないでしょう」

なでしこジャパンのような代表チームに、ゼネラルマネージャーはいない。監督こそが現場の最高責任者だ。それだけに、佐々木監督が自らの非を認めることで、チーム内に公平感が浸透していく。自由闊達《かったつ》に意見を言い合える空気が育《はぐく》まれる。「風通しの良い」状態だ。

ニューヨーク・メッツのゼネラルマネージャーとして初めてのシーズンを迎えた主人公の高岡脩二は、ベンゲルや佐々木監督と正反対のアプローチで周囲に接していく。「この世界では、風は常に一方にしか吹かない。上から下だ」との思いを抱き、「選手は駒だ」とスタッフに公言する。起用法に不満を漏らした選手をあっさりと放出し、独断で選手を補強する。

日本人でもできるところを見せたい、との気負いはあっただろう。ゼネラルマネージャーとしては若い39歳という年齢も、マイナスに作用している。連帯感と公平感を持てていないメッツは、アトランタ・ブレーブスの猛追を受ける。

逆境に立たされたチームをすくい上げるのは、誰にでもできることではない。試合に出ている選手は、しばしば監督の采配に不満を感じる。試合に出ていない選手は、レギュラーのパフォーマンスに物足りなさを覚える。それぞれの思いはかけ離れ、チーム内に重苦しいムードが立ち込める。

あちらこちらへ走り出すベクトルを一本化するには、核となる選手の働きかけが不可欠だ。チームを愛し、チームに愛される選手の声は、雑音のなかでもチームメイトへ届くものである。

メジャーリーグのゼネラルマネージャーに相当するサッカーのチーム関係者から、まったく異なる場所で同じ反応に出会ったことがある。

南米アルゼンチンの強豪ボカ・ジュニオルスの強化担当者に、「チーム編成のポイントは?」という質問をぶつけた。通訳のスペイン語にうなずいた彼は、ほとんど間を置かずに答えた。

「地元の声を聞くことだよ」

かつてヨーロッパ・チャンピオンに輝いたこともあるオリンピック・マルセイユ(フランス)の強化担当者にも、「チーム編成のポイントは?」という質問を投げかけた。翻訳されたフランス語を最後まで聞き取った彼は、意図的にゆっくりと答えた。

「地元の声を聞くことです」

チームの編成はポジションと年齢のバランスを見極め、足りないところに外国人選手を当てはめるのが一般的である。そのうえで彼らは、地元出身の選手、下部組織で育った選手を大切にするという。地元出身の選手はかなり高い確率で下部組織の門を叩くので、チームのサポーターが深い愛着を寄せる存在となっていく。

チームとサポーターを結ぶ地元出身の選手がいることで、スタジアムの一体感は高まる。ホームチームを支え、アウェイチームを萎縮させる雰囲気が、出来上がっていくのだ。年齢的な衰えといったプラグマティックな判断基準による契約満了は、本当に、本当に最後まで持ち出されない。持ち出さないチームは、何らかの成果をあげている。

高岡は正反対の判断を下した。フランチャイズ・プレーヤーを、マイナーリーグへ落としてしまうのだ。

スタッフのひとりが「うちのチームで唯一の生え抜きだ。ファンの人気も高い」と繰り返しても、高岡は理解を示さない。「どこのチームも寄せ集めじゃないか。フランチャイズ・プレーヤーなんて、どこを捜してもいないよ。それは議論の対象にならないね」と退けてしまうのだ。

緻密なデータ分析を土台とする高岡のチーム哲学は、経験と直観が幅を利かせてきたメジャーリーグの世界を大いに刺激したはずだ。ライバルとして登場するアーノルド・ウィーバーにしても、息子のような年齢の日本人を認めている。

タイムズ・スクエア近くのホテルのバアで、彼ら二人がグラスを傾けるシーンは印象的だ。ナイトゲームのあとは遅めの夕食を楽しむウィーバーが、バアへ足を運んだのは偶然ではあるまい。高岡の行動パターンを調べたうえでの邂逅《かいこう》だっただろう。

ウィーバーの言葉がふるっている。

「君は間違っちゃいないさ、何一つ」と切り出し、「頼れるのは自分の信念だけだ。そいつに磨きをかけることだね」と続ける。

メジャーリーグ屈指の老獪《ろうかい》なゼネラルマネージャーが言うところの「信念」を、僕は「野球に夢を見ろ、愛するチームと一緒に夢を見ろ」というメッセージに置き換える。

自分を貫くのは素晴らしい。統計を大切にするのもいい。ただ、野球に投影してきた夢をどこかに置き忘れちゃいけないと、ウィーバーは語りかけた気がする。

物語の最終盤で描かれる高岡は、シーズン開幕当初からはっきりと姿を変えている。独自のロジックを両手で持ち運んでいた男は、右手にロジックを、左手にパッションを携えるゼネラルマネージャーになった。

ゼネラルマネージャーと監督の責任範囲に明確な定めがなく、同じ立場でもチームによって役割が異なるサッカーに比べると、メジャーリーグのゼネラルマネージャーは仕事の領域があまりに広い。重圧ははかり知れない。これほどやり甲斐のある職業はないかもしれず、ここまでメンタルタフネスが問われる職業もないのではないだろうか。だからこそ、とびきり大きな夢を描くことができる。

挫折を味わい、挫折から這い上がった高岡の仕事ぶりは、野球以外のスポーツはもちろんビジネスの世界にも当てはまる。スポーツ小説でありながら様々なシーンに応用可能なリーダー論や組織論に仕上がっているのは、スポーツが僕らの生活に深く溶け込んでいて、かけがえのないものだということを教えてくれている。

それにしても、若きゼネラルマネージャーの成長の軌跡が気になる。新天地のワシントン・ナショナルズで、高岡はどんなチームを作るのだろう。どんな夢を見るのだろう。

続編希望、である。

作者から

本書は最初、二〇〇六～二〇〇七年に連載していた小説です。そのため、一部固有名詞が当時の物になっていますが、ご容赦下さい。

＊この作品はフィクションです。二〇〇七年十月に単行本、二〇〇九年九月にノベルス版として　ＰＨＰ研究所から刊行されました。

実業之日本社文庫　最新刊

梓 林太郎
信州安曇野　殺意の追跡　私立探偵・小仏太郎
北アルプスを仰ぐ田園地帯で、私立探偵・小仏太郎と安曇野署刑事・道原伝吉の強力タッグが姿なき誘拐犯に挑む、シリーズ最大の追跡劇！（解説・小梛治宣）
あ33

近藤史恵
モップの精と二匹のアルマジロ
美形の夫と地味な妻。事故による記憶喪失で覆い隠された、夫の三年分の過去とは？　女清掃人探偵が夫婦の絆の謎に迫る好評シリーズ。（解説・佳多山大地）
こ33

堂場瞬一
BOSS　堂場瞬一スポーツ小説コレクション
メッツを率いる日本人GMと、師であるライバルの米国人GM。大リーグの組織を率いる男たちの熱き闘いを描く。待望の初文庫化。（解説・戸塚 啓）
と18

西澤保彦
必然という名の偶然
探偵・月夜見ひろゑの驚くべき事件解決法とは？〈腕貫探偵〉シリーズでおなじみ〝櫃洗市〟で起きる珍妙な事件を描く連作ミステリー！（解説・法月綸太郎）
に24

原 宏一
大仏男
芸人をめざすカナ&タクロウがネタ作りのために始めた霊能相談が、政財界を巻き込む大プロジェクトに!?　笑って元気になれる青春小説！（解説・大矢博子）
は31

吉川トリコ
14歳の周波数
ガールズ小説の名手が、中2少女の恥ずかしいけど懐かしくて、切なくも愛おしい日常を活写。あらゆる世代の女子に贈る連作青春物語。
よ31

吉村達也
瀬戸内―道後殺人事件
人気女優のマネージャーが惨殺され、女優は「48時間以内に殺される」と書き残して失踪。警視庁の志垣警部は美しき女優を救えるか？（解説・大多和伴彦）
よ14

坂木 司／水生大海／拓未 司／垣谷美雨／光原百合／初野 晴
エール！　2
プールで、ピザ店で、ラジオ局で……事件は今日も発生中!!　旬の作家競演、すべて書き下ろしのお仕事小説アンソロジー第2弾。書評家・大矢博子責任編集。
ん12

実業之日本社文庫 と18

BOSS《ボス》 堂場瞬一《どうばしゅんいち》スポーツ小説《しょうせつ》コレクション

2013年4月15日 初版第一刷発行

著 者 堂場瞬一《どうばしゅんいち》

発行者 村山秀夫
発行所 株式会社実業之日本社
〒104-8233 東京都中央区京橋 3-7-5 京橋スクエア
電話 [編集]03(3562)2051 [販売]03(3535)4441
ホームページ http://www.j-n.co.jp/
印刷所 大日本印刷株式会社
製本所 大日本印刷株式会社

フォーマットデザイン 鈴木正道(Suzuki Design)

*本書の一部あるいは全部を無断で複写・複製（コピー、スキャン、デジタル化等）・転載することは、法律で認められた場合を除き、禁じられています。

また、購入者以外の第三者による本書のいかなる電子複製も一切認められておりません。

*落丁・乱丁（ページ順序の間違いや抜け落ち）の場合は、ご面倒でも購入された書店名を明記して、小社販売部あてにお送りください。送料小社負担でお取り替えいたします。

ただし、古書店等で購入したものについてはお取り替えできません。

*定価はカバーに表示してあります。

*小社のプライバシーポリシー（個人情報の取り扱い）は上記ホームページをご覧ください。

©Shunichi Doba 2013 Printed in Japan
ISBN978-4-408-55116-6（文芸）